HEYNE BÜCHER

Fantasy

Herausgegeben von Friedel Wahren

DARRELL SCHWEITZER

WIR SIND LEGENDE

Roman

Aus dem Amerikanischen übersetzt
von
YOMA CAP

Deutsche Erstausgabe

WILHELM HEYNE VERLAG
MÜNCHEN

HEYNE SCIENCE FICTION & FANTASY
Band 06/5627

Titel der Originalausgabe
WE ARE ALL LEGENDS
Übersetzung aus dem Amerikanischen
von YOMA CAP
Das Umschlagbild malte
GARY RUDELL

Umwelthinweis:
Dieses Buch wurde auf chlor- und säurefreiem Papier gedruckt.

Redaktion: Friedel Wahren

Erstausgabe bei The Donning Company/Publishers, Virginia Beach

Printed in Germany 1996
Umschlaggestaltung: Atelier Ingrid Schütz, München
Technische Betreuung: M. Spinola
Satz: Schaber Satz- und Datentechnik, Wels
Druck und Bindung: Elsnerdruck, Berlin

ISBN 3-453-11931-2

Inhalt

Den Hütern des Glaubens
gewidmet:

PAUL COLLINS
ANDREW J. OFFUTT
GERALD W. PAGE
MARK MANSELL
DOROTHY AMELIN
JASON KEEHN

Ein Vorwort von Lyon Sprague de Camp

Dieses Dutzend phantastischer Erzählungen berichtet davon, wie irgendwann im europäischen Mittelalter Sir Julian, gerade eben zum Ritter geschlagen, von seinen Jagdgenossen getrennt wird und einer Hexe in die Klauen gerät. Die Alte zwingt ihn, an ihrer Stelle in die Dienste Satans zu treten. Der gefallene Engel tritt als todesschwarzer schöner Riese mit gewaltigen schwarzen Schwanenschwingen in Erscheinung. Nachsichtig entläßt der Teufel Julian, damit er durch die Welt wandern und sein Leben genießen möge; er wird Satan gehören, wenn seine Zeit kommt.

Nachdem er sein Schloß und seine Güter an habgierige Nachbarn verloren hat, begibt sich Sir Julian, den der Gedanke an immerwährende Höllenqualen bedrückt, auf einen Kreuzzug. Bald findet er sich, wie Sindbad, als Schiffbrüchiger auf einer seltsamen Insel wieder.

Julian wurde in den sicheren Überzeugungen des christlichen Mittelalters aufgezogen. Der alte Ritter, der ihn als Knabe unterwies, wurde nie müde, dies zu betonen: »Ordnung ist es, mein Junge, das allem zugrunde liegt. Gott in seinem Himmel, der Mensch auf Erden, der Teufel drunten.« Bei seinen Wanderungen aber kommt Julian bald darauf, daß es – wie er schon früh geahnt hat – tatsächlich im Universum gar nicht so ordentlich zugeht; daß in anderen Teilen der Welt das Gesetz des Christengottes nicht gilt.

Seltsame und bizarre Abenteuer widerfahren Julian. Er begegnet Zentauren und Lamien, Magiern und Lamapriestern. Manchmal glaubt er angesichts übermächtiger Gegner, dem ritterlichen Verhaltenskodex folgend im Kampf den Tod suchen zu müssen, doch dann überwiegt doch wieder sein Selbsterhaltungstrieb. Danach plagen ihn alle möglichen Schuldgefühle. Er ist nicht gewissenhaft genug, alle Sünden zu meiden, ist aber auch nicht skrupellos genug, um hinterher keine Gewissensbisse zu bekommen. Er kann nicht wie ein echter Abenteurer einfach nach den Gegebenheiten des Augenblicks handeln, ohne sich jemals über die moralische Seite seiner Handlungen den Kopf zu zerbrechen.

So verliebt sich Julian etwa leidenschaftlich in eine schöne Vampirin, die ihm die Lebenskräfte aussaugt. Julians Knappe rettet ihm das Leben, indem er den Vampir tötet; daraufhin erschlägt Julian den Knappen in einem Anfall von Zorn. In der Hoffnung, der Verdammnis als Strafe für seine Sünden zu entrinnen, opfert Julian seine linke Hand einem Dämon; dessen Antwort auf seine Frage ist zwar offen, spendet ihm jedoch keinen Trost. Julian kommt zu dem Schluß, daß Gott, wie auch der Teufel, wahnsinnig sein muß. Auf seinen Fahrten in den Fernen Osten erfährt Julian, daß es andere Götter gibt, andere Welten, andere Dimensionen – doch nirgendwo gibt es Erlösung, nirgendwo dauerhafte Sicherheit.

Diese Sammlung von zwölf Fantasy-Kurzgeschichten Darrell Schweitzers erinnert Leser des Genres an Lord Dunsany, James Branch Cabell, Michael Moorcock und vielleicht auch an George MacDonald, den Autor der phantastischen Romane *Phantastes* und *Lilith,* viktorianischer Erwachsenen-Fantasy. Schweitzer ist jedoch ein ganz eigenständiger Autor, der niemand zu imitieren braucht. MacDonald zum Beispiel blieb, obwohl er in seinen Traumschilderungen viele phantastische Weiten erforschte, im Grunde immer ein frommer britischer Christ des neunzehnten Jahrhunderts; tatsächlich war er Pfarrer in einer freien Kirchengemeinde gewesen, bevor er diese Stelle aufgab, um sich ganz dem Schreiben zu widmen. Schweitzer hingegen gehört zur Gänze ins skeptische, zweifelnde, pessimistische, polydogmatische zwanzigste Jahrhundert, in welchem es den Menschen möglich ist, noch vor dem Frühstück sechs unmögliche Sachen zu glauben und am Nachmittag gar nichts mehr. Schweitzer sagt selbst, daß er zwar viele Erzählungen von den genannten Autoren gelesen hat, die eigentlichen Anregungen für die Geschichten von Sir Julian aber im wesentlichen aus mittelalterlichen Romanzen und Balladen sowie von Ingmar Bergmans Film *Das siebente Siegel* herrühren.

So schlägt sich Julian als fehlbarer und tragischer Held durch diesen Kosmos der Unsicherheiten, glänzend geschildert in Schweitzers flüssigem, unaufdringlichem Stil. Diese traumhaften – oft alptraumhaften – Erzählungen sind Stimmungsbilder, Stimmungen, die der Autor mit trügerischer Leichtheit heraufbeschwört. Am Ende hat der Leser das Gefühl, eine seltsame, fast quälende Erfahrung gemacht zu haben – etwas, das man nicht jeden Tag als etwas Alltägliches erleben möchte, das man aber doch als einen Teil seiner Erinnerungen schätzen gelernt hat.

L. SPRAGUE DE CAMP

»Ordnung«, so pflegte der alte Ritter, der mit uns auf der Burg meines Vaters lebte, mir zu erklären, »die Ordnung ist es, junger Julian, die allem zugrunde liegt. Gott in seinem Himmel, der Mensch auf Erden, der Teufel drunten. Damit beginnt alles. Von jenem ersten Morgen im Paradies an reihen sich die Tage bis hin zum Jüngsten Gericht, schreiten voran in strenger Reihe, hell und düster, freundlich oder zornig ihrem Inhalt nach, nach außen hin jedoch alle gleich. Tage wie bei einer Gardeparade des Kaisers von Byzanz. Ordnung. Das ist der Kern aller Dinge. Alles hat seinen Platz in der Reihenfolge der Ereignisse, die unsere Reise durchs Leben ist. Und droben, die Sterne und Planeten, die bewegen sich in ihren Sphären, jeder auf seiner Kreisbahn, in geordneten, gleichmäßigen Abständen voneinander, festgehalten von den goldenen Ketten, die die Engel schmiedeten …«

»Aber sie haben keine gleichen Abstände. Sie sind ganz unregelmäßig verstreut«, wandte ich ein. Ich war damals noch ein Kind. Wir beide saßen in einem Garten, es war ein klarer Sommerabend. Der Bart des alten Ritters glänzte silbern, als der Mond aufging.

»Das«, sagte er, »liegt an der Unvollkommenheit des menschlichen Auges, das nicht imstande ist, wahre Ordnung zu erkennen, es nicht mehr kann, seit unsere Stammeltern der Gnade verlustig gingen. Aber, wie der gelehrte Ptolemäus meint …«

»War der nicht ein Heide?«

»Unterbrich mich nicht! Du scheinst mir schon gescheiter zu sein, als gut für dich ist … Was nutzt es einem Menschen, sich großes Wissen zu erwerben, wenn er seine Seele verliert? Du stellst zu viele Fragen. Doch ich will dir kurz antworten, damit wir fortfahren können: Jawohl, er war ein Heide, aber weshalb sollte der Schöpfer nicht auch die verderbteste seiner Schöpfungen für seine eigenen, unergründlichen Zwecke einsetzen? Kann nicht die reine Hand einen beschmutzten Handschuh tragen und trotzdem rein bleiben?«

»Ich denke schon.«

Und so begann es. In jener Nacht hatte ich im Schlaf meine erste Vorahnung des Todes, die ich allerdings viele Jahre lang nicht verstand. Ich sah mich selbst an einem Kreuzweg begraben – wie ein Ketzer oder Verbrecher –, und mein unglücklicher Geist schwebte über dem Ort, schreckliche Mär verkündend, bis alle flohen, die ihn vernahmen, oder bis das Morgenlicht mich ins Grab zurück bannte.

So begann es. Als ich heranwuchs, schickte mich mein Vater auf eine andere Burg, wo ich als Page und Knappe dienen sollte, um alles zu lernen, was ein Edelmann können muß, will er das Schwert führen. Eines Winters sandte mich mein Herr überdies in eine große Stadt, wo ich an der Schule der Kathedrale Gottes Worte und Wege studieren sollte, »damit du mit der infernalischen Fragerei aufhörst«, wie er es ausdrückte.

1

Die Hexe

Vor langer, langer Zeit, als ich ein junger Mann war und eben erst zum Ritter geschlagen, da hielt mein Vetter, der Herzog Orlando, Hochzeit, und einen Tag vor dem Fest wurde eine große Jagd veranstaltet, um zu frischem Fleisch für das Mahl zu kommen. Ich war dabei, saß am Vorabend mit den anderen beisammen, trank und prahlte mit ihnen über die gewaltigen Bestien, die wir am nächsten Tag erlegen wollten, und schließlich, als es spät geworden war, gingen wir alle schlafen. Am nächsten Morgen weckte uns ein Trompetenstoß, und wir frühstückten, und während sich die Jagdgesellschaft versammelte, nahm mich der Herzog ein paar Schritte hinaus vor sein Burgtor und zeigte über die Felder, die als sanfte grüne, ernteverheißende Hügel sich wie ruhige Wogen in die Ferne erstreckten, bis sie unvermittelt endeten und der Wald begann.

»Jene Wälder«, sagte mein Gastgeber, »sind vollkommen unbewohnt. Sobald man das offene Land verläßt und in sie eindringt, ist man so weit von jeglicher Zivilisation entfernt wie am Grunde der See. Die Bäume verschlingen einen.«

»Lebt wirklich niemand dort? Könnte der Boden nicht gerodet werden?«

Da lachte mein Vetter. »Höchst großmütiger, ritterlicher und tapferer Sir Julian, wenn wir hier noch länger solche Dinge erörtern wollen, dann sind wir von der Jagd nicht zurück, bevor die Sonne sinkt!«

»Weshalb fürchtet ihr die Wälder des Nachts, wenn doch niemand dort lebt?« rief ich ihm nach, aber er hörte mich nicht. Er schrie bereits seinen Hundemeistern Anweisungen zu.

Ein wilder Ritt war das an jenem Tag. Die Hunde nahmen bald Witterung auf und ließen ein blutdürstiges Geheul hören, worauf sie losgelassen wurden. Wir folgten ihnen unter dem Donner von Hufen über staubige Straßen, über Zäune und Hecken. Wir fegten durch Felder reifenden Korns. Wir scheuchten die Bauern auf und lachten, als wir sie auseinanderstieben sahen. Dann erreichten wir jene Grenze aller menschlichen Ländereien, die mir mein Vetter gezeigt hatte, und stießen über diese Grenze hinaus ins Unbekannte vor, in jene verrufenen Wälder, angeführt von der jaulenden Meute. Gleich wurden zwei unvorsichtige Reiter, zwei federgeschmückte Zierbengel, deren Namen zu erfahren ich mir nie die Mühe gemacht hatte, von herunterhängenden Ästen aus dem Sattel gefegt. Wir scherten uns nicht um sie. Die Jagdhörner hallten durch die laubdunklen Schluchten wie die Rufe Neptuns und seiner Giganten in der Tiefe der grünen See, um den Männern anzuzeigen, wo ihre Gefährten waren, gleichwohl auch, um die Beute vor uns aufzuschrecken, um welches Wild es sich auch handeln mochte.

Nur einmal während dieser glorreichen, kühnen Hetzjagd, diesem scheinbar nicht endenden Ritt, bekam ich etwas wie einen flüchtigen Umriß zu Gesicht. Es war nicht viel mehr als ein Schattenfleck, dunkler als das Dickicht rundum, eine rasche Bewegung, die im nächsten Lidschlag schon wieder verschwunden war. Den Rest des Tages jagten wir dahin, galoppierten dem Klang der Hörner und der unsichtbaren Beute nach, eine endlose Verfolgung. Keiner hatte mehr zu sehen bekommen als ich.

Viele Pferde blieben erschöpft zurück. Mein Tier war von weißschaumigem Schweiß bedeckt. Nach und nach verklangen Hufegetrommel und Hörnerklang, blieben hinter mir, und ich wurde gewahr, daß ich in Führung lag. Mein Roß hatte mich in meinen ersten Schlachten getragen und war ausdauernder als alle anderen, und so würde ich wohl die Beute erlegen. Ich blickte über die Schulter zurück und sah nur noch einen Reiter in meiner Nähe, den Herzog.

»Ho!« schrie er. »Diese Beute wird unser!«

Doch in diesem Augenblick stolperte sein Pferd, als wollte das Schicksal ihm diesen Triumph nicht gönnen – ich glaube, eine Wurzel war die Ursache, so daß er nach vorn aus dem Sattel geschleudert wurde. Ich hörte das erschreckte Aufwiehern des Tieres und den abgehackten Fluch des Herzogs, daher schaute ich mich nochmals um und sah, was geschehen war. Ich riß mein Roß herum, um zu sehen, ob er verletzt sei, da kam er auf die Beine und winkte mich vorwärts.

»Weiter, du Narr! Weiter! Jetzt gehört die Beute dir, wenn du sie nicht entkommen läßt!«

So jagte ich weiter hinter den Hunden her, auf ermattendem Roß. Ich wußte, sehr viel weiter würde das Tier nicht mehr kommen, bevor es zusammenbrach. So oder so, die Jagd würde bald zu Ende sein. Ich konnte nur darauf vertrauen, daß die Bestie, die ich nun allein angreifen mußte, ebenfalls erschöpft wäre. Wenn alles mit natürlichen Dingen zuging, war sie es gewiß.

Da veränderte sich das Lärmen der Hunde schlagartig, zorniges Knurren und Schmerzgeheul ertönten. Offenbar kämpften sie mit irgend etwas. Im Unterholz vor mir rauschte und prasselte es, als fände ein Titanenkampf darin statt.

Ich traf auf einen von Herzog Orlandos besten Bluthunden, der mit aufgerissenem Bauch auf der Erde lag, noch am Leben und um sich schnappend. Und etwas weiter lag noch einer, und ein dritter, ein vierter. Wieder wurde ich dieses dunklen Umrisses gewahr, den ich zuvor erspäht hatte, dann stürmte das Vieh krachend davon. Auf einer Lichtung endlich stellte sich die Beute, und ich erkannte, was die Hunde so außer sich gebracht hatte. Es war ein riesiger Keiler, der gewaltigste, den ich je gesehen hatte, von der Schulterhöhe eines Ponys, aber viel schwerer, mit blutverschmierten Hauern wie Krummsäbel und rotglühenden Augen.

Ich senkte meinen Spieß, brüllte mit allen verbliebenen Kräften los und griff an. Der Keiler verharrte bis zum letzten Augenblick reglos und glotzte mich wütend an, bis meine Lanzenspitze nur mehr eine Handbreit von ihm entfernt war. Dann schnellte er herum und verschwand aufs neue in den Tiefen des Waldes. Ich hatte Mühe, zum Stehen zu kommen, mein Tier herumzuwerfen und die Verfolgung aufzunehmen, und dabei fing sich mein Spieß im Geäst und brach mit solcher Wucht, daß ich fast aus dem Sattel gehoben wurde. Als ich wieder recht zu Besinnung kam, war ich jenseits der Lichtung allein im Forst unter den hochragenden Bäumen mit ihren uralten Stämmen, die wie die Beine olympischer Götter mich winzigen Sterblichen umringten. Wo ihr Laubdach am dichtesten war, wurde es schon dunkel, der Tag neigte sich dem Ende zu.

Tiefer wurden die Schatten. Ich beugte mich dicht über den Hals meines Pferdes, um den herunterhängenden Zweigen und Ranken zu entgehen, während ich weiter in die Richtung galoppierte, in die die Bestie davongestürmt war. Ich machte mir wohl vor, meiner Beute auf den Fersen bleiben zu müssen, dabei hatte ich keine Ahnung, wie ich meinen Widersacher nur mit dem Schwert, das mir noch geblieben war, überwinden sollte. Ja, ich sah den Keiler wirklich als meinen Widersacher an – alle anderen hatte er besiegt, und nur ich war noch übrig, der den Sieg für uns erringen konnte. Ich hatte seit Stunden keinen anderen Jäger mehr zu Gesicht bekommen. Wenn ich versagte, dann wären alle Mühen dieses Tages vergebens gewesen, und des Herzogs Hochzeit am nächsten Morgen würde ohne frisches Fleisch gefeiert werden müssen.

Aber auch ich mühte mich vergeblich. Es waren keine Hunde mehr da, die mich auf die Spur bringen konnten. Entweder waren sie alle abgeschlachtet worden, oder sie hatten ebenfalls die Jagd aufgegeben. Einige Male hörte ich den Keiler selbst weit vor mir durchs Holz brechen, aber der Lärm wurde immer schwächer, bis ich nichts mehr hörte und zu der unvermeidlichen Erkenntnis kam, daß ich gleichfalls eine Niederlage erfahren hatte. Als darüber nun kein Zweifel mehr möglich war, zügelte ich mein schon taumelndes Reittier. Die arme Kreatur hätte ohnedies nicht mehr als ein paar Schritte weitergehen können.

Ich stieg ab und setzte mich auf den Stamm eines umgestürzten Baumes, und erst jetzt wurde mir meine Erschöpfung in vollem Ausmaß bewußt. Ich war kaum mehr imstande, wieder aufzustehen, um mich zu erleichtern. Ich hatte von der Früh bis zum Abend im Sattel gesessen, und ein wilder Ritt war es gewesen. Die Aufregung der Jagd hatte mir zusätzliche Kräfte verliehen, aber davon war jetzt nichts mehr übrig. Ich setzte mich wieder, nach Schweiß stinkend. Ich nahm den Helm ab und wischte mir den Dreck von der Stirn. Das Haar klebte mir am Schädel. In diesem Augenblick hatte ich das Gefühl, daß der unglückselige Orlando bei seiner Hochzeit nicht nur ohne Wildschweinbraten werde auskommen, sondern auch jemanden werde finden müssen, der meinen Platz einnehmen könnte. Ich war nicht mehr imstande, irgendwohin zu gehen.

In der Nähe plätscherte ein Bach. Mühsam raffte ich mich noch einmal auf, das Blut schwand mir aus dem Kopf, und Schwindel erfaßte mich, doch als ich wieder etwas sicherer auf den Beinen war, führte ich mein Pferd am Zügel bis zum Wasser. Beide tranken wir in tiefen Zügen. Dann saß ich reglos in der Abendkühle und sah zu, wie die Nachtvögel über mir kreisten, als nach und nach die Sterne hervorkamen.

Während ich so am Bachufer saß und die Dämmerung in Nacht überging, die wiederum einer Art Dämmerung wich, als der volle Erntemond aufging, da bemerkte ich etwas, das nicht von Natur aus Teil des Forstes war. Es befand sich am jenseitigen Ufer, ein wenig bachabwärts. Es war zu breit und zu niedrig, einfach zu eckig, um etwas natürlich Gewachsenes zu sein. Mühsam stand ich auf und watete ein paar Schritte in den Bach, um es mir näher zu besehen. Es war ein Gebäude, ein seit langem verlassenes Jagdhaus vielleicht, leer und verfallen. Kein Licht drang aus den Fensterhöhlen. Kein Laut ließ sich aus seinem Innern vernehmen.

Ich führte mein Pferd hinüber und band es an einer jungen Eiche fest. Hier würde ich die Nacht verbringen. In der Dunkelheit hätte ich nie zurück zur Burg meines Vetters gefunden, wie ich sehr gut wußte. Ich hatte nicht einmal eine Ahnung, wie weit ich in die Tiefen des Waldes vorgedrungen war, und etliche Male im Verlauf der Jagd hatte ich die Richtung gewechselt, so daß ich jetzt im Finstern gewiß nicht die richtige gefunden hätte.

Die Eingangstür stand offen, ließ sich aber nicht bewegen. Seit Generationen waren Schlingpflanzen darübergewachsen, hatten davon Besitz ergriffen und hielten sie an ihrem Platz fest, während die eigentlichen Türangeln wohl schon längst verrostet waren. Seitwärts schob ich mich ins Innere, streifte raschelnd an Blätterranken und spähte in die düstere Halle, wo vor langer Zeit irgendein Edler, vielleicht ein heidnischer Häuptling, die seltsamen Namen seiner Götter anrief und mit seinen Jagdgenossen wilde Feste feierte. Ein paar umgestürzte Bänke lagen immer noch herum. Der Lehmboden unter meinen Sohlen war feucht und weich. In der Mitte des Raumes, wo einst die Feuerstelle gewesen war, wuchsen ein paar dünne Stauden unter dem offenen Rauchabzug im Dach. Näher den Wänden zu, wo kein Tageslicht jemals hindrang, wuchsen in üppiger Zahl fahle Schwämme.

Ich trat wieder hinaus und sammelte ein paar trokkene Äste und dürres Laub, die ich dann drinnen am Rande der Feuerstelle aufhäufte. Mit Stahl und Feuerstein schlug ich Funken, und die Flammen würden für den Rest der Nacht die Kälte und die Wölfe fernhalten.

Hierauf ließ ich mich auf dem modrigen Boden nieder und versuchte zu schlafen.

Nicht lange war mir Ruhe vergönnt. Vielleicht war eine Stunde vergangen, vielleicht waren es auch nur wenige Minuten, während ich das Summen der Stechmücken in meinen Ohren nicht zu beachten versucht hatte. Dann hörte ich, wie sich mein Pferd draußen unruhig bewegte. Ich setzte mich auf, die Hand am Schwertgriff. Mondschein flutete durch den Rauchabzug, durch die halb zugewachsenen Fenster herein, erhellte Flecken und Streifen auf dem Boden, so auch die Stelle, an der ich saß. Ich trat das Feuer aus, zog mich in den Schatten zurück, ließ das Schwert aus der Scheide gleiten und wartete.

Mein Pferd wieherte, stampfte mit den Hufen, dann schrie es vor Entsetzen. Unvermittelt hallte der Wald wider von den Schreien der Nachtvögel, der Kobolde, was auch immer, und dann wurde es wiederum ganz still, bis auf das wild an seinem Zügel zerrende Pferd, dem es endlich gelang, sich loszureißen, worauf es davongaloppierte. Es war, als hätte all der Lärm irgend etwas angekündigt, das nun eingetroffen war. Der ganze Aufruhr hatte nur wenige Augenblicke lang gedauert. Bis ich zum Fenster gelangt war, um nachzusehen, war mein Reittier verschwunden, und ich erkannte, was es so erschreckt hatte.

Tausende Schlangen hatten das Haus eingekreist wie eine träge, dunkel wogende Flut.

Über die bröckelnden Fenstersimse, durch die rankenverwachsene Tür strömten sie herein wie eine dickflüssige Masse und dennoch mit Zweck und Ziel. Voller Entsetzen bekreuzigte ich mich. Instinktiv wich ich langsam vor ihnen zurück. Ich mußte sehr an mich halten, um nicht aufzuschreien, nicht panisch davonzurennen, überhaupt nichts zu tun, was ihre Aufmerksamkeit auf mich lenken konnte. Ich kehrte in den schattigen Winkel zurück und stand stockstill, mit dem Rücken gegen die Wand, so weit von den Fensterlöchern entfernt wie nur möglich. Wenn sie näher kamen, konnte die leichteste Bewegung mich verraten. Mit aufgerissenen Augen starrte ich hin, als sie sich in der Mitte des Raumes sammelten, gerade wo ich gelegen hatte. Sie umkreisten die Asche meines Feuers und krochen hindurch, ohne daß ihnen offenbar die zurückgebliebene Hitze etwas ausmachte. Sie suchten etwas, das nicht mehr da war. Mich bemerkten sie nicht. Es klingt unglaublich, aber keine kam meinen Füßen näher als etwa drei Ellen. Dann, nachdem sie ihr Vorhaben erreicht oder auch ihre Suche als nutzlos erkannt hatten, verzogen sich die Kreaturen, wiederum alle auf einmal, als lenkte sie ein einziger Verstand, und krochen davon, wie sie gekommen waren. Wie eine zurückweichende Flut sickerten sie über die Türschwelle und allerlei Ritzen und Löcher in den alten Mauern davon.

Als alle verschwunden waren, hatte ich nur einen Gedanken – so schnell wie möglich diesen unheimlichen Ort zu fliehen. Ich hatte kein Pferd mehr, aber ich wußte, daß mich auch meine Füße nun schnell und weit fortbringen würden.

Wiederum aber hallte das Geäst der Bäume wider von wüstem Gekreisch, wieder kündigte sich etwas an, traf ein. Diesmal waren es Ratten, eine unübersehbare Horde, die in den verfallenen Bau eindrangen wie ein Heer in eine wehrlose Burg. Im Mondlicht glommen ihre Augen wie eine Milliarde nadelstichkleiner Fackeln. Auch sie strömten über den Fenstersims herein, drückten sich raschelnd durch die Pflanzenranken im Türspalt. Wie ihre Vorgänger kamen sie bis in die Mitte des Raumes, umkreisten und beschnüffelten die Asche meines Feuers und verschwanden wieder, ohne mich in meinem Winkel bemerkt zu haben.

Bevor ich mich davonmachen konnte, kündigte sich schon der nächste, der dritte Überfall an. Wölfe waren es nun, seltsam stumm und lautlos; ein wogendes Durcheinander von Augen und Schnauzen und Schwänzen füllte die Halle. Sie drängten sich gegen mich, und dennoch schienen sie mich nicht wahrzunehmen, so unglaublich das klingt. Sie kratzten in der Asche herum, schnüffelten daran und verschwanden. Als nächstes kamen Habichte, die durch den Rauchabzug und die Fensterhöhlen hereinwirbelten, bis die Luft erfüllt war von Schreien und rauschenden Schwingen. Dann waren sie auch schon wieder verschwunden, und nur ein paar lose über den Boden treibende Federn bewiesen mir, daß nicht alles nur Einbildung gewesen war. Nun glaubte ich zu verstehen: alle diese Wesen waren ein Vorspiel, so wie Regen und Hagel vor einem Sturm kommen.

Gleich darauf traf dieser Sturm ein, in nämlicher Form: die Eingangstür der Halle zerbarst in tausend Splitter, die Ranken wurden zerfetzt, und wie ein fleischgewordener Rammbock stürmte die Riesenbestie herein, die ich den ganzen Tag verfolgt hatte, der Keiler mit den schwertartigen Hauern. Auch er brauste wie die anderen in die Mitte des Raumes, als erwartete er hier irgend etwas, blieb stehen, zerpflügte die Asche mit den Hufen, aber er verschwand nicht wie die anderen. Er wandte sich genau in die Richtung, wo ich stand, als sei er sich vollkommen sicher, und schnaubte und kratzte mit den Vorderläufen über den Boden, gerade wie es ein Stier tut, bevor er angreift.

Mir kam der verrückte Gedanke, ich könnte diese Bestie für Herzog Orlandos Hochzeitsfest töten. Irgendeine Regung von Wahnsinn flüsterte mir ein, daß dies möglich sei, daß die Jagd nun doch nicht vergebens gewesen sei, aber mein Verstand sagte mir, daß dieses Wesen vor mir kein sterbliches sei. Es mußte etwas Übernatürliches sein, das Gott oder der Teufel zu einem bestimmten Zweck ausgesandt hatte, einem gewißlich viel wesentlicheren Zweck, als nur einer Hundertschaft Ritter und ihren Damen den Magen zu füllen.

Ich senkte mein Schwert in dem Wissen, daß es mir hier nicht helfen konnte. Hierauf sprach ich die Bestie an: »Was bist du in Wahrheit, und wozu wurdest du gesandt?«

Der Keiler wich zurück, grunzte und veränderte sich. Seine Form fiel in sich zusammen wie ein angestochener Wassersack. Ich hatte in diesem Augenblick ein äußerst seltsames Gefühl – als rängen mächtige Kräfte um mich herum miteinander, übernatürliche Fluten, die sich einander entgegenstemmten, mich zermalmten zwischen ihnen. Willenlos wie eine Marionette näherte ich mich der formlosen Masse, sah zu, wie sie dunkler wurde, eine glänzende, haarlose Haut bekam, schließlich zusammensank zu einer Pfütze namenlosen Schlamms, und sprang erstaunt zurück, als sie sich aufblähte und zu neuer Form wiedererstand.

Jetzt war das Wesen ein Einhorn, mit einem speerlangen tödlichen Horn, einem fahlen Körper und bösen roten Augen.

Und dann wieder ein Zusammenfallen, ein Verschwimmen, eine Verwandlung, in der ein kleiner Drache entstand, mit goldenen Schuppen, der blaue Flammen hervorfauchte. Und wieder – ein zweiköpfiger schwarzer Raubvogel, größer als ein Mensch, den die Heiden Rock nennen; der wiederum wandelte sich um in eine scharlachrote Katze von der Größe eines Elefanten, die rasiermesserscharfe lange Klauen besaß.

Endlich besann sich das Ding und wurde zu einem alten Weib mit krummem Rücken, mit unförmig verzogenen Schultern und einem häßlich schief auf dem kurzen Hals sitzenden Kopf. Das Gesicht war abscheulich, voller Narben, Furunkel und Falten, verrunzelt wie schlecht gegerbtes Leder.

Die Alte lachte, mit einer Stimme, an der nichts Menschliches mehr war. Sie klang wie – was? – wie das Krächzen verrosteter Türangeln, das Keckern sämtlicher Ratten in all den Milliarden Dunggräben des Universums, das Knirschen verdorrter Gebeine.

»So, so, ein edler Ritter wird mein Gast sein.«

»Dein – dein Gast?«

Ihre Lippen verzerrten sich, sie bohrte in der Nase und schniefte, wies mit einem verdorrten Finger auf mich und lachte neuerlich.

»Ja, der mit seinen Gunstbeweisen für meine Gastfreundschaft bezahlen wird. Der mir und den Meinen aufwarten wird ...«

Eine Woge von Ekel und namenlosem Entsetzen überkam mich. »Nein!« schrie ich und erhob mein Schwert zum Schlag.

Ein drittes Mal lachte sie.

»Du kannst mir nichts antun. Ich habe schon so lange gelebt, daß man mich nicht so leicht zu Tode bringen kann. Steck deine Waffe weg, Herr Ritter. Wisse, daß ich deine Seele aus dem Körper reißen kann, bevor du den Streich vollendest.«

Ich schob die Klinge in die Scheide und tat, als würde ich auf eine bessere Gelegenheit warten, mir etwas anderes einfallen zu lassen.

»Hör mich an«, sprach sie. »Ich habe dich aus einem bestimmten Grund kommen lassen. Alles, was du am heutigen Tag erlebt hast, ist mein Werk. Ich betörte die Jäger und führte sie von dir weg. Dich brachte ich hierher, damit du vollbringst, was ich erhoffe. Ich werde dich um eine besondere Gunst bitten …«

»Eine Gunst? Wie kannst du …?«

»Still! Höre: Vor vielen Jahren, Jahrhunderte in der Vergangenheit, erbauten meine Vorväter dieses Herrenhaus und lebten darin. Hier prahlten und feierten sie und planten ihre Fehden, und manche starben hier. Andere wieder wurden hier geboren, und die Götter waren ihnen gewogen, denn sie waren ein stolzer, wilder und mächtiger Stamm, der denen droben Wohlgefallen bereitete. Dann aber kam der neue Gott und vertrieb die alten, und die Priester kamen. Viele Leute hörten auf die neue Lehre und verließen diesen Ort, doch meine Eltern nicht. Sie blieben hier und hielten an den alten Bräuchen und an ihren Göttern fest, bis die Priester des neuen Gottes ihnen einen Fluch auferlegten, und sie starben. Und der Fluch wirkte noch bis auf mich. Du siehst mein Gesicht, und dir graut. Du wendest dich mit Ekel von mir ab. Dies ist mein wahres Gesicht, und das ist der Körper, in den ich hineingeboren wurde. So sehen die Gaben von Christus dem Erlöser aus. Schau dir das Ergebnis der göttlichen Gnade des Heilands nur gut an. Diese Bürde erlegte er mir auf, und um das Maß vollzumachen, verzierte er mein Gesicht auf diese Weise. Kein Mann wollte mich jemals anrühren; *kein Mann,* wie verzweifelt er auch sein mochte, wollte je bei mir liegen.«

»Lady, dies ist eine schreckliche Geschichte, aber wie könnte ich …?«

»Hör mich an, und du wirst es erfahren! Wundert es dich, daß ich schließlich in meiner Verzweiflung den Dunklen anrief und ihn auf mein Lager nahm? Er schenkte mir Macht und viele Erscheinungsformen, aber er band mich an sich.«

»Wozu erzählst du mir das alles? Bin ich ein Priester, daß du mich so weither zur Beichte geholt hast?«

»Kein Priester«, antwortete sie, »aber ein Gast, der

mir dennoch zu Diensten sein wird. Viele Ritter habe ich hier empfangen, und alle haben mir eine Mahlzeit bereitet. Das wirst auch du tun.«

»Eine Mahlzeit? Aber es gibt keine Vorräte hier. Ich habe nichts mit.«

»Dein Pferd. Geh hinaus und bring es herein und schlachte es. Es ist geflohen, aber ich habe es zurückgerufen. Versuch nicht, aufzusteigen und zu entfliehen. Die Wesen, die du gesehen hast, treiben mir jede Beute zu, und Menschen am allerleichtesten. Freiwillig oder mit Gewalt – ich werde bekommen, was ich brauche.«

Viele edle Ritter hatte sie in diesem Haus ihrer Väter empfangen. Was war aus ihnen geworden? Ich bezweifelte sehr, daß alle einfach gehen durften, nachdem sie ihr Reittier geopfert hatten. Das konnte nicht alles sein. Mit jedem Augenblick schloß sich die Falle, in die ich geraten war, enger um mich.

Ich tat wie mir befohlen. Draußen erwartete mich mein Tier, wie die Hexe vorausgesagt hatte, und ich führte das müde, vertrauensvolle Roß in die Halle. Dies war jetzt leicht möglich, denn die Tür war zu Splittern zerborsten. Und als ich wieder vor ihr stand, führte ich wie ein schäbiger Verräter auch den Rest meines Auftrags aus. Ich tötete mein treues Reittier mit dem Schwert. Ein Pferd zu schlachten, ist eine grausige Angelegenheit, selbst wenn es mit einem einzigen Stich ins Herz geschieht. Das sterbende Geschöpf stürzte zu Boden, schlug um sich, wieherte und hustete blutigen Schaum hervor. Ich brachte mich vor den fliegenden Hufen in Sicherheit, wartete, bis es verendet war, und zog mich dann voller Ekel und Entsetzen noch weiter zurück, als die alte Frau, die Hexe, deren ›Gast‹ ich war, sich über den Kadaver warf, die Lippen an die Wunde legte und zu schlürfen begann.

Ihre Augen waren vor Entzücken geweitet. Einmal verschluckte sie sich, würgte, bis ihr das Blut über Kinn und Hals rann, machte sich aber gleich wieder über das

Tier her, einem widerwärtigen Blutegel gleich, der ihm auf unverständliche Weise jegliche Substanz aussaugte. Vor meinen Augen stachen die Rippen hervor, und die Haut spannte sich über Beinen, Schultern, Hals und Schädel. Dem Anschein nach hätte man wohl angenommen, daß dieses Pferd durch Hunger, nicht durch das Schwert umgekommen sei. Es war nur mehr eine leere Hülle.

Nichts hätte ich lieber getan, als mein Schwert auch in das Herz der Alten zu rennen, aber es bot sich keine Möglichkeit, sie zu überraschen. Auch während sie in ihr Festmahl vertieft war, beobachtete sie doch jede meiner Bewegungen. Wenn ich nur einmal das Gewicht von einem Bein auf das andere verlegte, blickte sie auf, und ihre Miene drückte eine wortlose Warnung aus, als könne sie meine Gedanken vorausahnen.

Als sie endlich fertig war, erhob sie sich und lächelte, schmatzend und bluttriefend. Sie bot noch immer den gleichen entsetzlichen Anblick wie zuvor, ihr Äußeres hatte sich überhaupt nicht verändert. Ich hatte eigentlich etwas anderes erwartet. Ich hatte angenommen, daß sie aus dem Lebenssaft meines armen Reittiers irgendwelche besonderen Kräfte gewinnen werde, die ihr eine Verwandlung ermöglichen würden.

Wie sich später herausstellte hatte ich zum Teil recht.

»Jetzt leg deine Kleider ab«, befahl sie, »und breite sie auf dem Boden aus, damit wir darauf zusammen liegen können.«

Ich wußte wohl in diesem Augenblick, was ich hätte tun sollen, was mein ritterliches Gelübde von mir verlangt hätte. Ich hätte mich mit hocherhobenem Schwert auf sie stürzen sollen in der leisen Hoffnung, daß ich die Hexe noch im Tode durch meinen herunterfallenden Arm umbringen könnte. Dann wäre ich als Märtyrer für meinen Gott und die Menschheit gestorben und hätte meine Seele den Händen irgendeines Engels überantworten können, der sie sachte in den Himmel emporgetragen hätte. Das hätte ich tun sollen, aber ich tat es nicht, denn ganz im Innersten wußte ich, daß mein Tod vergeblich sein würde. Dieses Ungeheuer konnte nicht getötet werden, und ob ich starb oder weiterlebte, war ohne Bedeutung für sein Fortbestehen. Das einzige, was hier auf dem Spiel stand, war mein Leben, und mehr als je zuvor wollte ich in diesem Augenblick weiterleben. Ich sagte mir, daß das Blau des strahlenden Himmels, die Blumen eines sonnenüberglänzten Feldes, das Lachen von Kindern, die Liebe eines schönen Mädchens, daß dies alles den Makel dessen, was ich jetzt tun würde, von mir abwaschen könnte. Dies wog ich ab gegen den Keiler, den Drachen, die Wölfe, die Finsternis des unbekannten Forstes, und ich brauche wohl nicht zu sagen, was ich erstrebenswerter fand. Alle meine Gelübde, mein ritterlicher Eid, das alles löste sich in Nichts auf, war unmöglich, undenkbar, lächerlich geworden.

Ohne ihre Fetzen sah die Hexe noch abscheulicher aus, bläulich wie ein wochenalter Kadaver, mit dicken geschwollenen Adern, die ihren Körper zuckend überzogen. Ihr Fleisch war weich, zu weich, und klebrig. Der Gestank war unerträglich. Ich lieferte mich ihr aus, und alle meine Sinne verließen mich.

Nach einer Ewigkeit furchtbarer Träume erwachte ich, nackt auf einem Haufen meiner eigenen Kleider auf dem Boden des verfallenen Jagdschlosses liegend. Es war immer noch Nacht. Der Mond stand tief, aber er spendete noch genug Licht, weil seine Strahlen fast waagrecht durch die Bäume sickerten, die vor den Fensterhöhlen der Westseite aufragten.

Neben mir lag noch jemand, und als ich sie sah, dachte ich immer noch zu träumen. Das war nicht mehr das stinkende Scheusal, nicht des Teufels gräßliche Hure, sondern ein liebliches, vollkommen geformtes Mädchen. Ihre Haut war hell und ohne jeglichen

Makel, ihre Züge waren von einer Schönheit, die auch der begabteste Porträtkünstler nicht zu erfassen vermocht hätte. Ihr weiches goldenes Haar floß wie ein seidiges Rinnsal bis über ihre winzigen Brüste hinunter.

Sie erwachte und sah mich, und für eine Weile schien sie sich nicht zurechtzufinden. Dann sprach sie mich an. Ihre Stimme war leise, melodisch, war wie ein Singen. Sie berührte die eigenen nackten Schultern und lächelte verzückt über das, was sie fühlte.

»Ich glaube, jetzt wirst du vieles über mich verstehen«, sagte sie.

»Über dich? Ich habe dich noch nie zuvor gesehen. Wie kommst du an diesen entsetzlichen Ort?«

»Ich bin dieselbe, die zuvor hier war. Sieh, jetzt habe ich die Gestalt, die ich mir immer gewünscht habe. Es war Teil des Fluches, der mir auferlegt war, daß ich nur in dieser Gestalt jemandem mein wahres Schicksal erzählen kann. Schon oft durfte ich dieses Aussehen annehmen, aber bisher immer nur in Gegenwart des Dunklen, der mir die Kraft zur Verwandlung verlieh. Doch höre jetzt den Rest meiner Geschichte: Als ich ihn zu mir rief in meiner tiefsten Verzweiflung, da sagte er mir, er könne mich schön machen, aber nur durch seine Berührung. Und so berührte er mich und nahm meinen Körper, und ich war schön, und diese lange Nacht hindurch pries ich den Namen Satans. Aber als ich dann des Morgens ins Dorf zurückkehrte und den Männern dort zurief: ›Seht doch, bin ich nicht schön?‹, da spotteten sie mich aus. Sie spuckten mich an und trieben mich mit einem Hagel von Steinen in die Wälder zurück. Ich war überhaupt nicht schön. Der Zauber war erloschen. Als in der folgenden Nacht mein Liebhaber mit den schwarzen Schwingen wiederkam, verfluchte ich ihn, und er lachte: ›Wenn du jemals einen anderen dazu bringst, bei dir zu liegen, wie ich es getan habe, so wie du bist, und ohne zu wissen, wie du sein wirst, dann ist diese Schönheit auf Ewigkeit dein, und sie wird auch nicht verblassen, wenn du einst in mein Flammenreich eingehst. Nachdem du dies erreicht hast, werde ich jedoch noch einmal versuchen, dich zu nehmen, und wenn es mir gelingt, dann wirst du so bleiben wie eh und je, und ich werde dich jede Nacht aufsuchen, bis ich es müde werde. So muß also derjenige, der deine Verwandlung bewirkt, noch in derselben Nacht mir gegenübertreten. Er muß dein Verteidiger sein.‹«

Ich sprang auf und riß meine Kleider an mich.

»Nein! Bin ich wahnsinnig? Damit will ich nichts zu tun haben!«

Sie weinte und flehte mich an und besiegte schließlich meine Vernunft. Ich wußte nur zu gut, daß dies nur eine weitere Maske sein konnte, daß ihre ganze Geschichte eine Lüge war und unter dem schönen Antlitz die Hexe lauerte. Es erschien mir wahrscheinlich, daß sie diese Gestalt annehmen konnte, wie es die Gelegenheit gerade erforderte, so wie sie ein Drache oder ein wilder Keiler werden konnte. Sie rief mich nun mit Sirenentönen – nein, eher wie ein Raubkäfer, der sich in der Tiefe einer Blüte verbirgt und sich auf die Biene stürzt, die den Nektar sucht. Doch sie betörte mich, besiegte mich letztendlich, ich habe es schon zugegeben, und ich konnte mich ihr nicht mehr entziehen. Ihre Schönheit, ihre scheinbar in wundersamer Weise wiederhergestellte Unschuld, die nicht aufs neue zuschanden gemacht werden sollte, all dies besiegte mich viel leichter als irgendein tatsächlicher Gegner.

»Seid Ihr ein Ritter?« schluchzte sie. »Ist all Eure Ritterlichkeit nur ein lügenhaftes Spiel?«

»Lady, ich gebe zu, daß dies wahrscheinlich so ist. Manchmal war ich mir dessen sogar sicher. Ich will leben, wie jeder andere Mensch auch. Ich bin nicht gewillt, mich für einen anderen zu opfern.«

»Aber Ihr habt bereits ein Leben gehabt, ich jedoch

nicht. Ich wurde bereits bei meiner Geburt darum betrogen. Laßt mich jetzt zum ersten Mal richtig leben. Laßt die edlen Taten, zu denen Ihr Euch verpflichtet habt, wahr werden. *Helft mir …*«

Schließlich willigte ich ein.

»Was muß ich tun?«

»Wenn er kommt, dann müßt Ihr entweder mit ihm kämpfen oder alles tun, was er verlangt. Mehr kann ich Euch nicht sagen. Ich muß jetzt gehen, bevor er eintrifft.«

Sie zog die schmutzigen Fetzen über, die dem alten Scheusal gehört hatten – immer noch konnte ich in den beiden nicht ein und dieselbe Person sehen –, und sie wirkten nicht mehr häßlich, sondern wie ein Scherz, so als ob die berühmte Helena einen Kartoffelsack trüge. Mir war fast zum Lachen zumute.

Als sie sich zur Tür wandte, sagte ich: »Wartet.« Ich kniete nieder, und innerlich war mir völlig ernst dabei, auch wenn ich es nach außen hin wie eine Art Spiel nahm. »Schöne Dame, ich flehe Euch an, gebt mir einmal nur Eure Hand, bevor Ihr geht.«

Verwirrt tat sie nach meinem Wunsch, und ich küßte ihr die Hand, wie man die einer Königin küßt. Da ließ sie sich auf die Knie fallen und küßte mich auf den Mund und umarmte mich, und da konnte ich all das Entsetzliche vergessen, das vorgefallen war.

Allein wartete ich für den Rest der Nacht, bereit für einen Kampf, der keine Hoffnung auf einen Sieg bot, doch meine Niederlage würde wenigstens einen Sinn haben. Es war eine schöne, friedliche Wache, während der mich nur hin und wieder ein sorgenvoller Gedanke durchzuckte. *Wie weit ist sie nun weg? Kann sie den Pfad aus dem Wald heraus finden?* Ich würde im Haus ihrer Vorfahren für sie eintreten und ihr den Feind so lange wie möglich vom Leibe halten, um ihr noch einige kostbare Sekunden Zeit zu verschaffen. Ich frohlockte innerlich, vielleicht wie ein Vater sich fühlen mag, wenn er erfährt, daß sein Kind sicher zur Welt gebracht worden ist. Mehr als irgendwer sonst war ich eine Art Vater für dieses Mädchen. Ich hatte sie geschaffen, ihr Gestalt und Aussehen verliehen. Jetzt wäre ich ihr Kämpfer, tapfer wie nur irgendeiner aus den Rittersagen, auf daß sie ihr Leben haben und Erfüllung finden sollte.

So wartete ich, und kurz vor Anbruch des Tages kam der Widersacher. Zuerst vernahm ich den Schlag schwerer Schwingen, dann ein Poltern und Klappern, als trabe ein Hengst über das Dach, und ich zog mein Schwert und wartete, daß er in der verfallenen Türöffnung erscheine.

Seine Füße waren gespaltene Hufe, doch von den Knöcheln aufwärts war er menschlich, ein nackter, mit stählernen Muskeln ausgestatteter Mann, dessen Haut nicht dunkelbraun wie die eines Afrikaners war, sondern glänzend schwarz wie Steinkohle. Von seinen Schultern ragten mächtige gefiederte Schwingen empor, die Flügel eines riesigen schwarzen Schwans.

Der schönste der gefallenen Engel stand vor mir und lächelte, denn er wußte alles, was sich ereignet hatte.

»Sie hat ihren Auftrag gut erfüllt«, sagte er, »und ich bin zufrieden. Ihr Zweck ist erfüllt, und ich gebe sie frei. Nun, Ritter Julian, gehörst du mir, aber ich werde dich jetzt nicht mitnehmen. Du wirst auf deine eigene Weise zu mir kommen, zu deiner eigenen Zeit, doch kommen wirst du. Bis dahin, so lautet mein Wille, sollst du leben, die Welt durchwandern und sie in meinem Namen kennenlernen.«

Da ging die Sonne auf, und er war verschwunden, und das neue Licht enthüllte mir eine Welt, die anders war, fremd und schrecklich verschieden von der, die ich am Tage zuvor gekannt hatte.

Ordnung. Alles an seinem Platz, als Teil eines großen Plans. Mein Vater starb, und seine Burg und Ländereien gingen auf mich über, so wie die Tage kamen und gingen. Eine kurze Zeit lebte ich nach außen hin in Frieden, nur des Nachts manchmal von Schreckensbildern geplagt. Doch dann, als ich mich auf einer weiten Reise befand, rotteten sich Feinde zusammen und stürmten die Burg und brannten sie nieder und töteten oder raubten alles darin und teilten die Ländereien unter sich auf.

Meneh … meneh … tekel … upharsin … *Ich war gewogen und für zu leicht befunden worden.*

»Ich allein habe überlebt, um dir zu berichten«, sagte der, der mir die Nachricht brachte.

Niemand nahm sich meiner Sache an. So nahm ich mich einer anderen Sache an und segelte gen Osten. Später erfuhr ich aus ganz anderem Munde, daß der alte Ritter, der mein Lehrer gewesen war, in diesem Kampf gefallen war, und als die Krähen kamen, seine Augen auszupicken, seien sie hintereinander dagesessen und hätten gewartet, ganz ordentlich, bis sie an die Reihe kämen.

2

Die Dame vom Quell

Es war ein altes Land, in dem die Schlacht stattgefunden hatte; ein Land der leerstehenden Herrensitze und verlassenen Burgen, deren verfallene Mauern nichts vor nichts mehr schützten, und der Straßen, die sich im Nirgendwo verloren. Drei Tage lang hatten an diesem Ort die Schwerter der beiden Heere ihren schrecklichen Klang gegen Schilde und Rüstungen ertönen lassen, und als der Kampf vorüber und alles still geworden war, da zog ein dichter Nebel über dem blutgetränkten Erdreich auf.

Ich ritt vom Schlachtfeld fort, entlang eines Waldrandes, der sich die Hügel hinauf bis in die Berge zog, und hinter mir vernahm ich immer noch das Stöhnen und Fluchen der Sterbenden. Ich schauderte vor Kälte und Abscheu und wickelte mich fester in meinen Mantel. Ich beeilte mich weiterzukommen.

Ich rief mir in Erinnerung, daß ich mich auf einer Suche befand. Bisher war ich durch viele Länder gereist, die den Erdkundigen unbekannt waren, hatte Räubern und Wölfen getrotzt, hatte Wunder gesehen und Widrigkeiten durchgemacht, und dennoch strebte ich weiter mein gefahrvolles Ziel an. Mir war bewußt, daß ich um einer wahrhaften und gerechten Sache willen unterwegs war und daß ich als Held und vielleicht als Heiliger geehrt werden würde, wäre sie einmal vollbracht, und daß die gesamte Christenheit mein Lob singen würde. Zur Zeit erschien mir dies alles jedoch unendlich fern und bedeutungslos, denn ich war entsetzlich müde. Doch ich wollte mich nicht zur Rast inmitten der Erschlagenen niederlassen, deshalb trieb ich mein Reittier weiter.

Schließlich stieg das Land ringsum an, der Pfad wand sich zwischen Hügeln hindurch und wurde immer steiler, und da wurde mir klar, daß ich nicht haltmachen konnte, sonst würde ich bei meiner Erschöpfung vielleicht einschlafen und erfrieren oder auch irgendwelchen hier umherstreifenden wilden Tieren zum Opfer fallen. Es war Herbst, und im Hochland lauerte bereits der Winter.

Der Weg wurde immer beschwerlicher, und ich spürte, wie mein Roß sich abmühte. Jeder Atemzug des armen Geschöpfs war eine Mühsal, Schaum stand ihm vor dem Maul, und ich merkte, daß das Tier ebenso nahe der völligen Erschöpfung war wie ich. So erschien es mir wie ein Wunder, ein Geschenk Gottes als Antwort auf meine unausgesprochenen Gebete, als ich inmitten dieser Steilwände und Bergpfade ein geschütztes tiefes Tal voll herrlicher Blüten und hoher Bäume entdeckte. Die Sonne war fast schon untergegangen, doch als ich in das Tal einritt, schien mir die Kälte der Bergnacht zurückzubleiben.

Nach einer kleinen Weile erreichte ich ein Brunnenbecken, eingebettet in Buschwerk inmitten des Tals. Das leise Plätschern des Quells untermalte die Stille des samtdunklen Abends. Über mir lichteten sich die Wolken, und der Jäger Orion spähte aus dem Nachthimmel herunter.

Ich stieg ab, trank und wusch mir den Staub vom Gesicht. Auch mein Pferd trank sich satt. Nach dieser Erfrischung setzte ich mich und versuchte zu vergessen, was ich an diesem Tag getan hatte, wie viele ich erschlagen, wie viele ich zum Krüppel gemacht hatte. Mein Schwert in der Scheide war in einem gräßlichen Zustand, doch das scherte mich jetzt nicht. Es kümmerte mich auch wenig, daß Graf Mordantas vom Grauen Berg mitsamt all seinen Edlen erschlagen im

Morast lag oder daß sein Söldnerheer in alle Winde zerstreut war. Auch ich war vom Schlachtfeld geflüchtet, als der Ausgang hoffnungslos geworden war, weil ich nicht sterben wollte. Ich wählte Leben vor Ritterlichkeit, obwohl der Graf freundlich zu mir gewesen war und mir während der Festtage Gastrecht gewährt hatte. Irgendwie erschien mir dieser Treuebruch die einzig vernünftige Entscheidung, und es bedeutete mir nichts, daß das Heer der roten Banner nun das gesamte Land von Thandaroum bis zum Meer besetzt hielt oder daß das Heer der blauen Banner niemals mehr einen Kampf bestreiten würde. Auch erschien es mir gar nicht falsch oder unrecht, daß ich nicht um meinen Knappen Jon trauerte, meinen treuen Gefährten bei all meinen Reisen, den ich nun verloren hatte und der zweifelsohne bereits zum Festmahl für die Raben geworden war. Wie die Schattenbilder von einem Mummenschanz zogen diese Ereignisse vor meinem geistigen Auge vorüber, seltsam fremd und fern, und ich war zu erschöpft, um irgendeinen Kummer zu empfinden.

Nach einer Weile wurde ich auf die Zeichen an der Marmoreinfassung des Brunnens aufmerksam, und ich strich mit den Fingern darüber. Alt und verwittert waren sie, kaum mehr lesbar, in einer Schrift, wie sie in einer der seltenen alten Inschriften im Latein des großen Roms vorkommen mochte, Jahrhunderte alt, vielleicht auch noch sehr viel älter, aus einer unvorstellbaren, zeitlosen Vergangenheit.

Ich war nicht imstande, jetzt weiter darüber nachzugrübeln. Ich erhob mich, taumelte ein paar Schritte weiter, bis ich einen halbwegs bequemen Platz gefunden hatte, ließ mich auf den Boden fallen und schlief.

In dieser Nacht träumte ich, ich sähe alle Herrscher der Vergangenheit vor mir, zahllose Reiche vor meinem Auge entstehen und zerfallen, vergehen, wie die Jahre vergingen. Rom sah ich und Karthago, Ninive und Theben. Ich sah die Schrift an der Wand von Babylon, die letzten Tage vom Ur der Chaldäer, und dann wurde ich noch viel schneller durch die Zeiten in die Vergangenheit zurückgetragen, als seltsame Götter auf Erden wandelten, als Land war, wo jetzt Meer ist, und Meer war, wo jetzt Berge aufragen. Ich sah Städte, von denen die Geschichtsschreibung nichts weiß, und in meinem Traum kannte ich ihre Namen, wiewohl sie meinem Ohr fremd waren: Belhimra, Gldathrion, Sithuil und Kosch-Ni-Hye. All dies nahm ich wahr, bevor es verging. Berühmte und einfache Menschen bevölkerten den Erdkreis, und manche ruderten mit ihren Schiffen bis zu seinem Rande, wo alle Ozeane sich in den Abgrund ergießen. Bis in den höchsten Norden reisten sie, in die Länder des ewigen Schnees und Eises, wo es immer noch die Reiche der Elfen gibt, und in den Westen, wo Urwälder uralte Städte überwuchern und wo der Legende nach König Aznaroth für immerdar nach der goldenen Stadt des Sonnenuntergangs sucht.

Immer weiter trieb ich auf dem Fluß meiner Träume, bis ich endlich am Anfang aller Zeiten ankam, bevor es Jahre und Tage gab, als Götter, von denen Christus nichts wußte, die Welt aus dem Urchaos schufen und Garil der Erbauer in der Morgendämmerung der Erde den Vater aller Städte errichtete, das gesegnete Throramna. Hier endlich kam ich zur Ruhe, und ich fand mich vor dem goldenen Tor jener Stadt. Ich stieg auf einen kleinen Hügel, um die Inschrift darüber zu lesen. Sie war in einer alten Sprache geschrieben, doch die Stimme meiner Träume flüsterte mir zu, was sie bedeutete: HIER ERHEBT SICH THRORAMNA ALS DENKMAL FÜR DIE NEUNUNDVIERZIG GÖTTER DIE WAREN.

Einige Augenblicke lang dachte ich darüber nach, bevor ich eintrat. Es stellte sich heraus, daß das Tor unverschlossen und unbewacht war, und mich zog der Klang von frohem Lachen hinein.

Jenseits des Tores, in einem großen Vorhof, der der ›Platz der Kommenden Sonne‹ genannt wurde, wie man mir erklärte, wurde ich von fünf Jungfrauen begrüßt, die mich umtanzten und liebkosten und sprachen: »Wirf deine Waffen weg, du schlachtenmüder Kämpfer. Leg dein Schwert nieder und deinen Schild und Helm, denn die Götter sind uns günstig, und in diesem Land gibt es keine Kriege. Komm, wir haben Wein für dich und sanfte Musik und ein Festmahl.«

Benommen, wie ich war, und wohl auch verhext ließ ich meine Waffen in einem Haufen dort auf dem Pflaster liegen und ging mit den fünfen mit. Wir kamen durch enge Gassen und breite Straßen, die gesäumt waren von Häusern aus buntem Marmor, jedes mit einzigartigem, feinst gemeißeltem Zierat versehen. Endlich erreichten wir ein prunkvolles großes Gebäude aus Holz und glänzendem Stein. Darin waren in einem Saal Männer und Frauen um eine riesige Festtafel versammelt. Fröhliches Lachen, Singen und Scherzen erfüllten den Raum, während der Wein reichlich floß und ein wunderbares Mahl aufgetischt wurde. Jener, der am Kopf der Tafel saß, erhob sich und bat mich auf den Platz zu seiner Rechten, auf daß ich mitfeiern möge. Ich ließ mich nicht lange bitten, und wir tranken gemeinsam zu Ehren seiner Götter, deren Namen mir unbekannt waren. Wohl hatte man mich immer gelehrt, daß es nur einen Gott gebe, Christus den Herrn; aber ich war in diesen Augenblicken weit weg von der Welt, die ich kannte, und in jener frohgemuten Stimmung wurde ich mir meiner Sünde gar nicht bewußt. Ich nahm den wunderbaren Trank an, den man mir bot, und stimmte in die Trinksprüche der anderen ein, und danach begann das Mahl. Edle Fleischgerichte und seltene Früchte wurden aufgetischt, während Vögel die Lieder des Anfangs sangen, Dichter aus dem Epos der verlorenen Götter vortrugen und schöne Mädchen vor der Festgesellschaft tanzten.

Bald verspürte ich nur noch Wärme und Benommenheit, und eine tiefe Müdigkeit überkam mich.

Nur noch undeutlich erinnere ich mich, daß viele Hände mich forttrugen und auf ein weiches Lager betteten, und derweilen hörte ich immer wieder ganz in der Nähe eine sanfte, wunderschöne Stimme, die sprach: »Seid behutsam mit dem Fremden, denn seine Welt kennt nicht den Frieden der unseren, und er hat viel erduldet.«

Es war ein klarer, stiller Morgen, als ich, wie mir vorkam, nach vielen Tagen endlich erwachte und mich im Bett aufrichtete und mich reckte und erfreut feststellte, daß meine Kräfte wiederhergestellt waren und meine Glieder nicht mehr schmerzten. Bald bemerkte ich, daß auch meine Wunden verheilt waren, und ich fühlte mich tatendurstig und ungeduldig wie ein Jüngling, der einen langen Winter über nicht ins Freie durfte. Ich erhob mich und schaute mich aus alter Gewohnheit nach meinen Waffen um. Da hörte ich jene Stimme wieder.

»Du brauchst diese Geräte aus Metall nicht mehr. Was wolltest du hier mit ihnen anfangen?«

»Das wird wohl wahr sein«, meinte ich, und als ich mich umwandte, erblickte ich zum ersten Male Llania die Schöne, Prinzessin jener Stadt, deren Name Blume der Morgensonne bedeutet. Bei ihrem Anblick waren meine Augen betört, und mein Herz war bis auf den tiefsten Grund erschüttert. Ich hatte die süße Verwundung der Liebe empfangen, war gefangen in einem silbernen Netz ohne Hoffnung auf Entkommen, ohne Wunsch auf Entkommen. Wunderbarer von Gestalt und Antlitz war sie als jedes andere Mädchen; einer Göttin glich sie mit ihrem langen goldenen Haar und war doch gleichzeitig von irdischer Wärme und Herzlichkeit. Ich begriff mit einem Mal, daß die hier herrschenden Götter, wer immer sie waren, gut sein mußten und daß es unser beider vorbestimmtes Schicksal war, uns zu begegnen und für ewig beisammen zu bleiben.

An diesem Tag wanderten wir gemeinsam durch die Stadt, und sie sprach von vielen Dingen, bedeutenden und unbedeutenden, und wann immer ich besorgt war, dies alles könne gar nicht wirklich und wahr sein, dann ließ sie es mit einem Kuß wirklich werden. Bald vergaß ich alles über meinen Christengott und meine Suche und meine Welt. Ja, ich vergaß sogar den Namen, unter dem ich in meinem früheren Leben bekannt gewesen war. Sie gab mir einen neuen, Arandil Re' Neth, was in ihrer Sprache der Wiedergeborene bedeutet. Ich war nun nicht mehr der Ritter Julian, Sprößling eines wahnsinnigen Herzogs, getauft von einem Bischof. Jetzt war ich Arandil Re' Neth, der Geliebte von Llania, und nichts sonst war von Bedeutung. Ich hatte ein neues Leben begonnen.

Der Sommer kam und verging, und der Herbst war mild. Nicht einmal in all diesen Monaten gab es Mühe oder Plage oder Leid für uns. Oft ritten wir mit den edlen Herren und Damen von Thoramna zur Jagd und stürmten durchs dichte Gehölz dem Hirsch hinterher. Fürwahr, ein prächtiger Sport war das. Dann wiederum gab es Gelegenheiten, da wir zwei allein ohne Furcht durch die Wälder streiften und uns mit den freundlichen Geisterwesen unterhielten, die dort hausten. Wir lauschten ihren Erzählungen über weise und wunderbare Dinge, und wir lachten beide herzlich, als eine Wassernymphe uns die Geschichte erzählte, weshalb der Zentaur sich nicht ans Tageslicht wagt.

Immer war ich mit meiner Blume der Morgensonne zusammen, und ihrem Namen gleich umfing mich ihr Strahlen überall und immerdar, beruhigte mich, vertrieb meine kleinen Ängste und Sorgen. Ich lernte einen Frieden kennen, der normalen Menschen nie gegönnt ist. Die Zeit schien nicht zu vergehen, und ich alterte nicht. Ich lebte in einem goldenen Winkel des Universums, einem vergessenen Paradies, wo Schmerz und Kampf auf ewiglich verbannt waren. Ich liebte meine Llania so innig, so heftig, daß mein Herz schneller schlug wie das eines noch bartlosen Burschen, wann immer ich bei ihr war, und wie immer verjagten ihre Küsse alle Sorgen. Könige, Kriege, Ungeheuer und alles andere kamen mir unbedeutend und belanglos vor, wie ein längst vergessener übler Traum.

Eines Abends stiegen wir auf einen hohen Berg außerhalb der Stadt, um die Sterne schauen und mit den Geistern der hohen Lüfte sprechen zu können. Und als wir dort saßen und die berauschende Frische der Höhe tief in uns einsogen, zog ich Llania an mich und flüsterte ihr ins Ohr: »Nächsten Morgen werden wir Hochzeit halten und fortan immer in deiner Stadt leben. Wir werden zehn prächtige Söhne haben und viele Töchter. Und nie werden wir dieses Land verlassen.«

Und sie erwiderte: »Es ist gut so.«

Darauf küßten wir uns, doch in diesem Augenblick erhob sich ein brausender Wind, und die Sterne verdunkelten sich. Des Mondes strahlende Helle erlosch, und ich spürte, wie der Boden unter mir nachgab. Plötzlich stürzte ich durch den leeren Raum, und weit entfernt vernahm ich die ersterbende Stimme meiner Llania, die schrie und immer wieder meinen Namen rief.

»Ich werde dich nie verlassen!« brüllte ich.

Ein lauterer Schrei antwortete mir, und in ihrer Stimme klang Todesschmerz auf.

Dann war plötzlich alles still.

Ich kam zu mir auf einer nassen Wiese, frierend und steif, immer noch in meine klamme, zerbeulte Rüstung gehüllt. Eine Zeitlang wußte ich überhaupt nicht, wo ich war, doch dann gewahrte ich Jon, meinen treuen Knappen, über mich gebeugt, den ich schon für tot gehalten hatte.

»Ah, Jon! Ich hatte einen wundervollen Traum! Ich wünschte, ich wäre nie daraus erwacht!«

»Es war kein Traum, Herr«, sagte er, »sondern fürchterliche Wirklichkeit.«

»Fürchterlich? Niemals! Es war wunderschön! Ich liebte ein Mädchen. Sie hieß Llania.«

»Nicht Llania, Herr, sondern Lamia der Vampir. Ich danke dem Herrgott, daß ich Euch noch rechtzeitig vor ihr retten konnte. Hört nun meinen Bericht: Als ich in der Schlacht von Euch getrennt wurde, sank mir das Herz, denn ich dachte, Ihr wäret erschlagen worden. Ich verbarg mich in einer engen Schlucht, bis der Kampf vorüber war und die Sieger abgezogen waren. Ich suchte unter den Gefallenen nach Euch, und meine Hoffnung erwachte wieder, als ich Euch nicht finden konnte. Nun zog ich auf diesem Weg weiter, weil ich wußte, daß Ihr Euch nur in diese Richtung gewendet haben konntet, denn alle anderen Straßen hielt noch der Feind besetzt. Heute nacht kam ich in dieses Tal und fand Euch hier in den Armen des Vampirs, den ich durch die Gnade unseres Herrn Jesus vernichten konnte.«

Ich war zu bestürzt, um irgend etwas darauf zu erwidern. Ich versuchte, auf die Beine zu kommen, aber plötzlich wurde mir schwach und schwindlig, und die Beine gaben unter mir nach. Jon fing mich auf, bevor ich stürzte. In meinem Kopf pochte und klang es wie von einem riesenhaften Gong, und das Land, das jetzt viel karger wirkte als zuvor, wirbelte um mich herum. Als ich wieder stehen konnte, nahm mich Jon beim Arm und führte mich, während er seinen Bericht fortsetzte.

»Sie lag neben Euch auf der Erde, und ihre Lippen waren rot von Eurem Lebensblut. Schon hatte sie Euch viel davon geraubt, und Ihr wart grau geworden, so wie Ihr es jetzt seid. Mit meinem Kreuz trieb ich sie zurück in ihr Grab dort hinter jenem Brunnen, und dort schlug ich ihr mit dem Schwert den Kopf ab.«

»Das ist Wahnsinn«, war alles, was ich flüstern konnte.

Wir kamen zu dem Brunnen, der nun voll Regenwasser und Schlamm war und in dem kein Quell mehr sprudelte, und danach zu der Ruine eines Hauses, vielleicht eines Palastes. Große zerborstene Steintrümmer lagen herum, und umgestürzte Säulen waren halb im moosigen Boden versunken. Tatsächlich gab es hier ein Grabmal, zugewachsen fast und grünfleckig vor Alter, so alt, daß sein Marmor bereits zerbröckelte. Am Sokkel war eine Inschrift eingemeißelt, die aber wohl schon vor langer Zeit unleserlich geworden war.

Der Steindeckel der Gruft war beiseite geschoben worden, und auf dem blutbespritzten Stein lag der Körper einer schönen Frau, und neben ihr lag ihr abgetrennter Kopf. Ich erkannte das Antlitz auf den ersten Blick. Das war meine Llania.

»Mörder!« brüllte ich. Ich riß mich von Jon los und wandte mich zu ihm um, und Zorn und Kummer verliehen mir neue Kräfte. »Sie hat mich geliebt! Sie hat mich geliebt wie keine Frau je zuvor! Einmal war ich nicht mehr ein Habenichts von fahrendem Ritter, sondern der Mann, der die schönste Frau der Schöpfung ehelichen sollte. Und du hast sie erschlagen!«

Ich riß mein Schwert hervor. Es war schartig, aber es konnte immer noch sein Werk tun.

Jon fuhr entsetzt vor mir zurück. »Nein, mein Lord! Sie ist ein Dämon der tiefsten Hölle! Seht doch die blutigen Fänge in ihrem Mund! Schaut Euch die Gruft an, in der sie hauste!«

Meine Klinge zuckte hoch und fiel, und sodann herrschte Stille im Tal. Ringsum lösten sich vor meinen Augen die Bäume auf wie Rauch und verschwanden. Auch keine Blumen und blühenden Sträucher gab es mehr; kahl war das Land und ohne einen Grashalm, als die letzten Vorspiegelungen vergingen. Ich wandte mich wiederum dem Grab zu, und nun sah ich da nicht mehr den Leichnam meiner Geliebten, sondern nur noch Staub.

Ich blickte auf meine Hände hinunter und auf meinen Bart, und ich sah Hände und Bart eines Mannes, der weit älter war als ich. Wahrhaftig, es waren Jahre vergangen – oder mir geraubt worden –, und ich war nach einer einzigen Nacht kein junger Mann mehr. Nur der Körper von Jon sah so aus wie immer. Sein rotes Blut strömte und versickerte in die Erde, und bei diesem Anblick wußte ich, daß ich dreifach verdammt war. Ich hatte einen Vampir aus der tiefsten Hölle geliebt, und das war eine schreckliche Sünde. Ich hatte heidnischen Göttern Trankopfer gebracht, was der Herr im Ersten Gebot an Moses untersagt hat – und auch dies war eine große Sünde. Und ich hatte meinen braven Diener erschlagen, der nichts Unrechtes getan hatte. Dafür gab es keine Vergebung.

Ich stieg auf mein Pferd und ritt von dem Grab und dem Brunnen fort, während der neue Tag heraufstieg. Ich überwand die Bergkette und setzte meine Fahrt jenseits davon fort, und ich ließ alle Länder hinter mir zurück, die ich je kennengelernt hatte. Um Mittag hatten sich die letzten Nebelfetzen aufgelöst, und der Himmel war hell und klar.

Hin und wieder kam ich an einem Gefallenen vorbei, dessen Gesicht voller Fliegen war, ohne Lanze und Rüstung, die er wohl in eiliger Flucht weggeworfen hatte. So weit über die Berge hatte die Schlacht noch ihre Spuren hinterlassen. Ich spornte mein Roß zu schnellem Trab an, und die ganze Zeit über dachte ich an nichts anderes als an die wunderschöne Llania und an meine Sünden und an das Paradies, das mir für immer verloren war. Ich achtete nicht darauf, wohin ich ritt, und hatte es nur der Klugheit meines Reittiers zu verdanken, daß ich nicht vom Weg abkam und mich verirrte.

An jenem Nachmittag kam ich durch ein elendes

Dorf, und schmutzige kleine Bauernfratzen rannten mir nach und versuchten mein Pferd am Schwanz zu packen und ließen es erst sein, als das Tier einen von ihnen trat. Ich starrte finster auf die krummen, häßlichen alten Weiber, die sich über irgendwelche Rührfässer beugten, sonstige Arbeiten besorgten oder an Straßenecken miteinander klatschten. Hin und wieder kreuzte ein Mann mit niedriger Stirn und dem Gesicht eines Affen meinen Weg, und ich schwenkte mein Schwert und brüllte ihn an, daß er sich schneller davonmache. Ein Mädchen an einem offenen Fenster sang ein fröhliches Lied, doch ich spie auf die Schwelle dieses Hauses, und da verstummte auch sie. Ich war froh, diesen Ort hinter mir zu lassen, und bald war ich wieder allein auf der Landstraße, allein mit meinen Gedanken und meinem Kummer.

Und so setzte ich meine Reise fort, deren Ziel und Zweck mir verborgen blieben.

3

Insel der Gesichter...

I

Auf allen Meeren suchte ich nach der Lady Catherine. Vor langer Zeit hatte ich sie geliebt. Sie war meine erste Liebe gewesen, doch sie hatte einen anderen geehelicht, und ich sah sie nicht mehr. Ich dachte, ich hätte sie vergessen, aus meiner Erinnerung gestrichen, doch als ich aus dem Osten zurückkehrte und vernahm, daß sie verschwunden sei, erwachte meine Leidenschaft von neuem, und mein Kummer kannte keine Grenzen. Sie war in ein fernes Land gesegelt, wo ihre Schwester einem großen König angetraut werden sollte. Die Feier fand statt, doch niemals kehrte ein Schiff zurück. Als dann die nachforschenden Boten nur die Nachricht brachten, daß sie vor langer Zeit in Richtung Heimat aufgebrochen sei und man seither nirgendwo von ihr gehört habe, und als auch die Suchschiffe keine Spur von ihr fanden, suchte ich selbst nach ihr, und diese Geschichte soll davon berichten.

Um zu erfahren, wohin ich mich wenden sollte, nahm ich eine Alraune zu Hilfe. Ich war damals ohnehin schon der Verdammnis geweiht; ich hatte mit dem Widersacher verhandelt; und alle meine Gebete verschwanden in der Nacht wie unscheinbare Motten, die in Kälte und Dunkelheit zugrunde gehen. Deshalb schlich ich mich, getrieben vom verzweifelten Fieber einer wiedererwachten Liebe, in einer mondhellen Nacht in einen dichten Waldhain, wo ich den Stengel einer Mandragora-Staude packte und die verbotene Wurzel aus der Erde riß. Unterhalb der Blattstiele hing sie wie ein verschrumpeltes kleines Männchen, das im Sterben einen Schrei ausstieß, der durch den Forst hallte. Mir raubte dieser Ton den Verstand, und in jenem Wahnsinn zwischen schwarzem Nichts und glühendem Delirium, die abwechselnd über mich hereinbrachen, hörte ich eine Flüsterstimme sagen, ich müsse dorthin gehen, wohin noch kein Mensch freiwillig gegangen sei, an Orte, die auf den Karten als unbekannte Länder, als von Meerungeheuern heimgesuchte Ozeane verzeichnet seien. Dann verging der Geist der Alraune klagend in der Nacht, und von den fernen Hügeln antwortete leise der Widerhall. Mir aber schwanden die Sinne, und ich schlief lange und abgrundtief und träumte von entsetzlichen Dingen.

Als ich endlich erwachte, frierend, steif und klamm vom Tau dreier Nächte, kehrte ich in meine Burg zurück, von wo ich Bedienstete ausschickte, mir mit meinen damals noch verbliebenen Geldmitteln ein Schiff samt Mannschaft zu besorgen.

An einem nebeligen Morgen stachen wir in See, nachdem wir erst die Messe gehört hatten, um den Anschein zu wahren. Die Predigt warnte vor eitlem Streben. Von Anbeginn war es eine seltsame, von üblen Vorzeichen begleitete Fahrt. In der ersten Nacht lichteten sich die Wolken über uns, und wir gewahrten den schmächtigen alten Mond, dessen wächserner Schimmer den kommenden Neumond wie das graue Gesicht eines Ertrunkenen erscheinen ließ. Aus der Tiefe der See drangen die langen traurigen Gesänge der Meergeister und hallten dumpf durch den Schiffsrumpf, während wir in unseren Kojen lagen. Die Seeleute erzählten mir, diese Gesänge würden von gesunkenen Schiffen und den Schädeln der Besatzungen berichten, auf denen nun Korallen wuchsen. Zehn Tage und zehn Nächte vergingen so, und am Morgen des elften Tages, da der Himmel so schwarz war wie mitten in der tiefsten Nacht, kam ein Sturm auf, der uns weit vom Kurs abtrieb, bis der Kapitän genausowenig mehr sagen konnte, wo wir uns befanden, wie dies einem auf See völlig Unerfahrenen möglich gewesen wäre.

Die Nacht kam, und der Sturm ließ in seiner Wut nicht nach. Der Steuermann mühte sich mit seinen ganzen Kräften ab, wenigstens den Bug in den Wind zu halten, und eine Woge spülte ihn hinweg. Ein anderer übernahm das Ruder. Dann plötzlich war alles ruhig, die See glatt, als hätte man Öl daraufgeschüttet, und die Seeleute schauten sich verblüfft und angsterfüllt um, denn allen war klar, daß es bei diesem unvermittelten Ende des Sturms nicht mit rechten Dingen zugegangen sein konnte. Nun kam dichter Nebel auf, und wir alle starrten hilflos hinein, denn weiter als eine Armlänge über den Bugspriet hinaus konnte man nicht sehen.

Endlich gewahrten wir etwas, und die Leute schrien durcheinander und begannen gleich darauf verzweifelt zu beten, als sie erkannten, daß eine menschenähnliche Gestalt über das Wasser auf uns zugewandert kam. Auch ich sah das Wesen und beugte mich über die Reling, um es genauer in Augenschein zu nehmen. Ich rief den Kapitän zu mir und fragte ihn, ob ich verrückt sei. War das ein Traum, ein Wunder? Er meinte, keines von beiden, und ich sähe nur, was auch die anderen sähen: einen gebeugten alten Mann, der, in schwarze Lumpen gehüllt, über die schimmernde Wasserfläche auf uns zuhumpelte. Die Nebelschleier schienen vor ihm auseinanderzuweichen.

Der Fremde kam ans Schiff heran, keine sechs Ellen von mir entfernt, und sprach mich an:

»Herr Ritter, ich habe einen langen Weg hinter mir. Ich bitte Euch, gewährt mir Obdach an Bord Eures Schiffes.«

»Tut das nicht!« flüsterte der Kapitän. »Wenn er dieses Deck berührt, dann verlieren wir gewiß alle unser Seelenheil!«

»Das kann ich nicht«, antwortete ich dem Gespenst. »Laß von uns ab und finde anderswo deine Ruhe.«

Daraufhin lachte der Schwarzgekleidete nur und drehte sich um, und fast augenblicklich verschlang ihn der Nebel. Und im gleichen Atemzug erhob sich der Wind wieder, und der Sturm brach mit erneuter Wut los. Das Schiff stampfte und schlingerte so heftig unter mir, daß ich beinahe Hals über Kopf über Bord geschleudert worden wäre.

Der Kapitän brüllte den Seeleuten, die in verzweifelter Eile die Segel zu reffen suchten, weitere Befehle zu, dies und jenes noch festzumachen, Ballast abzuwerfen, und dabei geriet ihm eine schwarze Katze unter die Füße. Das Tier fauchte ihn an, fuhr ihm mit den Krallen übers Bein und sauste davon.

»Der Teufel!«

»Das ist keine Schiffskatze!« schrie einer.

»Wahrhaftig! Der Teufel! Schaut!« Und als ich hinausdeutete, bestand der Ozean nicht mehr aus Wasser, sondern aus lauter Katzen, Tausenden und Abertausenden, die in Wogen von funkelnden Augen und schwarzpelzigen Leibern sich hoben und senkten, ungehindert über die Reling fluteten, Masten und Takelage dicht bedeckten wie Heuschreckenschwärme. Immer mehr strömten heran, bis das bloße Gewicht dieser zahllosen Körper das Deck immer weiter in Schräglage brachte, bis schließlich die Rahnock in die See tauchte.

Im nächsten Augenblick gab es ein gräßliches Krachen, Schreie, Flüche, Stoßgebete erschallten, Holz zersplitterte, ein Trümmerhagel, und dann stürzte ich kopfüber in das eisige Salzwasser, mit einem schweren, nicht erkennbaren Gewicht über mir, einer Last, die mich tiefer und immer tiefer drückte. Ich kämpfte mich verzweifelt von den Wracktrümmern frei, um wieder nach oben zu kommen. Als ich endlich auftauchte, sah ich das runde Heck des gekenterten Schiffes als bedrohlichen dunklen Schatten über mir aufragen. Die See zeigte jetzt wieder ihr natürliches Erscheinungsbild, aufgewühlt, schäumend, tödlich. Ich vernahm die Schreie der anderen ringsum. Einmal sah ich ein wenig entfernt einen Schwimmer, dann noch einen, und einen Augenblick später waren sie wieder in den Wogen verschwunden. Ich versuchte den immer noch schwimmenden Rumpf zu erreichen, doch die Strömung trieb mich weg. Nach einer Weile war er nicht mehr zu sehen, und die Stimmen ringsum waren verstummt. Ich war allein mit dem Ozean, stieg und sank mit den Wogen von Wellenberg zu Wellental zu Wellenberg, schluckte wohl die Hälfte von Gottes Wassern und spie sie wieder aus. Nichts anderes war mir mehr bewußt, als daß ich verloren war, daß meine Kräfte schwanden, daß ich einfach nicht weiterschwimmen konnte.

Meine Arme und Beine waren erstarrt. Mein Kopf schien mir wie ein Bleigewicht, das ich nicht mehr über Wasser halten konnte. Ich spürte, wie ich langsam, sanft versank, in Betäubung, in empfindungslosem Ausruhen, und während so das Leben aus mir zu weichen schien, hatte ich eine Vision, ein Gesicht: Mir war, als hätten sich ganze Heere von Fischen unter mir versammelt, um mich mit ihren Körpern aufzufangen und hochzuheben an die Oberfläche, und da war ein weißmarmornes Schiff, so blendendhell vor den düsteren Sturmwolken und dem Regen, daß es wie aus weißglühenden Flammen schien, und ich kam ihm immer näher, und danach war gar nichts mehr.

II

Als ich die Augen wieder aufschlug, erblickte ich einen immer noch grauen Himmel über mir. Ein trübes Dämmerlicht herrschte, das entweder den nahenden Morgen oder Abend ankündigte. Was wirklich zutraf, wußte ich nicht. Ich stellte fest, daß ich auf einem gleichförmigen breiten Sandstrand an der Flutlinie lag wie ein Stück Schwemmholz. In welches Land es mich verschlagen hatte, wußte ich nicht. Die Wellen, die mich hier angespült hatten, leckten ein Stück unterhalb meiner Füße über den Sand. Meine Kleidung war tropfnaß, und die Luft erschien mir bitterkalt. Ich zitterte in der feuchten Kühle und konnte das heftige Zähneklappern nicht unterdrücken. Ich raffte mich auf und wanderte in der Hoffnung landeinwärts, etwas Holz zu finden, um mir ein Feuer zu entzünden. Einzig und allein Wärme war mir jetzt noch wichtig. Ich war ausgezogen mit einem verzauberten Schwert an meiner Seite, mit dem Zeichen des Knotens ohne Anfang und Ende auf meinem Schild, jenes Knotens, der erst aufgelöst werden könnte, wenn meine Suche beendet wäre. Ich hatte einen tapferen Knappen gehabt, der mir beistehen sollte. Jetzt war alles verloren, Schwert, Schild und Knappe, und überdies mein Schiff mit seiner gesamten Mannschaft, doch ich hatte kaum einen Gedanken dafür übrig. Mein einziges Begehr war Schutz vor der Kälte und Nässe.

Nach kaum mehr als einem Dutzend Schritten stieß ich auf ein – gar seltsames Ding. Ein Gesicht blickte mich aus dem Sand heraus an, alles außer Augen, Nase, Mund, Stirn und Wangen war im Sande verborgen, und dieses Gesicht sprach zu mir.

»Soso, ist doch einmal ein noch Lebender zu uns gestoßen. Gewiß ein höchst bedeutsames Vorzeichen.«

Einen Augenblick lang stand ich starr vor Verblüffung da, dann fiel ich auf die Knie und begann, mit den Händen den Sand wegzuschaufeln, um, wie ich meinte, einen hier so grausam Begrabenen zu retten. Doch kaum hatte meine Hand das Gesicht berührt, da verschwand es, und ich hatte nur einen Haufen Sand vor mir. Ich erschrak – dies war irgendein Trugbild des Widersachers.

Doch da sprach die Stimme erneut. »Ich danke dir, mein Freund, doch so einfach vermag mich keines Menschen Hand zu retten.«

Ich fuhr herum und erblickte neuerlich das Gesicht, wie es sich aus dem Sand bildete, wie geformt von den Fingern eines übernatürlichen Windhauchs. Diesmal musterte ich die Gesichtszüge genauer. Ein alter, ein sehr alter Mann war es, dessen Züge die Furchen vieler Jahre der Mühsal und Schmerzen trugen, und in dessen Augen und Miene jeder Funke der Hoffnung seit langem erloschen war.

»Du hast viele Fragen«, meinte er, »und soweit es in meiner Macht steht, will ich dir antworten. Mein Name ist Andreas. Einst nannten die Menschen mich einen Weisen, aber als die Last meiner Jahre größer wurde, kümmerten mich die drängenden Fragen der Astronomie und der Geomantik und der Metaphysik und so fort immer weniger. Schon lange vor meiner Geburt waren diese Fragen dringlich gewesen, und ich wußte, sie würden es bleiben, solange auch nur zwei Schüler übrig waren, um über den Unterschied zwischen dem Realen und dem Idealen zu streiten. Ich aber wollte nur meine Ruhe haben, und ich fand den ersehnten Frieden, wenn ich wie ein ganz gewöhnlicher Mensch am Ende eines Bootsstegs saß und angelte. Eines Tages aber, als ich so dasaß, erhob sich das Meer – wiewohl kein Sturm herrschte – und griff nach mir, als wäre es eine Riesenhand, die ein unsichtbares Auge leitete, und riß mich mit. Danach nur noch verschwimmendes Grau, ein Wirbel von Nichts, bis ich hier wieder zu mir kam, so wie du mich jetzt hier siehst.«

»Auch ich bin auf seltsame Weise hierher gelangt. Aber kannst du mir wohl sagen, wie diese Insel heißt?«

»Die Insel der Gesichter. Das ist der einzige Name, den ich kenne. Wenn du etwas mehr herumgekommen bist, weißt du, warum sie so heißt.«

Ich wollte noch vieles fragen, aber seine Augen fielen zu, und er schien einzuschlafen. Seine Züge verschwammen, wurden immer mehr dem Sande gleich. Ich konnte ihn kaum noch erkennen.

»Leb wohl, Andreas«, sagte ich. »Mag sein, dies ist das Fegefeuer, das Gott dir zugedacht hat, und du wirst dereinst deinen Frieden an den Gewässern des Paradieses finden.« Ich ging, und mir war bewußt, daß ich selbst nicht an meine Worte glaubte. An diesem Ort war nichts Göttliches. Er war verwunschen und damit etwas ganz anderes.

Auf meinem Weg stieß ich noch auf etliche Gefangene im Sand und gab obacht, daß ich auf keinen trat. Sie hatten mir wenig zu berichten. Viele redeten in Sprachen, die mir unbekannt waren. Manche klagten über ein schlimmes Schicksal. Einige lallten sinnloses Zeug. Sie waren wohl schon viel länger als die anderen hier.

Der Strand verlor sich in Felsbrocken, wie man sie am Fuß einer Klippe findet, und dazwischen wuchsen Grasbüschel und hin und wieder struppige, verkrüppelte Bäume. Drei dieser Steine waren Köpfe, schwarzbärtige dunkle Gesichter mit einem Goldring in einem Ohr, Leute aus irgendeinem östlichen Lande wohl. Ich berührte sie, um festzustellen, ob sie real waren, doch wie Andreas verschwanden sie im selben Augenblick, und hinter mir bekamen drei Steine, die keine Steine waren, Gesichter. Des einen Mund sabberte und lallte; einer blieb stumm, der letzte wiederholte immer aufs neue denselben Satz:

»Der Ritter auf seiner Suche kommt ins schwarze Schloß, und Kummer, Kummer, Kummer.«

»Freund«, drängte ich ihn, »sag mir deinen Namen und was du über diesen Ort weißt.« Doch sein Blick ließ durch nichts erkennen, daß er mich überhaupt bemerkte, geschweige denn hörte, und er setzte seinen Singsang fort. Wie die anderen hatte er gänzlich den Verstand verloren. Wahrlich hatten diese drei, überlegte ich, weit mehr Gnade gefunden beim Schöpfer dieses Ortes als alle anderen, die sich qualvoll ihrer Gefangenschaft bewußt waren und der gnadenlos langsam und gleichgültig verstreichenden Jahre.

Der Himmel wurde dunkler. Es wurde also Nacht. Hatte ich einen Tag, zwei Tage oder mehr im Wasser getrieben? Ich hatte jedes Zeitgefühl verloren. Auf jeden Fall war ich immer noch naß, und ich zitterte stärker, als der Wind heftiger wurde. Nach einiger Zeit rissen die Wolken auf, und ein nahezu voller Mond erschien. In seinem Licht gelangte ich zu einer Wiese mit hohem Gras, die jenseitig von einem Forst gesäumt wurde, und nun schien die gesamte Insel lebendig zu werden vor lauter gefangenen Seelen. Es waren nicht mehr nur ein paar Gesichter im Sand oder die drei irrsinnigen Mohren im Geröll. Nun hatten jedes Grasbüschel, jeder Schatten, jeder Steinblock, jeder morsche Baumstamm, jede Mulde und jedes Bachbett ein Gesicht, viele Gesichter, Dutzende, Hunderte, Menschen aller Länder und Zeitalter, die mir zuflüsterten und säuselnd ihr Leid klagten und in fremden wie vertrauten Zungen von ihrem persönlichen Schicksal berichteten, wie sie hierhergekommen und in diese Gefangenschaft geraten waren.

Als ich den Wald betrat, stieß ich auf noch mehr, undeutlich über mir im Dunklen hängend wie seltsame Früchte, hin und wieder im Mondlicht hell schimmernd, wenn der Wind einige belaubte Zweige zur Seite drückte. Von diesen erfuhr ich von einem schwarzen Schloß in der Mitte der Insel, aber wer dort lebte oder wer sein Herr war, wußten auch sie nicht. Ihnen war jede Bewegung versagt, und so hatten sie ihn nie gesehen. Falls er je in ihre Nähe kam, mußte er das in unsichtbarer Gestalt tun, denn sie schliefen niemals.

Ich war mir nicht sicher – vielleicht war es nur Einbildung, doch bei so vielem, was der Vernunft widersprach, vertraute ich ersterer mehr –, aber einmal glaubte ich eine hochgewachsene, hagere Gestalt zu sehen, die in einer Hand einen Stab, in der anderen eine Laterne trug und mit ausholenden Schritten sich von mir entfernte; einen Lidschlag später war sie unter den Bäumen verschwunden. Ob die Erscheinung nun real war oder nicht, ich legte sie jedenfalls als Zeichen aus: ich wußte, ich war nicht ohne Sinn und Zweck hierhergebracht worden. Ich wandte mich also in dieselbe Richtung.

Der Wald endete am Fuß einer steilen Felswand. Droben lag die Burg, von der ich gehört hatte, düster, ohne Lichter, dunkler als der klare Teil des Himmels, ein bedrohlicher Schatten, wenn Wolkenfetzen dahinter vorbeizogen. Vor mir, am Fuß der Steilwand, ragte eine Mauer auf, in der kein Tor, keine Tür zu sehen waren, eine Mauer, die zur Gänze aus menschlichen Händen und Armen bestand. Als ich hinüberzuklettern versuchte, erwachten sie zum Leben und stießen mich zurück. Wütend stach ich mit dem Dolch nach ihnen, der einzigen Waffe, die mir verblieben war, aber es half nichts. Sie waren aus Stein.

Auf einmal tauchten drei Katzen von jener gewaltigen Horde auf, die das Schiff überwältigt hatte, erstarrten und verwandelten sich hierauf in zwei Leoparden mit Frauengesichtern und einen Löwen mit dem Antlitz eines Mannes. Alle drei duckten sich angriffsbereit nieder. Ich umklammerte den nutzlosen Dolch und wich langsam zurück, besorgt, daß sie auf eine plötzliche Bewegung hin losspringen würden. Die Geräusche und Laute aus dem Forst schwollen zu einer wilden Woge von Schreien, Seufzern und Gesängen an, und plötzlich, als wäre ich unter den Bann irgendeines Zaubers geraten, wurden meine Glieder schwer, und ich wurde von einer überwältigenden Müdigkeit gepackt. Ich konnte mich kaum mehr auf den Beinen halten und erst recht die Augen nicht mehr offenhalten. Ich kämpfte dagegen an, weil ich mir der schrecklichen Gefahr bewußt war, aber ich hatte keinen Erfolg; schließlich fiel mir die Waffe aus den schlaffen Fingern, und ich fühlte, wie mir der Erdboden entgegenkam und mich auffing.

Wachen und Träumen verschwammen. Was es auch war, irgendwann, wachend oder träumend, wurde ich von einer gewaltigen Schlange gepackt, von den Windungen ihres Leibes eingehüllt, eine kalte, trockene und unnachgiebige Berührung, kräftig zupackend, aber nicht zermalmend. So wurde ich die Felsen hinaufgehoben bis auf einen ebenen Platz, wo mich die Bestie einem gehörnten Zentauren in die Arme legte, dessen Haut kohlschwarz glänzte wie die Nacht. Dieser brachte mich durch eine verborgene Tür in das Schloß. Ich vernahm keinen Laut mehr. Die Stimmen des Waldes waren verstummt. Am Himmel schoben sich Wolken vor den Mond.

III

Er war ein Magier, gerade so, wie sich die Menschen immer einen Magier vorstellen, nicht jung, nicht alt, sondern alterslos, mit einem dichten angegrauten Bart, tiefgefurchten Zügen und bohrenden Augen.

Er beugte sich über mich.

Und er war wahnsinnig …

»Hast du je gemeint, in einem Ritual gefangen zu sein, und dich zu entkommen bemüht?«

Ich erlangte wieder Macht über meine Sinne. Ich lag auf einem eiskalten Steinboden. Ich stützte mich auf einen Ellbogen und fragte: »Wer seid Ihr?«

»Ich hatte viele Namen in vielen Zeiten«, antwortete der wahnsinnige Magier. »Unter anderem Apolonius und Simon.«

Ich wollte weiterfragen, doch er ahnte meine Frage voraus und beantwortete sie.

»Ich habe dich hierher geholt, damit du Zeuge und Helfer bei der Geburt eines neuen Himmels und einer neuen Erde seist. Für eine solche Aufgabe ist jemand wie du vonnöten, dessen Seele frei ist, weder dem einen gehört, der sich Erlöser nennt, noch seinem Widersacher. Vermittels meiner Künste vermag ich eine solche Leere in einem Menschen auszumachen. Bei dir habe ich sie erkannt, deshalb habe ich veranlaßt, daß du hergebracht wirst.«

»Ich suchte eine Dame…«

»Eine Dame gibt es hier. Komm und schau! Erheb dich, dann wird dir alles enthüllt werden!«

Er half mir auf die Beine. Sein Verhalten war freundlich, einladend, und für ein paar kurze Augenblicke erfüllte mich reinste Vorfreude, doch dann wurde mir die Erfüllung meiner Sehnsucht entrissen, so wie in der griechischen Unterwelt die Früchte immer dann verschwinden, wenn man danach greift. Die Dame, die er meinte, war aus Ton und Eisen, eine massive Statue, gut einen Kopf größer als jeder Mann, äußerst geschickt zusammengebaut aus Ton, Lehm und Metall, mit Schenkeln wie babylonische Säulen und Brüsten wie Sturmhauben. Ihr Gesicht war wunderbar modelliert, eine schöne, uralte, schimmernde Totenmaske.

Keinen Moment lang glaubte ich, der Magier hätte diese Frau in seinem Wahnsinn gebaut, wie ein zu lange Eingekerkerter sich vielleicht eine Geliebte aus Stroh und Lehm formen mag. Nein, dieser Sorte Wahnsinn war er nicht verfallen, sein Wahn war etwas jenseits aller Ordnung und allen Wissens, etwas, dem Macht zugrunde lag.

Schließlich sagte ich: »Fürwahr, ein himmlisches Wunderwerk! Ein Weib, gehüllt in die Sonne, den Mond zu Füßen, und auf dem Haupt eine Krone aus zwölf Sternen.«

Ihr Schöpfer lächelte, nickte und antwortete: »Ganz so ist es nicht, aber im wesentlichen hast du es erfaßt.

Sie trägt ein Kind, und aus ihrem Leib werden neue Götter geboren werden, die alle Dinge erneuern werden, und alles, was jetzt besteht, wird vergehen. Bedenke – alle Sünden der Menschen sind vergessen, alle Verdammten erlöst aus ihren Höllen, die es nicht mehr gibt.«

Von solchen gewaltigen Dingen sprach er, mit einer Überzeugungskraft, die mich nicht zweifeln ließ, daß er sie auch zuwege bringen könne. Er flößte mir ein Gefühl ein wie ein Himmel voller Sturmwolken, unmittelbar bevor der erste Blitzstrahl herniederfährt und die Erde beben läßt.

»Bist du selbst ein Gott, daß du zu solchem imstande bist?«

»Kein Gott und nicht einmal imstande, dir dies alles zu erklären. Doch sei gewiß, daß alles geschehen wird, wie ich es sage, und die Seelen aller, die die Substanz dieser Insel bilden, sollen eingeschmolzen werden und wie flüssiges Metall in die Form der Mutter gegossen werden, auf daß sie Wunder gebären möge ohne Ende und ein neues Zeitalter der Magie und Dunkelheit. Schau! Schau! Sie bewegt sich schon!«

Und die Statue bewegte sich tatsächlich, regte sich, schlug die Augenlider auf, doch dahinter lagen zwei leere dunkle Höhlen, und schließlich erhob sie sich, ein Ungeheuer, das sich anschickt, das Firmament herabzureißen. Dann sah ich, daß der Magier Simon-Apollonius der Vielnamige einen Stab in der Hand hielt, mit dem er seine Kreatur lenkte, sie in Bewegung setzte, die zuerst unbeholfen und steif wirkte. Mit jedem Schritt aber schien das Wesen mehr Macht über seine Glieder zu erlangen, schien lebendiger, selbständiger zu werden. Muskeln zuckten unter der jetzt geschmeidigen Haut, die Gelenke wurden beweglicher.

»Sie wird den Tanz des Lebens tanzen, so wie die Welt sich dreht, nach der Musik unsichtbarer Sphären, mit dir in den Armen, denn zur Vollendung muß ein sterblicher Mann der Erde sich mit ihr verbinden.«

Während er sprach, tauchte unvermittelt der Zentaur aus den Schatten auf – entweder war er lautlos durch einen geheimen Eingang hereingekommen, oder er war von allem Anfang im Raum gewesen – und spielte auf einer langen schlanken Flöte eine seltsame Melodie. Die Töne erzählten von unvorstellbaren Weiten, wie das Klagen der Meerelfen unter dem Schiff in stillen Nächten, wie das Brausen des Windes über ferne Gebirgspässe, und nach dem Rhythmus der Musik tanzte nun das Kunstwesen, erst unbeholfen, so daß Tische und Gestelle mit allerhand Alchimiegerät umfielen, auch Bücher von den wirbelnden Armen von den Regalen gefegt wurden. Nach einer Weile aber wurde sie immer behender, bis sie sich schließlich mit erstaunlicher Beweglichkeit drehte, bog und hüpfte.

Ja, wahrhaftig war es jetzt eine Sie, die Große Mutter, und nicht mehr eine geschlechtslose Kreatur, die auf einmal mit ausgestreckten Armen auf mich zukam.

»Nimm sie«, sagte der Magier, »und erweck sie zu einem Leben unendlicher Größe und Herrlichkeit. Nimm sie, und ihr Fleisch wird das deine sein und deines das ihre.«

Ihre Augen waren jetzt wie glühende Kohlen, nicht mehr leer, sondern von einem wilden Wollen erfüllt, einem brennenden Begehren, das stärker war als das, mit dem die Verdammten ihre Erlösung begehren mochten. Mein Fleisch würde ihres sein. Unausweichlich und wahrhaftig. Sie würde mich an ihren Körper pressen, bis ich ein Teil von ihr war, aufgelöst, nicht länger meiner selbst bewußt, wie die vielen anderen, die geschmolzen und neu und tot in die Seele dieser Kreatur gegossen worden waren.

Ich konnte das nicht tun. Ich, der ich Gott haßte wie kaum sonst einer und von ihm gehaßt wurde, ich konnte mich nicht opfern. Ich wollte nicht einmal an alle anderen denken, an alle, auf denen sein ewiger Fluch lastete. Ich dachte an mich selbst. Hätte ich weiterleben können, um die neue Schöpfung zu sehen, dann ja, aber wenn das nicht möglich war, dann mußte ich fliehen. Letztlich wurde mir schmerzhaft klar, daß ich nicht das Zeug zum Märtyrer, Erlöser oder Helden hatte.

Nach dem Tod mußte es eine Auferstehung geben, doch dieses Mal würde es sie nicht geben.

Ich wich vor dem Ding zurück. Und wieder, während ich die Göttin anstarrte, war sie ein geschlechtsloses Etwas, ein Ding, ein Monstrum aus Lehm und Metall. Ich packte einen Schemel und versuchte, diesen Körper damit wegzudrücken, aber es war, als wollte ich mich der Kraft von Heerscharen widersetzen. Diese vielen Seelen, diese vielen Leben, alle zu einem verschmolzen … Mir blieb nur das Davonlaufen, Ducken, Ausweichen. In meiner Verzweiflung riß ich sogar das Kreuz los, das ich noch immer um den Hals trug, und streckte es meiner Verfolgerin entgegen im Namen des Einen, der nie und nimmermehr sich meiner erbarmen würde.

»Nein! Nein!« kreischte der Magier. »Was tust du da?«

Das Amulett zeigte keinerlei Wirkung. Ich schleuderte es weg, rannte zu der einzigen Tür des Raumes und hämmerte dagegen. Sie öffnete sich nicht für mich. Darauf wandte ich mich dem einzigen Fenster zu, doch das war mit einem Eisengitter verbarrikadiert, und außerdem befand es sich hoch droben in einem Turm. Währenddessen spielte der Pferdmann unaufhörlich seine Melodien, versunken in ihren Zauberbann, das schreckliche Wüten rings um ihn gar nicht gewahrend. Sein Herr dagegen schrie mich an, versuchte mich zu packen und wurde beiseite geschleudert, während die künstliche Göttin tanzte und tanzte und tanzte. Einmal kam mir der Gedanke, *ihn* zu packen und in die Todesfalle dieser Arme zu treiben, doch er stürzte sich überschlagend, umklammerte einen Augenblick lang die eisernen Knie und kroch dann auf allen vieren davon wie ein verletzter Hund.

Mir ging jegliches Zeitgefühl verloren, während wir so in der Kammer rundum und immer wieder rundum rannten, der Magier und ich nahe der Verzweiflung, das herumwirbelnde Kunstwesen in Gedanken versunken, die wohl kein Mensch jemals erahnen kann, doch schließlich kam ich atemlos und taumelnd beim Fenster vorbei und warf einen Blick hinaus. Im Osten breitete sich ein heller Schimmer aus. Die Sterne verblaßten nach und nach. Der Himmel war wieder klar.

»Die Nacht ist fast vorüber!« rief ich.

»Was?« Simons Stimme klang heiser, das eine Wort war ein schmerzliches Aufkeuchen. Er warf sich auf mich, und ich war zu erschöpft, um schnell genug auszuweichen. Seine Schulter prallte gegen die meine, und ich verlor den Halt. Nun klammerte er sich an die Gitterstäbe und starrte hinaus. »Die Sterne stehen nicht mehr am Himmel. Jetzt kann es niemals wieder vollbracht werden«, sagte er.

Und da stolperte die Tänzerin. Ihre Bewegungen wurden wieder unbeholfen, schließlich ruckhaft, wankend, als gehorchten ihr die Glieder nicht mehr, bis schließlich die Knie einknickten und das Ding rücklings zu Boden krachte. Dann lag es still, und jegliche Spur von Menschenähnlichkeit war von ihm gewichen. Wiederum war es ein lebloser, unbeseelter Klumpen aus Lehm, Eisen und polierter Bronze.

Der Magier schien keinen Kummer oder Ärger zu empfinden. Er weinte nicht über das Mißlingen seines Werks. Es gibt Gerüchte, daß Zauberer gar nicht weinen können. Doch ich fürchtete seinen Zorn, aber er verfluchte mich nicht. Er sprach nur sanft und irgendwie geistesabwesend mit mir wie ein verwirrter alter Mann.

»Es kann nie mehr wiederholt werden. Weil du sie nicht haben wolltest, sind der Gott, den du kennst, und der Teufel, den du kennst, ewig gemacht worden. Du kannst ihnen niemals wieder entkommen. Alle anderen Götter werden so schnell und widerstandslos dahinschwinden wie die Dunkelheit dieser Nacht. Ich werde mich nicht an dir rächen, der du mein größtes Werk verdorben, meine ganze Mühe zunichte gemacht hast. Nein, ich will dir nur eines sagen – es *gibt* einen Ort, dahin man gehen kann, der nicht dem Universum mit seinem ewigen Rad aus Himmel und Hölle und Sündenfall angehört, ein Ort wo immerwährender Friede herrscht und wo niemand gerichtet wird. Dorthin gehe ich jetzt. Das Tor wird sich hinter mir schließen. Du kannst nicht folgen.«

Ich glaubte ihm. So verzweifelt gern wollte ich an all das glauben, was er gesagt hatte, außer seine letzten vier Worte.

»Warte!«

Er lächelte nur und seufzte. »Ich habe zu viele Jahrhunderte kommen und gehen gesehen.« Mit einem Zeigefinger zeichnete er ein Rechteck in die Luft, und ein sanft schimmerndes Tor öffnete sich. Er trat hindurch und verschwand. Ein mächtiges Dröhnen hallte durch den Raum, als wäre ein schweres Kerkertor zugeworfen worden.

Zu betäubt für irgendeinen klaren Gedanken, irgendein Gefühl, erhob ich mich. Langsam näherte ich mich dem gestürzten Kunstwesen. Das? *Das* hätte das gesamte Universum umkrempeln sollen? Ich stieß den geschwollenen Leib mit dem Fuß an, und er zerbarst wie ein schlecht gebrannter irdener Topf. Im Innern lag ein gläsernes Idol. Ich nahm es auf und hielt es ans Fenster. Das erste Sonnenlicht hob scharf die Umrisse hervor, und ich erkannte, daß an dieser Form nichts Menschliches war. Ich fragte mich, ob irgend jemand in dem neuen Zeitalter Frieden hätte finden können.

IV

Der Zentaur hatte sein Spiel abgebrochen, als sein Herr verschwand. Mir war das in dem Augenblick nicht gleich zu Bewußtsein gekommen, doch als er sich regte, sagte ich: »Es ist alles zu Ende. Er ist fort.«

Das Wesen verstand mich sofort.

»Es war von Anfang an vorherbestimmt, daß es so endete, und bis zum Ende ist alles vorherbestimmt. Er konnte das nie verstehen, weil er ein Mensch war. Du wirst immer und überall derjenige sein, der die Götter vertreibt. Du bist der Vernichter. Das sind deine Bestimmung und dein Geschick.«

Und er hieß mich auf seinen Rücken steigen, und ich tat es ohne Fragen und Widerrede, denn ich war zu verwirrt für jegliches Fragen, zu bestürzt und benommen. Auf eine Berührung der ebenholzschwarzen Hand öffnete sich die Tür, die unter meinen Schlägen nicht nachgegeben hatte, und so ging es dahin. Ich duckte mich unter Torbögen, wir klapperten eine mächtige Wendeltreppe hinunter, durch Höfe und schließlich hinaus aus dem Schloß. Auf einem Pfad, den wir zuvor nicht bemerkt hatten, stiegen wir den Berg hinunter, bis die Steilwand hinter uns lag und wir im Galopp durch den Wald stummer Gesichter fegten. Schlaff hingen sie von den Ästen herab. Sie waren endgültig tot.

»Unser Ziel liegt westlich der Morgendämmerung«, sagte mein Träger. Irgendwo mußten wir unbemerkt die Richtung geändert haben, denn wir kamen nicht an der erwarteten Stelle aus dem Wald. Vor uns lag ein unbekannter Strand. Gemeinsam mit der Nacht und der Finsternis flohen wir über eine unvorstellbar weite schlanke Brücke, die Sterne noch über uns, bis die Insel und die Morgendämmerung hinter uns lagen und wir eine neue Küste erreichten.

Der Zentaur wollte keinen Fuß auf ihren Sandstrand

setzen. Er blieb am Rande des Brückenpflasters stehen und sprach: »Steig ab und geh in dieses Land.« Und ich tat wie geheißen und schaute zu, wie das Wesen sich umwandte und über die Brücke zurückeilte, die sich auflöste wie eine Luftspiegelung, wenn man sie aus einem anderen Blickwinkel betrachtet, noch bevor das Wesen den halben Weg zur Insel zurückgelegt hatte. Die Insel der Gesichter erzitterte, und mit dem Donnergrollen eines Erdrutsches versank sie in den Wellen. Das Meer schäumte wild auf, und riesige Wogen krachten auf den Sandstrand. Eilig rannte ich ein gutes Stück landeinwärts, um nicht weggespült zu werden.

Ich wartete und sah zu, bis die Wogen sich beruhigten, sah, wie allerlei Treibgut im erstarkenden Tageslicht über die Wellen tanzte. Leichen waren es, tausend Kadaver, alle ertrunkenen Gefangenen der Insel, endlich ihrem Tod zurückgegeben. Manche kannte ich, den Kapitän meines eigenen Schiffes, Andreas den Weisen, einen der Mohren, und noch jemanden, dessen Leiche am Rande des Wassers von den Wellen sanft auf den Rücken und wieder zurück gerollt wurde, wobei ihr langes Haar ringsum sich ausbreitete und auffächerte wie ein seltenes und schönes Gewächs. Ich starrte lange auf das blasse Antlitz.

So fand ich die Lady Catherine. Die Suche war zu Ende.

Einstens, als ich mich meiner Sünden zutiefst schämte und dennoch davor zurückschreckte, sie zu beichten, legte ich die Kleidung eines einfachen Mannes an, um unerkannt zu bleiben, und ging zur Messe. Das geschah in einer mächtigen Kathedrale einer mächtigen, großen Stadt, und ich mischte mich unter die Leute, wie sich ein Wassertropfen mit dem unermeßlichen Ozean mischt, überzeugt, daß niemand wisse, wer ich war. Ich wagte es nicht, im Gewand eines heiligen Gottesritters aufzutreten, denn obwohl keiner aus Fleisch und Blut etwas von meinen Verfehlungen wußte, war ich sicher, mich durch irgendein Wort, eine Handlung zu verraten.

Als mein Blick einmal während einiger Momente der Unaufmerksamkeit umherwanderte und ich über die Köpfe der Menge schaute, sah ich an einer Säule in einer entfernteren Nische einen Mann stehen, der eine schimmernde Eisenmaske mit den Zügen eines wilden Ebers trug. Niemand sonst schien ihn bemerkt zu haben. Er starrte genau in meine Richtung.

Ich zitterte, als ich das Sakrament empfing, zitterte aus Furcht, meine Sünden würden mit den Zungen der Steine zum Himmel schreien. Doch die Steine blieben stumm.

Als ich mich von dem Priester abwandte, bemerkte ich eine weitere maskierte Erscheinung unter dem großen Torbogen, boshaft glotzend, mit Hörnern und einem Eichenblatt auf der Zunge. Das mußten nun gewiß alle sehen. Das Wesen stand völlig offen da, und alle wandten sich in seine Richtung, und dennoch gab es kein erstauntes Geschrei.

Als die Menge sich verlaufen hatte, blieb ich noch eine Weile zurück. Zu allererst trat ich an die säulenflankierte Nische. In die Wand war tatsächlich ein Gesicht eingemeißelt, und es war der Kopf eines Ebers. Ich berührte den klammen Stein. Über dem Spitzbogen des Eingangstores gab es ebenfalls ein Gesicht, eine gehörnte Fratze mit einem Eichenblatt auf der Zunge, auch dieses aus Stein gemeißelt und leblos.

Draußen hatte ich noch kaum ein Dutzend Schritte getan,

als der Himmel zu zerbersten drohte in einem plötzlich losbrechenden Regensturm. Das Wasser peitschte in dicken Schwaden herunter. Blitze zuckten unmittelbar über den Zwillingstürmen der Kathedrale. Ich machte kehrt und fand in der Seitenmauer des Bauwerks eine kleine Tür. Sie führte in eine schmale Kammer. Hinter mir rauschte der Regen herunter wie ein Wasserfall vor einem Höhleneingang.

Kerzen erhellten den Raum. Auf einer Bank saß ein Mann, der an einer Reihe von Wandbildern malte.

»Du bist willkommen und kannst hier warten«, sagte er. »So schlimmes Wetter pflegt Gott meist unerwartet zu schicken.«

Ich fragte ihn, was er male.

»Die Bilder erzählen die Geschichte eines Ritters. Hier, auf der ersten Tafel wird er geboren und als Kind von weisen Männern in den Wegen der Rechtschaffenheit unterwiesen. Sie bewundern seine eigene frühreife Weisheit. Doch als er dann die Pilgerfahrt seines Lebens antritt, gerät er in der Wildnis eines Forstes in die Irre. Hier liegt er bei einer jungen Frau und spricht mit dem Widersacher. Von dieser Tafel an male ich alles in düstereren Tönen. Alle Farben müssen neu gemischt werden. Die Wandbilder setzen sich immer weiter fort. Ich weiß nicht, wo und wie sie enden werden.«

»Und woran malst du jetzt gerade?« fragte ich, und kaltes Entsetzen stieg in mir auf wie eine dunkle Flut.

»Sieh«, sagte er und drehte sich von seinem Werk zu mir um, »wie der Narr sich hier in das Haus des Herrn schleicht, als wäre es eine Räuberhöhle, und dabei glaubt, eine einfache Verkleidung könne ihn verbergen vor dem Auge, das bis in die innerste Seele vorzudringen …«

Mit einem Aufschrei floh ich in den Regen hinaus.

4

Der geheime Brunnen von Mistorak

An meinem Schild trug ich das Zeichen des Kreuzes nicht mehr. Zu groß war meine Sünde, und ich wußte, daß auch Christus mir nicht vergeben konnte. Deshalb gab ich sein Zeichen auf. Ich hatte Gott gelästert und falschen Göttern gehuldigt. Ich hatte einer Dämonin aus der Hölle beigelegen. Ich hatte meinen braven Knappen Jon erschlagen. Dieser Taten wegen waren meine Ehre und meine Seele verloren. Meine Suche war fruchtlos. Ich konnte nicht mehr hoffen, mein Haus von dem Wahnsinn zu erlösen, der es befallen hatte, denn das vermochte nur ein Mann der Tugend, und ich war alles andere als tugendhaft. Daher malte ich meinen Schild schwarz an, und ich wanderte überall durch die Welt. Ich kam weit in den Süden, wo die Sonne die Haut der Menschen zur Farbe von Kohle verbrannt hat und sie zwingt, sich tagsüber nackend in den Schlamm von Flußbetten zu legen, um nicht noch schlimmer verbrannt zu werden. Ich reiste durch ein Land, wo die Leute Flügel anstelle von Armen haben, Klauen anstatt Füßen und in den Säumen leben. Ich erreichte die Grenzen von Nubien und von Äthiopien; ich durchquerte Althakores und Thrae, wanderte weiter, ohne Ziel, nirgendwohin.

Irgendwann und irgendwie war ich auf meinen Fahrten zu einem neuen Begleiter und Gefährten gekommen, einem fröhlichen Ritter, der einfach nur das Abenteuer suchte und die Liebe jedes leichtfertigen Mädchens in jeder Schenke von jeder Stadt. Er hieß

Hugh of Heron und war der dritte Sohn des Herzogs Richard of Whitelake. Auf dem Kreuzzug hatte er sich großen Ruhm erworben, sich dann aber entschlossen, nicht mehr nach Hause zurückzukehren. Er wußte ja, daß es für ihn nichts zu erben gab, da seine beiden Brüder den Feldzug überlebt hatten und er anscheinend die vielen einfachen Dirnen gegenüber der einen standesgemäßen Gattin bevorzugte, die er sich in seinem eigenen Land hätte suchen können. Ich glaube, er schloß sich mir an, weil wir so verschieden waren. Wir waren in allem das genaue Gegenteil – er war immer munter und sang wundervolle Lieder, während ich düster und niedergeschlagen über meine Verdammnis nachgrübelte. »Ihr könnt mich abkühlen, wenn meine Fröhlichkeit übermäßig wird«, pflegte er zu sagen, »und vielleicht kann ich ein wenig Frohsinn in Euer Leben bringen, Sir Trübsalblaser.« Mag sein, daß ich meinen Teil des Handels erfüllte. Einige Male konnte ich ihn zurückhalten, wenn er in Gefahr geriet, in den Kerkern der örtlichen Behörden zu landen, doch er konnte nichts für mich tun. In jenen dunklen Tagen empfand ich alles andere als Frohsinn.

Nun brach eine Zeit an, da mir das bloße Leben unerträglich wurde, da ich nichts mehr wollte, als dieser Welt zu entrinnen. Doch ich wußte, daß es kein Entkommen gab, denn nach dem Tod wartete der Ewige Richter geduldig, um das Urteil der Verdammnis über mich zu sprechen. Dennoch hatte ich mich noch nicht ganz mit diesem Schicksal abgefunden. Ich bin ein Mann des Kampfes, und man hat mich immer gelehrt, das Schwert zu ziehen und mich ins Kampfgetümmel zu stürzen, auch wenn der Feind übermächtig ist – immer zu kämpfen, auch wenn keine Aussicht auf Sieg besteht.

So kam es, daß ich mich an die Elfen wandte. Ich hatte sie vieles zu fragen. Ich wollte erfahren, ob es doch noch irgendeine Hoffnung für mich gab, irgendeine ungeahnte, wenn auch gottlose Möglichkeit. In diesem Universum gab es keinen Ausweg mehr für mich, denn die Tore des Himmels waren mir verschlossen, und gewißlich wollte ich nicht in die Tiefen der Hölle absteigen, wie es mir offenbar unausweichlich bestimmt war. Trotzdem hegte ich immer noch eine schwache Hoffnung, daß ich meinem unentrinnbaren Schicksal doch irgendwie ausweichen könnte, in irgendein versessenes heidnisches Paradies, das irgendwo am Rande des Kosmos noch bestehen mochte, weil der Herr in all Seiner Macht sich noch nicht zu seiner Vernichtung herabgelassen hatte. Vielleicht konnte ich irgendein schattenhaftes Elysium finden, wo kein Engel und kein Theologe jemals nachgeschaut hatten.

Ich rief also die Elfen an. Ich war kein Christ mehr, und seit meinem Sündenfall hatte ich mich ein wenig mit den Schwarzen Künsten befaßt, so daß ich imstande war, Wesen zu rufen und mit jenen zu sprechen, die nicht gottgefällig waren. Eines Nachts, während Sir Hugh in einem nahen Städtchen herumhurte, suchte ich einen einsamen Hain auf. Ich trug kein Eisen an mir und hatte kein Kruzifix bei mir noch sonst ein Christenzeichen, aber ich brachte eine Holzschale mit, die mit einer Mischung aus Milch und Met gefüllt war, wie sie das Feenvolk liebt. Diese setzte ich auf einem Stein ab und sprach die Worte, die ich von Hexen erfahren hatte, um die Elfen zu rufen.

Und sie kamen zu mir. Sie kamen auf ihren windschnellen Rossen, drei hochgewachsene Elfenfürsten in seltsamer Wappnung und mit fremdartigen Helmen. Wie schimmernde Schemen aus Mondlicht waren sie, als sie unter den Säumen hervorritten und über den Waldpfad herankamen, und als sie ihre Tiere zügelten, vernahm ich keinen Hufschlag und kein Klimpern von Metall. Sie nahmen meine Gabe entgegen und tranken, ihr Anführer zuerst, der dann die Schale an seine Begleiter weiterreichte. Als alle ihr Teil bekommen hatten, sprach der vorderste: »Wir sind zufrieden.« Und ich stellte meine Frage. Ich fragte, wie ich das Ende aller Dinge finden könnte, auch der Ewigkeit selbst.

Sie antworteten alle zugleich und intonierten ihre Worte wie einen uralten Trauergesang. Manchmal war die Stimme eines jeden herauszuhören, dann wieder verschmolzen sie miteinander wie in einem Chor.

»Suche das Tal von Mistorak«, sagten sie. »Suche die Stadt, die es nicht mehr gibt. Suche das Land, das im Staub begraben ist. Suche den Mann, der zu ewigem Leben verdammt ist.

Finde das Haupt von Kardo Katha; König aller Welt war er. Er fiel, bevor Babylon entstand. Wir wagen nicht, den Namen jenes einen zu nennen, der ihn fürchtete, der über die Sterne herrscht und nur den Menschen fürchtet...

Er konnte ihm nicht sein Wissen nehmen über Dinge, die älter als die Welt waren. Während Adam die Frucht des Baumes aß, bemächtigte Kardo Katha sich der Sonne...

Kardo Katha blickt in die Schatten. Kardo Katha besitzt das vollkommene Wissen. Kardo Katha hört die Gedanken der Menschen.

Kardo Katha bewegt sich nicht...

Kardo Katha hat keine Gliedmaßen...

Suche das Haupt von Kardo Katha. Suche den Brunnen von Mistorak...

Hüte dich, o Mensch, vor dem Preis, den er von dir fordern wird.«

Im nächsten Augenblick waren sie verschwunden wie das Nachleuchten eines Blitzstrahls. Ich hätte ihnen mehr Fragen über Kardo Katha stellen wollen, und das konnte ich nun nicht mehr. Ich hatte den Namen schon früher vernommen, doch meist unter zweifelhaften Umständen. Hexen in ihren finsteren Grotten sprachen ihn aus. Hin und wieder murmelte ihn ein alter Mann in einem Anfall von Säuferwahn, worauf ihn seine Kumpane schnell zum Schweigen brachten. Ich wußte nur, daß Mistorak sehr weit weg war, irgendwo jenseits der östlichen Steppen.

Für Sir Hugh bedeutete dies alles nur ein weiteres Abenteuer, das zu bestehen war und auf das er sich freute. Er teilte meine Besorgnis nicht, als wir aufbrachen, er war nur wie immer guter Laune. Auf unserer Suche kamen wir durch viele Länder: durch Calamye, wo sich die Menschen vor die Räder eines gewaltigen Götzenbildes werfen, um als Märtyrer für ihren Gott angesehen zu werden; durch Ind, wo Ehegatten gemeinsam verbrannt werden, wenn einer stirbt, obwohl der andere noch am Leben ist. Wir reisten durch Urwälder und über namenlose Berge, tiefe Täler entlang, und wir durchquerten sonnverbrannte Wüsten. Wir sahen Menschen der verschiedensten Gestalten und Größen, und immer fragten wir nach dem Land von Mistorak. Manchmal starrten sie uns dann lediglich an, als hätten wir uns in keiner menschlichen Zunge ausgedrückt, und andere Male weigerten sie sich, uns zu antworten. Die brauchbarste Antwort war noch ein mürrisches: »Mistorak liegt weit im Osten. Geht dorthin und laßt uns in Frieden.«

Endlich aber – während wir Wege gingen, die sonst keiner betrat, während wir jenen zuhörten, die von ihren Nachbarn für verrückt gehalten wurden, während wir Straßen folgten, deren bloßen Anblick die Menschen scheuten, während wir verwilderte Felder durchquerten, über die verwaiste Burgen herrschten – kamen wir nach Mistorak. Es war ein wüstes Land, sein Boden trocken und steinig. Selten gab es ein paar dürre Sträucher, sonst nichts, und die Früchte, die sie trugen, waren trocken und bitter. Wenn es einmal einen Fluß gab, so war sein Wasser schwarz und faulig, und die Luft erfüllte ein Auge und Nase beleidigender Geruch.

Stille herrschte überall. Kein Wild floh vor uns; kein Sperling flatterte auf.

»Ich habe gehört«, bemerkte Sir Hugh, »daß dies einst ein reiches und fruchtbares Land war, doch dann wurden die Menschen sündig und verderbt wie in Sodom und Gomorrha, und Gott vernichtete es im Feuer.«

»Ich habe eine andere Version gehört – daß er eifersüchtig wurde auf die Herrlichkeit dieses Landes, die seiner eigenen allzusehr glich.«

»Wer sollte wissen, was richtig ist?«

»Ich stelle mir vor, er weiß es, aber wie auch immer, das Land ist wohl auf ewige Zeiten verdorrt und verbrannt.«

Die Straße stieg an, und vor uns erhob sich eine Reihe schroffer Felsgipfel. Dahinter brauten sich dunkle Wolken zusammen, Donner grollte und Blitze zuckten. Als wir näher kamen, verdüsterte sich der Himmel noch mehr, und die Luft wurde unerträglich schwül. Sir Hugh nahm den Helm ab und wischte sich die Stirn trocken, dann blickte er zu den drohenden Wolken über uns. Er streckte die Hand aus.

»Mich dünkt, es wird regnen«, lachte er.

»Wenn es so sein sollte, dann aber bestimmt kein Wasser.«

Danach ritten wir schweigend weiter bis zur Paßhöhe. Der Pfad war steil und gefährlich und voller Steinbrocken und Staub. Als wir endlich hinunterblicken konnten in die endlose Weite aus Sand und Rauch, die das Tal von Mistorak war, fragte ich Sir Hugh neuerlich, ob er mit mir wirklich hinabsteigen wolle, weil es für ihn keinen Grund gebe, mit mir ins Verderben zu geraten.

»Nie und nimmer!« rief er. »Nicht das Verderben ist es, sondern ein Abenteuer, und das will ich um jeden Preis mit Euch teilen!«

Und so teilten wir es. Während des gesamten Abstiegs, bei dem unsere Pferde sich vorsichtig und widerstrebend durch den Sand und die Asche ihren Weg suchten, die ihnen manchmal bis zu den Kniegelenken reichten; während wir uns dem Hitzeodem des Tals aussetzten, der aus dem Maul eines Schmelzofens zu kommen schien; während wir nach vorn spähten zu den mächtigen verdrehten Steinsäulen, die in den dichten Wolken öligschwarzen Qualms nur undeutlich zu erkennen waren; als wir an tiefen Rissen vorbeiritten, aus denen die Zungen niemals erlöschender Flammen leckten; während wir unserem Weg durch dieses wahnsinnige, unvorstellbare Land folgten, das das Werk eines wahrhaft dämonischen Schöpfers sein mußte – die ganze Zeit war mir zumute, als hätte meine letzte Stunde geschlagen, als ob ich, ohne es zu merken, bereits gestorben und an den mir vorbestimmten Platz in der Hölle gelangt wäre. Sir Hugh hingegen war immer noch bester Laune, und als wir endlich den Talboden erreicht hatten und das Vermeiden der tausend Todesgefahren, die ringsum lauerten, nicht mehr seine gesamte Aufmerksamkeit erforderte, da begann er sogar zu singen. Es war ein rauhes Lied, gegrölt wie irgendwelche Gesänge in einem Hurenhaus, wo er es wohl aller Wahrscheinlichkeit nach auch gelernt haben mochte.

Es ging ungefähr so:

Der König Johann zum Kampfe zog
in einen Krieg für Gott!
Doch in der Schlacht König Johann fiel
und ist nun lange tot.
Er focht für güldne Beute gar,
doch auch für Ruhm und Kreuz.
Der Heiden Scharen bedrängten ihn,
und seinen Tod bedeut's!
So nichts von ihm, nur der Name, blieb:
Sein Schloß steht kalt und leer –
Die Söhne zogen ins Heil'ge Land,
zurück kam keiner mehr.

»Bitte, nicht weiter«, sagte ich. »Welch ein gräßliches Lied!«

»Hab ohnehin vergessen, wie es weitergeht.«

Wir setzten unseren Weg fort. Irgendwo in dieser endlosen Weite aus Geröll und Staub lag der Aufenthaltsort von Kardo Katha – oder zumindest seine Reste. Die Elfen hatten behauptet, er habe keine Glieder und lebe doch ewig. Das vermochte ich zu glauben. Sie hatten aber auch von einem Brunnen gesprochen, dem Brunnen von Mistorak, und bei dieser Hitze, der rauchigen Luft voller Asche, wo uns der Schweiß über das Gesicht und unter die Kleidung rann, und Stirn und Haar und Helm und Kettenhemd staubverschmiert waren, erschien mir die Vorstellung eines wassergefüllten Brunnenbeckens völlig phantastisch. Die Elfen aber, das wußte ich, belogen niemals Menschen, die ihnen Gutes taten. Wir setzten also unseren Weg fort, tiefer hinein in das Maul dieser Gluthölle, bis auf den Grund des Tals der Gefahren, wo mächtige Steinformationen aufragten, bis sie in den Rauchwolken verschwanden, wo der Wind die Felsen zu Toren und Bögen abgeschliffen hatte, die den Pfad überspannten, und wo allenthalben gewaltige Felsblöcke umherlagen wie von einer Riesenhand ausgestreute Kiesel. Es war ein so lebensfeindliches Land, daß hier nicht einmal Otter und Viper ein Auskommen finden mochten. Und dort stießen wir schließlich auf die Stadt.

Zuerst wirkten die staubverkrusteten Formen wie natürliche, wie bizarre Felsen, doch nach einer Weile wurden sie deutlicher erkennbar als die Überreste von Menschenwerk, und schließlich erreichten wir verfallene Mauern und Häuser und Amphitheater. Die zerborstenen, leeren Hülsen manch eines Wachturms standen noch, glattgeschliffen von Hitze und Sand. Ein Tor fanden wir, einen wunderbar kunstfertig gearbeiteten Torbogen, der auf geheimnisvolle Weise alle Jahrhunderte überdauert hatte. Einsam ragte er aus dem Staub empor, zu dem die Mauer, deren Teil er einst gewesen war, längst zerfallen war.

Wir fanden auch die Einwohner jener Stadt. Ihre Gebeine lagen überall. Es gab große Plätze voll von ihnen, Häuser, die mit ihnen gefüllt waren, Paläste, in denen sich die Knochen häuften. Einen Thron gab es, auf dem saß ein gekröntes Skelett. Zu seinen Füßen lagen die Überreste vieler anderer, die Knochen von Ratgebern, Hofdamen, Schmeichlern. Überall sahen wir Diener, die über goldenen Platten zusammengebrochen waren, die einst speisenbeladen gewesen waren. Wachen lagen in Haufen übereinander, und ihre Schädel grinsten blind unter ihren Helmen hervor. Sogar ein Ritter in voller Rüstung war da, und das rostige Metall hatte die morschen Knochen seines Rosses zerdrückt. Ein Bäcker lag über einer Trage voll Brot, und jeder einzelne Laib war zu Stein geworden. Wenn ich mir dies alles besah, mußte ich an die Vision des Propheten denken, der seine Gebeine sah, aber er sah seine Gebeine wiederauferstehen und leben, und das würden diese hier alle niemals mehr tun. Der Prophet war ein Freund Gottes, und für solche Menschen können Wunder geschehen. Für die Feinde, die Ausgestoßenen, für die hat Gott nur den Zorn übrig, der in Augenblicken ein ganzes Volk vernichten kann, bevor die Menschen auch nur Zeit haben, sich zu fürchten.

In der Stadtmitte befand sich ein Platz, und dort, auf einem Podest von der Größe eines kleineren Hauses, entdeckten wir folgende Inschrift: SEHET DURION DEN RUHMREICHEN HELDEN ALLER ZEITALTER.

Aber es gab nichts mehr von ihm zu sehen. Lediglich seine steinernen Füße, von den Zehen bis zu den Fersen wohl gut drei Ellen lang, waren noch übrig; die ganze Statue war vor langer Zeit schon an den Knöcheln abgebrochen und zu nichts zerfallen. *Sic transit gloria Durionis.*

Ein kurzes Stück hinter dem Sockel des Denkmals brach der Boden ein, und mein Pferd strauchelte. Ich wurde aus dem Sattel geschleudert: über Sattelknopf und Pferdehals stürzte ich kopfüber und wohl ziemlich unbeholfen wirkend auf die Erde. Mühsam raffte ich mich wieder auf und tastete nach gebrochenen Knochen. Sie waren noch intakt, aber mein Tier war weniger gut davongekommen. Beide Vorderbeine waren gebrochen, wo sie in einem Riß des geborstenen Pflasters hängengeblieben waren.

»Wir müssen es töten«, sagte Hugh.

Das Tier schrie, als wir ihm von beiden Seiten unsere Schwerter in die Kehle stießen. Es brach zusammen und wälzte sich zuckend im Staub. Sein Blut sprudelte hervor und versickerte im Sand. Der Todeskampf war noch kaum verebbt, da schien der gesamte Körper schon jeglicher Flüssigkeit beraubt. Die Haut wirkte eingefallen, geschrumpft und spannte sich über den Knochen, die hervorstanden wie bei einem Gerippe.

»Dieses Land giert nach Leben«, bemerkte ich, als ich hinter meinem Gefährten auf das eine uns noch verbliebene Reittier stieg.

Der Brunnen selbst war nicht weit entfernt. Er lag inmitten der Überreste eines einst prachtvollen Parks – Statuen und steinerne Bänke waren noch zu erkennen, aber natürlich war alles, was je in diesem Garten gewachsen sein mochte, spurlos zu Staub zerfallen.

Der Brunnen selbst war vollkommen kreisrund und maß etwa fünfzehn Ellen im Durchmesser. Er war aus einem eigenartigen blauen Stein errichtet worden, so kunstvoll, daß man nicht erkennen konnte, wo die Blöcke zusammengefügt worden waren. Auf den ersten Blick wirkte er wie aus einem einzigen Stück geschnitten. Die Randmauer war etwa hüfthoch und wies, abgesehen von dem Torbogen, als einziges Menschenwerk in diesem Tale keine Spuren von Verfall auf.

Auf dem Rand lag wie ein Deckel eine grob behauene Steinplatte. Sir Hugh und ich hatten alle Mühe, sie herunterzuschieben, und als sie nach einigem Schwitzen und Plagen auf die Erde polterte, sahen wir Wasser im Becken.

»Ah! Einen guten Trunk kann ich jetzt brauchen!« rief mein Gefährte.

Ich war ebenfalls durstig, doch ich hielt ihn zurück.

»Laßt sein. Das ganze Land ist vergiftet. Sein Wasser ist es gewiß auch.«

So standen wir unschlüssig da und starrten in die unnatürliche Tiefe des Brunnens von Mistorak. Ich sage unnatürlich, weil er wirklich sehr tief zu sein schien, viele Faden tief, obwohl man doch normalerweise durch ein solches Brunnenbecken waten kann. Während wir noch hineinschauten, glomm plötzlich ein Lichtpunkt weit unten auf, wie am Grunde eines sehr tiefen Schachtes. Er stieg zu uns herauf und wurde dabei heller und größer. Bald begann die ruhige Wasserfläche sich zu kräuseln, dann zu brodeln wie die Brühe in einem Kessel und wurde unvermittelt grell blutrot.

»Nicht vergiftet«, keuchte Sir Hugh. »Verhext ist das Wasser!«

Dampf stieg auf, immer mächtiger wurde der Aufruhr des Wassers, und wieder veränderte sich seine Farbe. Diesmal wurde es dumpfbraun wie Schlamm, und dann tauchte das Haupt von Kardo Katha auf.

Ich weiß nicht, was mein Gefährte sah, aber was immer es war, er zitterte und schrie vor Angst und Entsetzen auf. Ich weiß, daß ich selber bei dem Anblick aufschrie, denn es erwies sich, daß es stimmte, was uns die Menschen immer wieder angekündigt hatten. Kardo Katha hatte keinerlei menschliche Züge, sein Gesicht war gemeinsam mit seinem Land ausgelöscht worden. Anstelle eines Antlitzes erblickte man die Formlosigkeit des Chaos, man sah Dinge aus Urzeiten, aus den innersten Tiefen der Seele, Quälendes und Unvergeßliches. Ich schaute meine Lania, nicht ihr Gesicht, als sie mit mir lebte, sondern verrottet, tot und verderbt, wie sie in ihrem Grab gelegen hatte, während ihr gestohlenes Blut von den modrigen Lippen troff.

»Mörder, du störst meine Ruhe«, donnerte eine tiefe Stimme.

Wahrlich, Kardo Katha wußte alles.

Ich bemühte mich, meine Fassung zurückzugewinnen, und sprach die schreckliche Erscheinung so ruhig an, wie ich es vermochte.

»Ich komme mit einem Anliegen zu dir.«

»Dann mußt du den Preis zahlen. Ich will Nahrung.«

»Nahrung?«

»Ich hungere nach Leben. Gib mir Fleisch.«

»Vielleicht genügt das«, sagte Sir Hugh und langte in seine Satteltasche, um ein Stück Trockenfleisch hervorzuholen, das er in das Brunnenbecken warf.

»Nein! Ich will lebendiges Fleisch! Voll warmen Lebens! Gib mir das oder ich nehme es mir! Kein Mensch verläßt diesen Ort, ohne meinen Preis gezahlt zu haben.«

Damals gab es nur mehr wenige Dinge, die ich fürchtete, doch das Schweigen dieses dämonischen Orakels war eines davon, und wenn ich ihm keine Nahrung verschaffte, würde es gewißlich nicht sprechen. Also gab ich ihm lebendiges Fleisch. Von meinem eigenen Körper. Ich tauchte die linke Hand ins Wasser und fragte: »Bist du damit zufrieden?«

Es kam keine Antwort außer einem explodierenden Schmerz in meinem Arm, begleitet von wüst flackernden Blitzen in Rot, Orange und Schwarz. Dann verlor ich wohl für einige Augenblicke die Besinnung, denn als nächstes wurde mir bewußt, daß Sir Hugh mir aufzuhelfen versuchte.

»Bei allen Heiligen! Eure Hand! Überhaupt kein Blut!«

Ich hatte keine Heiligen, die ich anrufen konnte, aber

ich warf einen Blick auf meine Hand, genauer, auf den Stumpf, wo sich die Hand befunden hatte. Der Ärmel von meinem Lederwams war weggefetzt, mein Arm bis zum Ellbogen geschwärzt. Die Hand war zur Gänze weg, aber die Wunde blutete nicht. Sie war trocken gesengt, ausgebrannt worden. Meine gesamte linke Seite pochte, und die Beine schienen unter mir nachgeben zu wollen, als Sir Hugh mir aufhalf, aber während ich mich an ihn lehnte, konnte ich wieder aufrecht vor dem Brunnen stehen.

»Sage deinen Wunsch«, sprach Kardo Katha.

Und so sagte ich es ihm. Ich erzählte ihm von meinem Schicksal, wie es gekommen war, daß mein Gott mich verabscheute, und weshalb mich die ewige Verdammnis erwartete. Ich fragte, wie ich meine Seele irgendwohin retten könnte, an einen Ort, wo es Frieden und Ruhe und ein Ende alles Leidens gebe. Nur dies und nichts sonst war mein Wunsch.

»O du närrischer Mensch, du hast deine Hand umsonst geopfert! Alles, was du wünschest, kannst du in dir und um dich finden. Frieden wirst du finden, wenn du aufhörst zu suchen. Ruhe wirst du finden, wenn du dich nicht mehr abmühst. Liebe wirst du finden, wenn du willens bist, Liebe zu geben. Du bist wie Judas. Du glaubst, deine Untaten seien so groß, daß nicht einmal Gott dir vergeben werde. Doch er wird es tun. Bei dem, was du getan hast, ist nichts so Schreckliches. Ich, der ich einst großmächtig war, der selbst ein Gott hätte sein können, ich kann mich nicht demütigen und um Vergebung flehen, deshalb bin ich hier. Du aber, du hast dich auf tausend Arten gedemütigt. Du bist kein Sünder, du bist nur ein Narr. Vielleicht wirst du Frieden finden, wenn du ein heiliger Narr wirst.«

Darauf wandte er sich an Sir Hugh und fragte: »Und was ist dein Begehr?«

Der war erstaunt zusammengefahren. »Daran habe ich gar nicht gedacht«, flüsterte er mir zu.

»Bittet um irgend etwas!« murmelte ich zurück.

Also sprach er das Wesen vor uns an. Ich denke, er hatte sich an die Schrecken dieser Erscheinung, wie immer er sie sehen mochte, irgendwie gewöhnt, denn seine Stimme klang nun viel kühner.

»Ich – ich will Gold«, sagte er. »Wenn du so groß und mächtig bist, kannst du doch gewiß einen Mann reich machen. Ich will eine große Menge Goldes haben.«

»Auch du bist ein Narr«, sprach das Dämonenhaupt, »doch ein viel größerer als jener. Du hast mir keine Nahrung verschafft, weder durch dein Roß noch von deinem Körper, und doch willst du schönen Tand haben. Du wünschst dir Gold, obwohl es überall genügend Gold gibt, wenn man es wahrhaft verdient hat. Dennoch, Narr, sollst du dein Gold erhalten. Schau auf die Erde!«

Wie wir so dastanden, tat sich neben uns der Boden auf, und ein riesiger Haufen Gold wurde sichtbar, der in der Erde verborgen gewesen war. Vor Erstaunen brachte er den Mund nicht zu. »Ich bin reich«, murmelte er. Er war reich, reich durch Kardo Kathas Schätze. Die Kluft in der Erde war leicht zehn Ellen lang und fünf tief, und sie war bis zum Rande mit Goldbarren gefüllt.

»Nicht einmal alle Schätze der Tartarei enthalten soviel Gold!«

»Nehmt es nicht. Es ist sicher verflucht.«

»Nie und nimmer. Metall ist nichts als lebloses Metall.«

Die Gier überwältigte ihn. Er ließ mich zu Boden fallen und sprang in den Graben. Mit einiger Mühe gelang es mir, mich aufzusetzen und an den Brunnenrand zu lehnen, während er in seinem Gold herumstieg.

»Ich werde ein König sein!« schrie er. »Ein Königreich kann ich mir mit diesem Gold kaufen. Heil König

Hugh von Heron und zur Hölle mit allen anderen!« Aber noch während dieser Worte verwandelten sich die Goldstücke in Flammengewürm, das über seinen Körper herfiel. Das Freudengebrüll wurde zu Schmerzensschreien. Er schrie und schrie immer lauter, als die glühenden Würmer ihn verschlangen, ihm das Fleisch von den Knochen brannten und rissen, obwohl er noch lebte. Ich mußte alles mitansehen, denn ich konnte ihm nicht helfen. Ich sah zu, wie er eine blutige, sich windende Masse wurde, an der nichts Menschliches mehr war. Ich sah zu, wie er um sich schlug, wie ihm die Muskeln wie verrottete Fetzen von den Armen fielen und wie sein Kopf so zerfressen wurde, daß ich nicht mehr erkennen konnte, wo sein Gesicht gewesen war. Aber immer noch schrie er und schrie und schrie, es war unglaublich, wie das Leben nicht aus ihm weichen wollte.

»*Jetzt* hast du mir Nahrung gegeben«, ertönte eine ferne Stimme, die wie im Nebel zu verklingen schien, als Übelkeit und Ohnmacht mich überwältigten.

Als ich zu mir kam, muß es wohl Abend gewesen sein. Immer noch war alles in Rauch und Staubwolken gehüllt, doch es war dunkler im Tal geworden. Ich konnte die jenseitige Begrenzung des einstigen Parks nicht mehr erkennen, und die höchsten Türme der verfallenen Stadt verloren sich im Schatten der Nacht.

Die Kluft im Boden war verschwunden, und mit ihr auch alles, was von Sir Hugh geblieben sein mochte. Ich klammerte mich an den Brunnenrand und zog mich auf die Beine, und dabei stellte ich fest, daß die Deckplatte wieder wie von selbst an ihren ursprünglichen Platz zurückgekehrt war. Stille beherrschte das Land, nur in der Ferne rollte Donner. Sir Hughs Pferd stand noch dort, wo es festgemacht worden war. Unter Aufbietung aller Kräfte taumelte ich hinüber und zog mich in den Sattel.

Während ich auf dem Weg, den wir gekommen

waren, aus dem Tal hinausritt, überdachte ich die schrecklichen Ereignisse dieses Tages und den Wahnsinn der Antwort, die ich erhalten hatte. Alles war eine grausame Täuschung. Wie konnte ich je wieder lieben, wenn die eine, die ich von Herzen geliebt hatte, in Wahrheit ein Ungeheuer der Hölle gewesen war? Wie konnte ich aufhören zu suchen und dann doch finden? Wie konnte ich jemals auf den Knien zu den Priestern kriechen, ihnen meine Sünden beichten und um Vergebung flehen? Und würde ich jemals Vergebung erlangen? Christus der Schreckliche, Christus der Richter und Henker erwartete mich mit dem Flammenschwert. Damals beneidete ich Kardo Katha, denn ihm allein war es gelungen, dem ewigen Kreislauf von Tod und Verdammnis zu entrinnen.

Ich erreichte den Ausgang des Tals in der Morgendämmerung. Ich wußte, daß es Morgen sein mußte, nicht weil ich die Sonne aufgehen sah, sondern weil sich die Schwärze über mir zu einem schmutzigen Grau aufhellte. Nach nichts sehnte ich mich mehr, als die Farben Blau und Grün wieder zu erblicken, denn davon gab es an diesem verfluchten Ort nicht die geringste Spur.

Wie Wächter erhoben sich die schroffen Felsen vor mir, zerklüftet, verworfen und unheimlich. Und tot. Ich fragte mich, ob ich wohl jemals wieder einen klaren Himmel sehen würde, ob ich je wieder in die wirkliche, lebende Welt zurückkehren würde, mitsamt allen Übeln, die ich darin aus Liebe und aus Furcht vollbracht hatte.

5

Der mit den Eulen sprach

Wahrheit? Ich habe die Welt studiert und ihre Fundamente gesehen: alles Träume, alles Schleier, alles die Dunkelheit des Todes; die Wahrheit aber habe ich nicht gesehen.

THEODORIC VON CAPPA

I

Einst in einem Traum sah ich mich selbst still daliegen wie im Schlaf oder im Tod, mitten auf einer düsteren Ebene. Über mir stand ein Engel, schimmernd in seinem Glorienschein, doch ihm gegenüber, auf meiner anderen Seite, kauerten drei Hexen.

»Nehmt diesen da mit euch«, sprach der Engel. »Er ist einer eurer Anhänger.«

»Nein, nein«, sagten die Hexen. »Wir kennen ihn nicht.«

Und da schien das Licht des Engels heller zu strahlen, so daß alle Schatten von dem Felde vertrieben wurden. Da standen andere, viele andere weiter weg, Menschen aller Rassen, aller Völker, aller Zeiten. Und der Engel und die Hexen wandten sich an sie und sprachen: »Nehmt diesen da mit euch. Er gehört zu euch.«

Und die vielen antworteten wie einer: »Wir kennen ihn nicht.«

Da zogen sich die Schatten noch weiter zurück, und hinter den Menschen wurden Tiere sichtbar, Tiere jeglicher Erscheinungsart, große und kleine, die da heranströmten, und der Engel und die Hexen und die vielen

Menschen sprachen zu ihnen: »Nehmt diesen da. Er gehört zu euch.«

Und die Tiere erwiderten: »Wir kennen ihn nicht.«

Und weiter wich die Dunkelheit zurück, und hinter den Menschen und den Tieren stand ein mächtiger Forst aus hohen Bäumen, und der Engel und die Hexen und die Menschenmenge und die Tiere sprachen alle zu den Bäumen: »Nehmt diesen da. Er ist ein Fremder für uns.«

Und die Bäume erwiderten: »Wir kennen ihn nicht.«

Da flohen die Schatten noch weiter vor dem Licht, und blumenübersäte Hügel wurden erkennbar, und dahinter zerklüftete Berge und große Flüsse; und weiter jagte das Licht, bis die ganze Welt davon erfüllt war, bis zum Horizont. Und alle Hügel und Blumen und die Berge und Flüsse sagten wie einer: »Wir kennen ihn nicht, wir kennen ihn nicht.« Da floh die Finsternis selbst zwischen den Sternen, und sie leuchteten heller denn je am Firmament, und der Ruf setzte sich fort: »Wir kennen ihn nicht. Wir kennen ihn nicht.« Und bis ans Ende der Schöpfung, von den höchsten Gipfeln der Herrlichkeit bis zu den tiefsten Schlünden, bis zu jenen fernen Himmelsrändern, wo keine Sterne mehr leuchten, erwiderte alles: »Wir kennen ihn nicht. Wir kennen ihn nicht.«

Ich erwachte und setzte meine Wanderung über die Welt fort. Nach geraumer Zeit hörte der Stumpf meiner abgetrennten linken Hand auf zu schmerzen, und ich ließ mir eine bronzene Schutzhülle dafür machen, an der ein kleiner Haken befestigt war. Mit diesem Haken hielt ich die Zügel meines Pferdes, damit meine Rechte für andere Dinge freibliebe. Die Bronzekappe war recht schwer und gut geeignet, damit an Türen oder gegen Männerschädel zu klopfen.

Für die meisten Menschen muß ich ein erschreckendes Bild geboten haben, ein hagerer, verstümmelter Ritter, der mit einem fremdartigen Zungenschlag sprach und dessen Kleidung ebenso zerlumpt war, wie sein Helm und Harnisch fleckig waren. Meinen Schild hatte ich schwarz übermalt, damit kein Familienwappen, kein Zeichen darauf zu sehen waren. Immer waren die Menschen in meiner Gegenwart beunruhigt, und immer mußte ich weiterziehen, konnte niemals irgendwo bleiben, niemals die einfachen Freuden anderer Menschen kennenlernen.

Aber Wanderer und Ausgestoßene sind auch Menschen, und sie brauchen, was alle Menschen brauchen. Sie müssen essen, sie müssen Unterschlupf finden vor dem Unwetter, und sie brauchen die Gesellschaft anderer Menschen, und seien sie noch so feindselig, damit sie den Verstand nicht verlieren. Für ersteres brauchen sie Geld, und für letzteres brauchen sie die Entschuldigung, daß sie sich um ersteres kümmern müssen.

Ich will nun berichten, wie ich mir mein Geld verdiente.

Ich kam in das Tal der Hand über den Zeigefinger. Ich ritt über üppige grüne Hänge, die mit reichen Wäldern von Fichten und Eschen überzogen waren, bis die Hügel steiler wurden und abfielen und den Zeigefinger des Tals der Hand bildeten. Fünf solche schmale Einschnitte gab es, kleine Waldschluchten, die sich auf einer größeren Ebene vereinten und damit diese Form schufen, die, wie manche behaupteten, ein Abdruck der Hand des Schöpfers war, als er sich am siebten Tage ausruhte. Und tatsächlich schien das Tal mit einer geradezu übernatürlichen Üppigkeit alles Lebendigen gesegnet zu sein; überall wuchsen Obstbäume, und hohe bunte Blumen und saftiges Gras bedeckten die Erde. Von Zweigen und Felsen hingen traubenschwere Reben herab. Kühle, klare Bäche flossen glucksend überall hinunter ins Herz des Tals, und so weit ich sehen konnte, war alles von üppig frischem Grün bedeckt, grüne Matten bis zum Horizont selbst. Diesem Land lächelte gewiß immer die Sonne, und es gab keine Dürren, keine Unwetter, keine Hungersnöte. Dieses Land bot seiner Bevölkerung alles, was sie brauchte, und gewiß kannten diese Menschen keine Not und keinen Hader. Dies alles war mir bewußt, als ich durch ihre unbewachten Felder ritt und die Frische ihrer blütengeschwängerten Luft atmete. Es war herrlich und eine große Erleichterung, die Steppen und Wüsten hinter sich zu lassen, die einen so großen Teil der östlichen Länder beherrschen.

Doch als ich auf die ersten Anzeichen von menschlicher Besiedlung stieß, erschien mir die Gegend bald weniger wundervoll. Als Wagenspuren auf dem Weg auftauchten, wirkte das Grün der Landschaft plötzlich etwas weniger frisch, das Sonnenlicht etwas weniger strahlend. Und als schließlich Feldfrüchte anstelle der Wiesenblumen erschienen, kam es mir vor, als entgleite mir eine zauberhafte Vision, so als erwache ich aus einem wunderbaren Traum.

Nach einer Weile säumten Zäune den Wegrand, und ich entdeckte Bauernhäuser in der Ferne, an den Abhängen der jenseitigen Hügel. Ich kam an einer Mühle mit einem mächtigen Wasserrad vorbei, und dann polterten die Hufe meines Rosses über die Brücke, die den Mühlenbach querte. Dennoch, es war ein wunderbares Tal, reicher und fruchtbarer als alle, die ich seit langer Zeit kennengelernt hatte, aber der Zauber jener ersten Augenblicke war dahin.

Endlich, als die Sonne sich dem grünen Horizont entgegensenkte, stieß ich auf ein Wirtshaus, das sich unter die uralten Bäume am Rande eines Waldes duckte. Ich überließ mein Pferd einem Stallburschen, meinen Schild noch an den Sattel hängend. Ich trat an die Tür, und erst dort an der Schwelle sank mir das Herz, und jeglicher Reiz dieses Tals verblich.

Über der Tür hing ein metallenes Kruzifix.

Hier an den Rand der Welt, jenseits aller in Karten aufgezeichneten Länder, wo selbst das Reich des Presbyters Johannes ein sagenhaftes Land weit im Westen war, auch hierher waren Seine Priester gekommen. Hatte Er ihnen nicht befohlen, alle Völker zu unterweisen? Waren sie nicht wie Samen im Winde überallhin gereist, durch alle Wälder, über alle Berge und Meere? Es war müßig, sich einzubilden, sie wären hierher nicht gelangt, und ich könnte hier Frieden finden. Wieder einmal mußte der Schein gewahrt werden.

Ich pochte fest an das schwere Holz der Tür, und sie schwang auf. Ein ungehobelter Bursche mit wildwucherndem Haar und Bart beäugte mich mißtrauisch.

»Ich bin ein Fremder aus einem fernen Land und suche Obdach. Darf ich eintreten?« Ich bemühte mich um einen bescheidenen, höflichen Ton.

Der Halunke zögerte ängstlich, während sein Blick über meinen Helm, das Kettenhemd und mein Schwert irrte. Sein Mund hing offen wie der eines sabbernden Idioten. Unvermittelt tauchte ein zweiter Mann auf, stieß ihn beiseite und meinte: »Peter! Du mußt freundlicher zu unseren Gästen sein. Seid willkommen unter meinem Dach, guter Herr.« Dies war offensichtlich der Wirt, ein untersetzter Mann in mittlerem Alter. Seine Kleidung und sein Bart waren gepflegt, und um seine umfangreiche Leibesmitte trug er einen ledernen Geldbeutel geschnallt. Er rang andauernd salbungsvoll die Hände. Seine engstehenden nachtschwarzen Augen huschten hin und her. Ich kannte seine Art: ein Wucherer und Heuchler, der sich unter dem respektablen Mantel seines Gewerbes verbarg. Er war einzig auf die Münzen aus, mit denen ich ihn für seine Dienste entlohnen könnte. Mir war er auf den ersten Blick zuwider, aber ich ließ mir das nicht im geringsten anmerken, denn der Mann hatte mich in keiner Weise gekränkt und schien gesonnen, mich freundlich zu behandeln.

Man führte mich in einen großen Raum, in dem rund ein Dutzend Männer in grobem Gewand auf Bänken an einem Tisch saß und aß und trank. Als ich hereinkam, verstummten alle und schauten auf. Der Geruch von Schweiß und angebranntem Fleisch hing in der stickigen Luft.

Der Raum war lang und schmal, und man mußte am Eingang drei Stufen hinuntergehen. Die Wände bestanden aus einfachen Brettern und schweren Balken, von denen etliche quer über die Decke verliefen; Bündel getrockneter Kräuter waren daran aufgehängt. Ich nahm an, daß ich mich zu den anderen Leuten setzen und mit ihnen speisen sollte, doch der Wirt rief neuerlich nach dem Knecht, der mir die Tür geöffnet hatte. »Flink! Hol unseren besten Stuhl für diesen edlen Gast.« Binnen kurzem saß ich am Kopfende des Tisches abseits der anderen Gäste in einem eichengeschnitzten Stuhl, der aussah, als wäre er irgendeinem wichtigeren Handelsherrn gestohlen worden. Sonderlich bequem war er nicht.

Man brachte mir eine Mahlzeit aus Fleisch unbestimmbarer Herkunft, Kartoffeln und gekochtem Gemüse sowie einer großzügigen Menge Weins. Seit langem hatte ich nicht mehr so üppig gegessen, so daß ich hernach schläfrig wurde. Ich lehnte mich zurück, und die anderen Männer, die sich mittlerweile an meine Gegenwart gewöhnt hatten, drängten sich am jenseitigen Ende der Tafel zusammen und tuschelten miteinander. Hin und wieder blickte der eine oder andere zu mir herüber und rasch wieder weg.

Ich saß da und wälzte düstere Gedanken – über die sinnlose Vision, die mir in Mistorak zuteil geworden war, über den Fluch, der auf mir lastete, und über meine unausweichliche Verdammnis. Verzweiflung überkam mich, da ich wußte, meine Seele war ebenso verloren wie meine linke Hand, verschlungen von Jahrhunderten der Zeit, von endlosen Meilen des

Raums, von den unermeßlichen Weiten all dessen, was hätte sein können. Ich wollte Gott verfluchen, aber ich wagte es nicht. Schon bei dem bloßen Gedanken kamen mir noch viel schmerzlichere Visionen.

Ich muß eingeschlafen gewesen sein oder jedenfalls nahe daran, denn ich hatte nicht gewahrt, wie die Männer mich umringten. Einer packte mich an der Schulter und schüttelte mich. Ich schreckte auf.

»Ihr da! Wie ist Euer Name?«

Ich starrte in verschwommene Gesichter über mir. »Julian... ich heiße Julian. Einstens gab es einen anderen Julian, sie nannten ihn den Abtrünnigen.«

»Ich sah Euren Schild am Sattel hängen, der Stallbursche zeigte ihn mir. Er trägt kein Emblem. Was ist Euer Hauswappen?«

»Der Turm.« Ich war jetzt munterer und stellte fest, daß der Fragesteller ein Mann war, den ich noch nie gesehen hatte, ein schmächtiger kleiner Geselle, völlig bartlos, doch in Seide und edle Pelze gekleidet.

»Der Turm?« wiederholte er. »Ich habe noch nie von den Rittern des Turms gehört.«

»Ja, der Turm. Als Kind hörte ich von einem Mann, einem steinalten Mann, dessen Vater ein Werwolf gewesen war. Daher holten sie ihn, den Sohn, noch als Kleinkind weg und sperrten ihn in einen Turm. Dort blieb er für immer, und niemals lernte er Liebe kennen, niemals Leben. Auch ich bin in einem Turm gefangen, nur ist der meine unsichtbar, und ich trage ihn allezeit mit mir. Dennoch sind seine Mauern nicht weniger stark.«

»So seid Ihr ein Werwolf?«

»Nur in meinem Herzen.«

Der Reichgekleidete wurde ungeduldig. »Ich bitte Euch, guter Herr, sprecht nicht in Rätseln. Ich bin Bors, der Bürgermeister dieses Ortes, und ich hätte Euch gern um einen Gefallen gebeten.«

Ich versuchte aufzustehen, doch sogleich war mir

zumute, als hätte mir eine Streitaxt den Schädel gespalten. Der Raum drehte sich um mich, und nur mühsam hielt ich mich auf den Beinen. Der Wein war viel stärker gewesen, oder ich hatte weit mehr getrunken als vermutet.

»Wirt! Heda, Wirt!« Ich konnte ihn nirgends entdecken. »Wirt! Ich möchte mich jetzt zurückziehen. Was schulde ich Euch für die Mahlzeit?«

Der Wirt war aus einer schummrigen Ecke aufgetaucht und huschte heran wie ein Schakal, den es zum Aas zieht, nach seinem Lohn gierend.

»Zwei Kupferstücke, Herr.«

Ich holte meinen Beutel vom Gürtel, und immer noch schwankend und mühsam das Gleichgewicht wahrend, schüttelte ich seinen Inhalt aus und wollte die Münzen mit meinem Bronzestumpf auffangen.

»Zum Teufel!« Ich hatte vergessen, daß ich nicht mehr zwei Hände besaß. Ich sah mich nach den Münzen um und entdeckte nur eine, eine kleine Kupferscheibe, dünn gewetzt und fast wertlos, am Boden zu meinen Füßen. Ich war verwundert, dann fiel mir ein, daß ich nur eine fallen gehört hatte. Ich bückte mich, wobei mir der Schädel dröhnte und schwamm, klaubte die Münze auf und reichte sie dem Wirt.

»Leider, das ist alles, was ich habe. Jetzt will ich schlafen. Zeigt mir mein Lager.«

Das Gesicht meines Gastgebers verzog sich entsetzt. Nichts schreckt einen Geizkragen mehr als die Aussicht, um seinen Lohn geprellt zu werden.

»Aber – aber das kann ja nicht einmal meine Auslagen decken. Ich will mehr.«

Da meldete sich Bürgermeister Bors zu Wort. »Vielleicht kann ich helfen.«

»Vielleicht könnt Ihr das«, murmelte ich. »Morgen werde ich Euch diesen Dienst erweisen, und mit meinem Lohn will ich meine Schuld bei Eurem Freund hier begleichen.«

Dieses Versprechen schien alle zufriedenzustellen. Der Bürgermeister faßte mich beim einen Arm, der Wirt beim anderen, und halb führten, halb trugen sie mich die Treppe hinauf in eine Kammer. Ich erinnere mich nicht mehr, das Bett berührt zu haben.

II

Hell und frisch schimmerte der Morgen durch mein Fenster. Einige kleine Vögel saßen auf dem Fenstersims und sangen, aber sie flogen weg, als ich mich rührte. Der Tag war warm und der Himmel unglaublich blau, und mir schien, daß die Luft selbst mir neue Kräfte verlieh. Ich holte tief Atem und erhob mich erfrischt von meinem Lager. Der vergangene Abend war kaum mehr als ein halbvergessener Traum. Ich wußte nur noch, daß ich in einem langen, dämmrigen Raum gesessen hatte, mit anderen Männern, und daß es warm und stickig gewesen war, und irgend etwas hatte es mit einer Münze gegeben. Ich erinnerte mich auch, daß ich am Vortag einen langen, harten Ritt hinter mir und noch einen Tag davor das letztemal etwas zu essen gehabt hatte, aber ich konnte mir nicht vorstellen, wie ich so trunken geworden sein konnte. Ich sagte mir, daß wohl etwas in den Wein gemischt worden sein mußte.

Ich wollte eben hinuntergehen und nach einem Frühstück fragen, als jemand klopfte. Es war der Wirt, und er brachte eine Platte, auf der sich Brot, Trockenfleisch und frisches Obst befanden.

»Ich hoffe, Ihr habt gut geschlafen«, sagte er.

»Ich habe traumlos geschlafen, und das ist mir gut genug.«

»Hier ist ein Imbiß für Euch. Wenn Ihr bereit seid, dann möchte der Bürgermeister Euch zu den Leuten bringen. Sie möchten ihren Helden sehen.«

Ich nahm ihm das Tablett ab und stellte es aufs Bett, dann setzte ich mich daneben und begann zu essen.

»Und weshalb bin ich auf einmal der Held dieser Leute?« erkundigte ich mich, an einem Bissen Fleisch kauend.

Der Wirt schaute aufrichtig erstaunt drein.

»Aber – aber edler Herr, *tapferer* Herr, Ihr seid ein Held, weil Ihr zusagtet, die Hexe vom Wald zu erschlagen.«

Ich erstickte fast an einem Stück Fleisch, würgte es heraus. »Was – *was tat ich?*«

»Gestern abend. Ihr habt dem guten Bors versprochen, die Hexe zu töten, um mit dem Lohn dafür Kost und Quartier zu begleichen.«

Nun erinnerte ich mich. Ich hatte in der Tat versprochen, irgendeine nicht näher beschriebene Aufgabe zu übernehmen, aber niemand hatte eine Hexe erwähnt. Dessen war ich mir sicher, doch ich erhob keine Einwände. Ich wollte mir die Menschen dieses neuen Landes nicht gleich zum Gegner machen.

»Also gut, so werde ich denn diese Hexe erschlagen. Bringt mich nun zum Bürgermeister.«

Nachdem ich meine Mahlzeit beendet hatte, verließen wir das Gasthaus und gingen ein Stück in den Wald hinein. Der Torknecht Peter kam hinterher, mein Pferd an den Zügeln führend. Das Tier war sauber gestriegelt worden, und sogar meinen Schild hatte man geputzt und poliert.

Nach einer kleinen Weile kamen wir zu einer Lichtung. Allenthalben waren strohgedeckte Hütten zu sehen, die am Rand mit dem Wald verschmolzen. In ihrer Mitte lag ein freier Platz mit einem Brunnen. An die dreißig oder vierzig Leute, alle so einfach gekleidet wie die, welche ich am Vorabend in der Schenke angetroffen hatte, hatten sich versammelt. Eine einsame Kuh hatte sich ebenfalls eingefunden.

»Werdet Ihr wirklich die Hexe töten?«

»Das werde ich tun, wenn ihr mir zuvor etwas über sie berichtet.«

»Sie ist über alle Maßen böse. Nächtens liegt sie dem Teufel bei und lästert Gott.«

Ich war belustigt. »Hat irgend jemand sie dabei beobachtet?«

»Sie bringt Krankheit und Tod über uns!«

»Dafür gibt es viele andere Ursachen. Auch in meinem Land gibt es Krankheit und Tod, und wir haben keine Hexe.«

Eine alte Frau schlurfte herbei. »Vor drei Nächten kam die Hexe an mein Haus und starrte durchs Fenster. Ich schrie, und mein Mann hob die Axt gegen sie. Sie verschwand. Am nächsten Tag, als er das Dach flicken wollte, rutschte die Leiter unter ihm weg, und er brach sich den Hals.«

Ich sagte nichts.

Eine junge Frau führte die Kuh heran und deutete auf das Euter, welches eingeschrumpft war wie eine Trockenpflaume.

»Seht her, die Hexe hat nur ein Wort gemurmelt, und meine Kuh gibt keine Milch mehr.«

So ging es immer weiter, und die Tölpel machten für jegliche Alltagsunbill die Hexe verantwortlich. Als sie endlich verstummten, hegte ich Zweifel, daß es überhaupt eine Hexe gab, aber ich sagte immer noch nichts. Schließlich erklärte der Bürgermeister, daß ich einen Führer haben solle, der mir zeige, wo die Hexe hause. Er beriet sich mit den anderen Männern des Dorfes, und nach einer Weile hatten sie sich auf einen Führer für mich geeinigt.

Er war noch ein Junge, mager, mit hängenden Schultern und allerhöchstens vierzehn Jahre alt. Er kam mir noch schmutziger und verwahrloster vor als seine älteren Genossen. Die Menge drängte ihn ganz offenkundig gegen seinen Willen vor mich hin.

»Der da wird Euch den Weg weisen«, erklärte Bors.

»Habt Geduld mit ihm. Er ist ein wenig langsam im Kopf.«

»Wenn dem so ist«, erwiderte ich, »weshalb kommt dann nicht *Ihr* mit mir? Die Begleitung eines weiseren Mannes wäre mir sicherlich mehr von Nutzen.«

Bors' Miene verzog sich entsetzt. »Ich war noch niemals beim Haus der Hexe. Der Bursche aber schleicht sich manchmal hin und beobachtet sie.«

»So ist er also mutiger als ihr alle?«

»Nein, er ist töricht. Ihr solltet Torheit nicht mit Mut verwechseln!«

»Oder Mut mit Torheit.«

Der Bürgermeister blinzelte und sagte nichts mehr, und ich hob, ebenfalls ohne weiteres Wort, den Burschen aufs Pferd und schwang mich hinter ihm in den Sattel. So ritt ich davon, die Hexe des Waldes zu erschlagen, nur um ein paar Goldstücke zu verdienen.

Wir hielten nach Osten zu, und bald war das Dorf hinter uns verschwunden, und der Forst drängte sich dichter um uns. Binnen kurzem schloß er sich wie ein grünes Dach über uns, und die Straße wurde zu einem Pfad, der sich durch das Dickicht wand. Tausende Vögel sangen und schwirrten von Zweig zu Zweig, und einmal beobachtete uns eine Rehgeiß mit ihren Kitzen aus einer so geringen Entfernung, als kenne sie überhaupt keine Menschenscheu. Der Erdboden selbst schien vor Leben zu bersten, voller Blumen und Kräuter und allerlei Getier. Der Wald war ein Meer aus Blättern, dessen Tiefe wohl kein Mensch auszuloten vermochte. Nach einer Weile richtete ich das Wort an meinen Begleiter.

»Junge, wie heißt du?«

»Matthäus, Herr. Ich bin nach dem Heiligen benannt.«

»Matthäus, sie haben behauptet, du seist langsam im Kopf. Stimmt das?«

»Nein, Herr, ich bin sehr klug, aber ich verheimliche

meine Klugheit, damit alles, was ich weiß, mein Geheimnis bleiben kann.«

»Und dieser Peter, der mir gestern in der Schenke die Tür öffnete, ist er auch im geheimen klug?«

»Der? Nein! *Der* ist ein Narr.«

»Hüte dich, nach dem äußeren Anschein zu urteilen, Matthäus.«

Wir ritten weiter, bis die Sonne sank und die Schatten wie geisterhafte Erscheinungen aus den Tiefen des Forstes hervorglitten. Die Vögel des Tages suchten Unterschlupf, und die Nachtvögel tauchten auf. Eine Eule querte lautlos unseren Weg. Ich konnte den Himmel nicht sehen, aber ich wußte, daß die Sterne aufzuleuchten begannen. Das Licht des Mondes, der durch das dichte Blätterdach selbst verborgen war, sickerte herab und glänzte golden auf dem höheren Geäst. Der Junge wies mir die Richtung, und an einer bestimmten Stelle mußte ich den Pfad verlassen und mein Tier in den sich rasch verdunkelnden Wald lenken. Bald war vor mir nichts als schwarze Finsternis, aber Matthäus schien immer noch etwas sehen und uns führen zu können. Es war wohl eine Stunde verstrichen, als wir auf eine vom Mondlicht übergossene Lichtung kamen, und da stand das Haus der Hexe.

Es war alt, sehr alt, eine Hütte aus uralten Balken und mit einem strohgedeckten Dach, über und über mit dichtem Efeugerank überzogen. Es gab zwei Geschosse, und aus einem Fenster im oberen drang Licht.

»Bindet Euer Pferd an und kriecht ganz am Boden weiter«, riet Matthäus. Wir taten so und erreichten den eigentlichen Waldrand, wo uns nur noch Buschwerk verbarg.

»Nun müssen wir warten, bis ihr Kopf davonfliegt in die Nacht.«

»Was? Bist du verrückt, Bursche?«

»Herr, Ihr seid freundlicher zu mir gewesen als die meisten Leute, deshalb würde ich Euch nicht anlügen.

Ich bin auch nicht verrückt. Ich bin hier viele Male gelegen und habe ihren Kopf durch jenes Fenster fortfliegen gesehen. Auf diese Weise geht sie an ihre Übeltaten, und so verläßt sie die Welt, um mit den Teufeln zu feiern. Dazu verbindet sie ihr Haupt mit den Körpern von Ungeheuern.«

So warteten wir, ich nicht recht überzeugt und er angespannt, aber ohne Furcht, und Grillen, Vögel und sonstiges Getier übertönten das Geräusch unseres Atems. Der Wald ringsum war wie immer voller Leben.

Mitternacht kam und verstrich, der Mond sank auf die Baumwipfel nieder, und sein Licht flutete fast waagrecht über die Lichtung herein. Sein Schein und das Sternenlicht mischten sich mit dem Lichtschimmer aus dem Fenster der Hexe. Auf einmal aber wurde das Fenster dunkel. Ich war beinahe eingenickt, und der Junge wohl auch, doch als etwas Rundes, Weißes, einen flatternden schwarzen Strang hinter sich, aus dem Fenster schwebte, fuhr ich hoch, sofort hellwach, und stieß den Burschen an.

»Das ist sie!« keuchte er.

Das schwebende Ding umkreiste einmal die Lichtung, und wir drückten uns dichter an den Boden. Dann zog es über das Haus hinweg und war verschwunden. Ich wußte, was ich nun tun mußte.

»Matthäus, du bleibst hier und warnst mich, wenn sie zurückkommt.«

Ich erhob mich, und mit gezogenem Schwert und angehobenem Schild, als wolle ich mich in eine Schlacht stürzen, rannte ich zur Tür der Hütte. Ich lauschte, aber im Innern war alles still. Ich drückte die Tür auf, und zu meinem Erstaunen war sie unverriegelt. Ich trat ein.

»Halt! Ich bin Gorm! Wer fordert Gorm heraus?«

Ich fuhr herum und entdeckte über der Tür ein Wesen mit dem Körper einer Ratte und dem Gesicht eines

Menschen. Ich hieb mit dem Schwert nach ihm, und es huschte mit übernatürlicher Schnelligkeit davon.

Vor mir lag eine Treppe, und ich stürmte hinauf, drei Stufen auf einmal nehmend. Oben fand ich den Raum mit dem offenen Fenster. Im Dämmerlicht sah ich, daß sich an den Wänden uralte Bücher eins ans andere reihten und daß allenthalben die Geräte der Hexenkunst umherstanden. In der Mitte des Raumes stand ein Bett, und auf diesem lag der Körper der Hexe.

Voller Staunen trat ich hinzu. Sie war unbeschreiblich schön, von schlankem Ebenmaß, und die festen Brüste wölbten sich unter dem weißen Seidengewand. Ihr Kopf war tatsächlich verschwunden, doch er hatte keine blutige Wunde hinterlassen, nur einen von einem zarten Nebelschleier umwaberten Halsstumpf.

»Du! Wer bist du? Ich wittere weder Gut noch Böse in dir. Du gehörst nicht dem neuen Gott, aber auch nicht dem alten.«

Das Rattenwesen hockte auf einem der Bettpfosten. Ich schwang meine Klinge, und diesmal traf ich es und spaltete seinen Körper entzwei. Es wurde gegen die Wand geschmettert und fiel leblos zu Boden. Trotz der Dunkelheit sah ich, daß das Blut in großen Lachen hervorquoll, mehr, als ich bei einem so kleinen Wesen erwartet hätte.

Ich wußte, was ich zu tun hatte. Ich mußte den Körper der Hexe zerstören, solange er hilflos vor mir lag, und ich mußte es schnell tun, bevor ihr Haupt zurückkehrte und sie sich im Vollbesitz ihrer Kräfte vom Lager erhob. Es war eine abscheuliche, grausame Arbeit, diese Schlächterei. Ich stieß mein Schwert tief ins Herz, und der ganze Körper bäumte sich auf und zuckte, und Blut schoß hervor wie aus einem Springbrunnen. Immer wieder hieb ich zu, hackte und haute, bis kein Glied mehr ganz war und das weiße Seidengewand ein klebriger dunkelroter Filz war und der Rumpf eine formlose Fleischmasse.

Plötzlich fegte ein mächtiger Windstoß durchs Fenster, so daß Bücher von den Borden polterten. Von weitem kam mit diesem Wind ein Schrei, dann noch einer, viel näher, und ich stand da, gelähmt von dem Grauen meiner Tat, bis ich Matthäus über die Lichtung hetzen sah. Verzweifelt suchte er mit den Armen etwas Rundes, Schwebendes, schwarz Flatterndes abzuwehren.

»Hexe!« schrie ich aus dem Fenster. »Laß ab von dem Burschen! Ich bin der, den du suchst!«

Sie stieg auf und stürzte sich geradewegs auf mich.

»Matthäus! Lauf und sieh dich nicht um!«

Jetzt war die Hexe über mir. Das Haupt war zum Fenster hereingesaust und kreiste hinter mir. Es fuhr auf mein Gesicht los, und die Zähne schnappten wie die eines tollwütigen Hundes. Ich konnte gerade noch meinen Schild hochreißen und es wegstoßen. Wieder griff es an, und wieder konnte ich es mit dem Schild abwehren. Nochmals kreiste der Hexenkopf durch den Raum, fegte Bücher, Kerzen und alte Schädel von den Borden, zuletzt zerbarst ein Gefäß voller Federn auf dem Boden. Federn wirbelten durch die Luft, legten sich in Wolken um die Hexe, in erstickenden Schwaden vor mein Gesicht. Wieder gewahrte ich eine Bewegung, riß den Schild herum, und sie krachte dagegen. Immer wieder schwang ich das Schwert, aber die Klinge traf nur Federn, die wie dichter Rauch in der Luft hingen.

Wiederum hörte oder spürte ich sie hinter mir, ich duckte mich und fuhr herum, und die Zähne schnappten zu, wo eben noch mein Nacken gewesen war. Mit gezücktem Schwert und gehobenem Schild griff ich erneut an, aber sie entkam mir. Nun fegte sie tief heran, aber ich war schneller und sprang hoch, so daß sie unter mir durchhuschte. Als sie kehrtmachte, traf sie auf meinen schwarzen Schild. Die Gestalt eines Dämon erhob sich vom Boden, groß wie drei Männer, mit dem Körper eines Affen und dem Kopf eines Krokodils, aber es war nur eine unstoffliche Gestalt, und meine Klinge glitt widerstandslos hindurch, worauf die Erscheinung verschwand. Wieder griff der Hexenkopf an, und wieder wehrte ich ihn ab.

Endlich sanken die Federn zu Boden, und der Kopf schwebte reglos in der Luft. Ich hob das Schwert, doch ich schlug nicht zu. Zum ersten Mal erblickte ich das Antlitz der Hexe, und so abgekämpft und zerzaust und zerschlagen sie war, so war sie doch wunderschön. Mir schien, daß nichts Böses in ihrem Gesicht lag.

Sie weinte, und klagend sprach sie zu mir.

»*Weshalb?* Weshalb hast du dies getan? Du hast gesiegt. Meine Kraft ist dahin, du hast mich überwunden, doch *weshalb?*«

Ich fand keine Worte. »Die Menschen im Dorf behaupteten, du seist eine Hexe«, brachte ich endlich hervor. »Sie boten mir Gold.« Ich kam mir vor wie ein Kind, das eine unverzeihliche Tat zu erklären versucht. Ich *wußte* nun, daß es unrecht gewesen war, daß man mir einen sinnlosen Auftrag zugeschanzt hatte.

»Ich bin keine Hexe. Ich habe mich nie an euren Satan verkauft. Ich kenne ihn nicht. Ich bin Mutter dieses Waldes. Jede Nacht fliege ich durch sein Geäst und spreche mit den Eulen und frage, ob alles so ist, wie es sein soll. Jede Nacht segne ich die Blumen, auf daß sie wachsen mögen. Jede Nacht tupfe ich Farben auf die Flügel der Schmetterlinge. Oh, ich bin keine Hexe, wie die Menschen sie sich vorstellen. Einst, eine kurze Zeitspanne wenigstens, liebte ich die Menschen. Wie gut erinnere ich mich an jenen Tag, als die Götter in ihrem Garten beisammensaßen und Wein tranken, und ich mit ihnen, und einer herbeieilte, um uns zu erzählen, daß der neue Gott, der, der keinen anderen neben sich dulde, getötet worden sei. Die Menschen hatten das getan. Sie hatten ihn an eine Art Baum genagelt. Da ließen wir alle die Menschen hochleben und tranken auf ihre Tat und feierten eine Nacht und einen Tag lang. Doch grenzenlos war unser Entsetzen, als an jenem Morgen ein anderer kam und rief: ›Er ist auferstanden! Er ist auferstanden!‹ Voller Schrecken flohen wir bis ans Ende der Welt, doch jeder dieser frohen Gemeinschaft fiel und verging nach und nach im Schatten des Kreuzes. Ich bin die letzte, und nun bin ich auch nicht mehr.«

Mit diesen Worten prallte sie dumpf auf den Boden und rührte sich nicht mehr. Irgend etwas in meinem Innern sagte mir, ich müsse Reue und Scham empfinden, aber ich fühlte nichts. Meine Seele war tot, vertrocknet und leer wie eine abgestorbene Hülle. Stumpf tappte ich in dem verwüsteten Raum umher, hob hier und da eines der Bücher auf, die schon alt gewesen waren, als die Chaldäer ihre Stadt Ur errichteten. Alle waren sie in derselben feinen Handschrift geschrieben. Ich wußte, daß ich niemals die ganze Weisheit erfassen konnte, die sie enthielten, dennoch beschloß ich, einige mitzunehmen und zu studieren. Ich wählte drei aus, die kleiner waren und leicht in eine Tasche oder einen Beutel passen mochten. Dann stieg ich die Treppe hinunter und verließ das Haus, und ringsum begann das Land zu sterben.

Anfangs war es auch in seinem Verfall noch schön, als die Blätter der Bäume sich golden und braun verfärbten und zu Boden taumelten, als wäre der Herbst gekommen, doch dann verdorrten die Zweige, und die Stämme zerfielen, als verzehre sie ein unsichtbares Feuer. Ich wandte mich um und sah, daß auch das Haus rasch verfiel, als gingen die Jahrhunderte wie eine Sturmflut darüber hinweg. Erst verrottete das Strohdach, dann zerfielen Türen, Läden und Balken, und zuletzt zerbröckelten selbst die Mauern. Die drei Bücher in meiner Hand zerfielen zu Staub.

Rund um mich brachen die Bäume in sich zusammen, und die Blumen kräuselten sich wie verbranntes

Haar und waren nicht mehr. Das Gras wurde zu einer dürren Heumatte, das Gebüsch verdorrte und verschwand. Und dann kamen die Vögel und die Tiere aus dem Walde geströmt, über die Lichtung gen Osten, weg von der Menschensiedlung. Erst kamen Mäuse und Wiesel und Füchse und Karnickel, dann Wildschweine und Hunde, dann Hirsch und Reh und der große Bär, und über diesen stoben die Vögel in gewaltigen Schwärmen dahin, alle in dieselbe Richtung, alle in Panik. Endlich kamen Gestalten, wie sie wohl noch kein Menschenauge erblickt hatte, Wesen, die halb Menschen, halb Ziegen waren, Schlangen mit Flügeln wie Vögel, ein Löwe mit dem Kopf eines Mannes. Und diese Wesen sprachen, schrien, brüllten mir zu: »Du hast die Mutter erschlagen! Du hast die Mutter erschlagen!«

Ich machte kehrt und floh zu der Stelle, wo mein Roß noch immer angebunden war, und es beäugte mich angstvoll und unruhig. Ich ritt die Nacht durch, und im Morgengrauen erreichte ich das Dorf, und ringsum war alles Land verwüstet und der Himmel voller Staub. Alles war verdorrt. Kein Baum, kein Grashalm wuchsen irgendwo. Kein Vogel sang. Der Wind häufte Staubdünen an.

Die Menschen der Gegend brachen in einer langen Reihe zur Flucht auf, ihre Habseligkeiten auf den Rücken geschnürt, ihre Mäntel übers Gesicht gezogen, um sich gegen Staub und Wind zu schützen. Schon brannte die Sonne gnadenlos heiß herab, und alle Bäche und Flußbetten waren ausgetrocknet, rissig und hart.

»Bors! Bors! Wo ist der Bürgermeister Bors?« Keiner antwortete, und wütend ritt ich die Menschenreihe entlang, bis ich ihn entdeckte. Wie die anderen trug er ein Bündel, und seine Miene war stumpf vor Schrekken und Hoffnungslosigkeit.

»Bors!«

»Ihr! Warum seid Ihr zurückgekommen? Was wollt Ihr denn noch für Übel über uns bringen?«

»Ich habe jene erschlagen, die euch ein Ärgernis war. Jetzt bezahlt mir den versprochenen Lohn!«

»Zahlen?« schrak er zurück.

»Zahlen!« brüllte ich. »Zahle, du Narr, für das, was du mir auftrugst!« Ich zog das Schwert. Mein Pferd bäumte sich auf, und die Menschen stoben weg. Bors suchte mir jammernd zuzureden.

»Wir sind jetzt alle arm. Ich flehe Euch an, habt Mitleid.«

Die Flüchtlinge strömten nun auf beiden Seiten an uns vorbei, genauso gleichgültig in ihrem stumpfen Elend wie zuvor.

»Ihr hattet auch kein Mitleid. Ihr habt mich verleitet, eine üble Tat zu begehen, zu der ihr selbst zu feige wart.«

»Ach, Herr, dann meidet doch noch größeres Übel. Geld ist das schlimmste Übel der Welt. Wozu trachtet Ihr danach?«

»Das schlimmste Übel der Welt steckt in deinem Geist, und wenn du nicht zahlst, was du schuldest, spalte ich dir den Schädel und lege dieses Übel frei.«

Wieder schrak er zusammen, und mit zitternden, kaum gehorchenden Fingern zerrte er einen Beutel auf, um eine Münze herauszuholen. Meine Schwertspitze entriß ihm jedoch das Ledersäckchen, worauf er sich umdrehte und davonrannte, hinfiel und weiterrannte. Ich ließ den Beutel von der Schwertspitze in meine linke Hand gleiten und fluchte. Der Beutel prallte gegen den Metallstumpf und fiel in den Staub. Ich hatte mich wahrlich noch nicht daran gewöhnt, nur eine Hand zu haben. Die Reflexe eines ganzen Menschenlebens mußten sich neu herausbilden. Ich stieg ab und hob den Beutel auf, und niemand wagte mich zu hindern. Ich schwang mich wieder in den Sattel und ritt die Menschenreihe entlang, bis ich auf den Gastwirt stieß. Er selber trug kein Bündel auf dem Rücken, doch der Knecht Peter und der Stallbursche plagten sich mit schweren Lasten ab. Ich nahm eine Münze heraus und schleuderte sie dem Wirt so heftig wie möglich mitten ins Gesicht. Er keuchte auf und hielt sich das eine Auge. Als ich mich abwandte, kniete er im Schmutz und tastete nach dem verlorenen Goldstück.

Ganz am Ende der Flüchtlingsprozession stieß ich auf eine schmale Gestalt, einen Nachzügler, der in dem aufgewirbelten Staub um Atem rang und kaum die Hand vor den Augen sah. Dies war Matthäus. Ich lenkte mein Tier zu ihm hin, und er blickte halb verständnislos, halb entsetzt zu mir auf.

»Mein Junge, ich ziehe nun weiter. Dir als einzigem von diesem unwürdigen Volk wünsche ich Glück. Such dir ein neues Land, wo du leben kannst.«

»Herr … Sir Julian … wohin werdet Ihr jetzt gehen?«

»Gen Osten, meine ich. Sag mir, was liegt im Osten, hinter dem Tal der Hand?«

»O Herr, geht nur dort nicht hin. Jenseits des Tals liegt eine Bergkette, und hinter jenen Bergen ist der Rand der Welt, der bodenlose Abgrund. In die Felswand ist ein riesiges Gesicht eingemeißelt, und jeden Tag betrachtet es die Sonne beim Aufgehen, und es sieht, wie die Sterne erlöschen in ihrem Licht. Es weiß alles, was sich jemals ereignen wird, doch der Mensch, der in dieses Antlitz blickt, muß sterben. Ich flehe Euch an, geht nicht dorthin!«

»Warst du jemals an diesem Ort?«

»Nein.«

»Dann werde ich wohl selbst hingehen und mir diese Wunder besehen. Leb wohl, Matthäus.«

Einen Tag und eine Nacht ritt ich gegen den wütenden Sandsturm an. Auf allen meinen Fahrten hatte ich keinen schlimmeren, heißeren, menschenfeindlicheren

Ort denn jene Gegend gesehen. Ich spürte den Beutel mit Münzen an meiner Seite, und ich gedachte des grünen Tals, das es hier gegeben hatte, und ich kam mir hilflos und schmutzig und tot vor, und keine Auferstehung würde mir jemals helfen. Judas muß sich so gefühlt haben, stelle ich mir vor.

Ich ritt weiter, bis das Land sich veränderte, bis ich die Handwurzel passiert und das Tal hinter mir gelassen hatte. Erschöpft und ausgedörrt erreichte ich einen winzigen lehmigen Bach und trank durstig. Ich riß Pflanzen aus und würgte ihre bitteren Wurzeln hinunter. Schließlich ritt ich weiter.

Ich erreichte die Hügelkette und überwand sie. Jenseits davon gab es keinen Abgrund, kein steinernes Antlitz, abgesehen von einer hervorspringenden Felsklippe, die jedoch keinen Abgrund überragte, sondern Ausblick gewährte auf ein weites Grasland, das ein mächtiger Fluß durchquerte.

Hier war noch nicht das Ende der Welt.

6

Das Schloß der Krähen und Raben

Sie hob den Lebensstab, und die Toten huben zu sprechen an.

ANDREAS

Schwestern, sollen wir nochmals von ihm träumen?«

»Tun wir es.«

»Dieser eine Traum sagt alles. Höret: Ich habe geträumt von ihm, er sei ein Vogel, ein winziger schwarzer Klecks an einem trüben Himmel, und ich träumte, daß er weiterflog, bis der Himmel zu Ende war, bis über ihm und unter ihm und überall sich die sternlosen Weiten der Unendlichkeit dehnten. Seine Schwingen wurden müde, doch er konnte nicht rasten. Er wagte es nicht. Auch nur für einen Augenblick innezuhalten, hätte ihn für immer und ewig in jene Tiefen gestürzt, aus denen keiner jemals zurückkehren kann. So flog er verzweifelt weiter, ohne Hoffnung, bis endlich vor ihm ein Lichtpünktchen auftauchte und er Hoffnung schöpfte. Und der Lichtpunkt schwoll an, wurde deutlicher und wurde zu einem Fenster, und aus diesem Fenster drangen Lachen und der flakkernde Lichtschein eines Herdfeuers.«

»Auch ich habe von ihm geträumt. Diese Vision ist auch die meine. Ich sah, wie er durch ein oberes Fenster in die große Halle gelangte. Weit unter ihm saßen Menschen, die tranken und feierten. Tänzer und Sänger boten ihre Künste dar zur Unterhaltung eines Herrn und seiner schönen Dame, und groß war das Vergnügen dieses Herrn und dieser Dame, und sie achteten nicht auf jenen kleinen Vogel, der in den Dachbalken umherflatterte. Da hatte er es warm und sicher. Hier waren alle immerdar glücklich. Hier wollte der Vogel bleiben. Er wollte sich eben auf einem Balken niederlassen, doch ehe er das Holz berührte, erhob sich ein eisiger Wind aus der Dunkelheit draußen, und das Feuer flackerte dumpf, und die Kerzen erloschen. Im nämlichen Augenblick verstummten die Sänger, und die Tänzer erstarrten, und alle starrten in stummem Entsetzen nach oben, als ob ein Wesen sie heimsuchte, das mächtiger war als sie alle. Und der Windstoß packte den schwachen, erschöpften Vogel und riß ihn unter dem Dach hinweg zu einem anderen Fenster und hinaus in das Nichts, bis das Rechteck aus Licht wiederum zu einem Punkt zusammengeschrumpft war und dann erlosch. Erst da ließ der Wind ihn los, und wieder flog er hilflos und verzweifelt weiter, und er kannte keine Richtung in dem Raum jenseits von Vernunft und Zeit.«

»So war es mit ihm, Schwestern. So wird es immer sein.«

»Wie das?«

»Soll ich euch die Zukunft des Julian kundtun? Ich weiß, was die Nornen ihm bestimmten.«

I

»Nein! Nein! Sprich es nicht aus!« schrie ich, und schreiend erwachte ich aus einem bösen Traum. Wieder einmal war ich im Sattel eingenickt. Ich schaute mich um, noch nicht ganz bei Sinnen. Ich ritt am Ufer eines gewundenen braunen Flusses entlang, und feuchte Nebelgestalten erhoben sich gespenstisch von seinen sumpfigen Ufern. Ich wußte wieder, wo ich war und woher ich gekommen war. Trübsinnig und einhändig war ich davongeritten vor dem Tod in Staub und

Asche, den verstümmelten Arm unter einem einfachen schwarzen Schild verborgen, und über den Rand des Abgrundes in ein neues Land gekommen, das grün gewesen war, das wieder grün sein würde, aber nun nicht mehr. Es war, als wiche die Wärme des Sommers bei meiner Ankunft, und als folge mir auf den Fersen die Bitternis des Herbstes.

Der Fluß verlor sich in einem schlammigen Sumpf, und als mein Pferd nicht mehr vorankam, stieg ich ab und führte es am Zügel weiter, wobei wir beide bis zu den Knien im Morast wateten. Meile um Meile brachten wir mühselig hinter uns, und endlich wurde der Boden wieder fester, trockener, als das Land aus der Sumpfebene anstieg. Auf der Kuppe eines sanft geschwungenen Hügels erreichte ich schließlich die Burg eines Ritters.

Es gibt nicht viel über ihn zu berichten. Sein Name war Udreth von der Silbernen Hand, und er begegnete mir überaus gastfreundlich. Er bat mich in sein Haus, befahl seinen Dienstboten, mich zu versorgen, und ließ seinen eigenen Knappen mein schlammverschmiertes Kettenhemd, meinen Helm und Schild säubern und polieren. Schließlich lud er mich an seine Tafel, um mit seinen edlen Gästen zu Abend zu speisen. Dennoch werde ich nichts weiter über ihn sagen, denn er lebte nicht lange.

Folgendes nämlich ereignete sich: Als wir bei Tische saßen, vernahmen wir von draußen lautes Klirren und Alarmgeschrei, und gleich darauf drang krachend ein Mann in die Halle, ein Ritter in roter Rüstung, mit rotem Bart und einer gewaltigen Stimme, die dröhnte: »Wer kämpft mit mir? Wer soll euer Kämpe sein?« Er fegte die Knechte und Wachen zur Seite, als wären sie kleine Kinder, und hatte sich so genügend Platz verschafft, als einer aus unserer Gesellschaft erklärte: »Ich beanspruche diesen Kampf.«

Und so fochten sie, bis der Ritter aus Udreths Gefolgschaft erschlagen war. Ein anderer meldete sich, ihn zu rächen, und auch er unterlag in Kürze. Noch einer erhob sich, um die Ehre seines Lehnsherrn und seiner Kameraden zu verteidigen, und kämpfte und fiel, und noch einer, und noch einer. Dann brüllte der Fremde: »Genug der Knaben und alten Weiber! Wo bleibt ein ebenbürtiger Gegner? Wer ist der Stärkste und Größte von euch?«

Ein Riese trat vor, wohl ebenso mächtig wie der Eindringling, und er trug eine Streitaxt, die kein gewöhnlicher Mann zu heben vermocht hätte. »Das bin ich.«

Zum ersten Mal nun gab es einen echten Wettstreit, und der Rote Ritter und der Riese tobten waffenklirrend hin und her durch den Raum, daß Tische umstürzten und alle Anwesenden sich hastig in Sicherheit zu bringen suchten. Nach einiger Zeit jedoch trug der Riese eine Verwundung am Knie davon, und er stürzte. Der nächste Streich traf seine Kehle.

»Dieser Schlächterei muß ein Ende sein!« rief Ritter Udreth. »Ich will nicht, daß alle hier um meinetwillen ihr Leben verlieren. Wenn Ihr den Kampf mit mir sucht, dann sollt Ihr ihn haben.«

Der Rote Ritter sprach kein Wort, als Udreth Schwert und Schild aufnahm, und er blieb stumm, als sie fochten, und ebenso, als er seine Klinge Udreth ins Herz stieß. Als die Überlebenden dies sahen, keuchten sie in Verzweiflung auf und irrten ziellos durcheinander. Einige griffen wohl den Roten Ritter von allen Seiten an, doch er wurde mit den vielen so leicht fertig wie mit einem und erschlug sie mit derselben übernatürlichen Kraft und Schnelligkeit. Andere versuchten zu entkommen, und drängten sich verzweifelt an den Türen. Auch die metzelte er nieder, bis endlich ich allein ihm inmitten eines Berges von Leichen und umgeworfenen Bänken gegenüberstand. Ich gehörte nicht zu diesem Hause, und ich hatte versucht, mich aus dieser Fehde herauszuhalten, doch nun wies der Rote Ritter mit der

Spitze seines Schwertes auf mich und sagte: »Mit dir suche ich den Kampf, nicht mit all diesen.«

Schicksalsergeben zog ich meine eigene Waffe aus der Scheide.

»Dann werde ich mich verteidigen«, sagte ich.

»Nicht hier. Der Kampf wird nicht hier stattfinden. Komm in mein Schloß in den Wäldern. Folge den schwarzen Vögeln, den Raben und Krähen.«

»Wann?«

»Du wirst wissen, wann es Zeit ist, und du wirst zu mir kommen, so wie es vorhergesehen wurde.«

Und damit ging er von hinnen, und in der Halle war nur noch das Wehklagen der Frauen und Mädchen über den Gefallenen zu vernehmen.

II

Ich fand meinen Weg durch das Land gleichsam wie durch eine Art Wiedererkennen. Der Umriß eines bestimmten Hügels, die verdrehten Stämme von drei Bäumen, die sich auf einem Feld aneinandergedrückt gegen den Wind stemmten, eine neue Ansammlung von Felsbrocken, die hinter einer jähen Wegbiegung unversehens sichtbar wurde – alle diese Dinge erschienen mir irgendwie vertraut, als hätte ich sie in einem fast vergessenen Traum einst gesehen. Ich wußte, daß meine Wanderung gelenkt wurde, auf ein bestimmtes Ziel und einen bestimmten Zweck hin, und ich wußte, daß ich keinen anderen Weg wählen konnte als den, der eben dahin führte.

Lange schon hatte ich vergessen, die Tage zu zählen, aber ich war mir sicher, daß es mittlerweile Oktober sein mußte. Es kam mir wie Oktober vor, denn dünn rieselte der Schnee aus einem grauen Himmel. Wenige Ortschaften gab es in jenem Teil der Welt, aber wann immer ich ein einsames Haus erspähte oder eine

Gruppe davon, kam ich irgendwie zu einer mageren Mahlzeit, gebettelt, gekauft oder gestohlen von Menschen, die selbst keinen Überschuß an Nahrung hatten und deren Sprache ich nicht verstand. Viele Tage lang, manchmal Wochen, sah ich überhaupt niemanden und mußte mit den spärlichen Trockenfleischvorräten auskommen, die ich mitführte, und Wasser aus Bächen und Pfützen trinken, und die meiste Zeit saß ich zusammengekauert gegen den feuchten Wind und ausgehungert im Sattel. Über mir flogen hin und wieder schwarze Vögel nach Norden, entgegen ihrer normalen Zugrichtung, und ich folgte ihnen, denn sie wiesen mir den Weg.

Eines frostigen Morgens kurz nach Sonnenaufgang überquerte ich einen Hügelkamm und ritt dann abwärts bis ans Ufer eines Flusses, und da begegnete mir das erste menschliche Wesen nach langer Zeit. In einem Kahn unterhalb einer schmalen Holzbrücke stand er, ein gebeugter weißhaariger Alter. Er schien mit einem Stück rostiger Kette zu angeln.

»Fremder«, fragte ich in der Hoffnung auf irgendeine Antwort, »ist dir in dieser Gegend ein Schloß bekannt, in dem der Rote Ritter vom Walde haust?«

Er blickte zu mir auf und lachte durch seine Zahnstummel. Er sprach ein primitives Latein.

»Da bist du auf dem richtigen Weg. Weiter vorn gibt es einen Wald, aber du wärst klug beraten, ihn zu meiden.«

»Warum? Welche Gefahren lauern dort?«

»Oh, du wirst dort bloß den Teufel selbst finden, weißt du. Also geh woandershin.«

Ich war weder erschrocken, noch packte mich die Furcht, als ich dies vernahm. Es erschien mir nur angemessen, daß ich am Ende meiner langen Suche auf den Teufel treffen sollte.

»Aber gibt es ein Schloß in jenem Walde? Weißt du etwas davon?«

Doch der Alte sagte nichts mehr. Seine gesamte Aufmerksamkeit war wieder auf seine Angeltätigkeit gerichtet. Das kalte braune Wasser umspülte stumm seinen Nachen. Ich harrte noch ein wenig aus, dann überquerte ich den Rest der Brücke in Richtung jenes Forstes.

Zwei weitere Hügel mußte ich überwinden, bevor ich den Wald erreichte. Zunächst bedeckte immer dichteres Gebüsch die Felder, das dann vielerlei Schößlingen und schließlich jungen Bäumen wich, als ich weiter hineinritt, bis schließlich die mächtigen Stämme eines dichten Forstes über mir aufragten, düster und stumm, und die Zweige seines Kronengewölbes im Winde wippten wie die Finger einer Million Gehenkter. Der Weg wurde sehr dunkel, beschattet von bedrückender Düsternis, und mir war zumute, als wäre ich in eine seit langem verlassene Kathedrale oder in das Grab eines vorzeitlichen Riesen eingedrungen. Der Pfad wand und krümmte sich, und schließlich verlor ich ihn ganz, und weglos ritt ich den ganzen Tag unter den mächtigen Ästen dahin, bis der Abend anbrach und ich auf das Schloß stieß. Es war so dicht mit Pflanzenranken und Moos überwachsen, daß es auf den ersten Blick Teil des Forstes zu sein schien. Während ich es anstarrte und der letzte Tagesschein schwand, blinkte ein Licht in einem Fenster über den Zinnen der Außenmauer auf, gefolgt von einem zweiten und noch einem, bis das Schloß mich endlich aus der Dunkelheit anstarrte wie eine vieläugige Bestie.

Ich schlug ans Tor.

»Heda! Ihr da drinnen! Wie heißt diese Burg?«

Schlurfende Schritte wurden vernehmbar, und ein vergittertes kleines Fenster klappte auf. Ein Gesicht tauchte auf, grau an Haut und Haaren, und eine Stimme knurrte: »Fort! Das ist kein Ort für dich. Hebe dich hinweg!«

Droben zwischen den Giebeln und Dächern rührten

sich Hunderte von schwarzen Vögeln, schlugen mit den Flügeln, aufgescheucht durch die rauhe Stimme. Sie sprachen miteinander auf ihre eigene Art, in einer Harmonie melodischer leiser Laute, so wie das sanfte Murmeln von Gespenstern, die die Gegenwart einer Hexe spüren.

»Öffnet!« verlangte ich. »Ich habe mit dem Herrn dieser Burg eine Sache zu bereinigen. Er berief mich her.«

»Geladen zum Fest des Roten Ritters? Nun schön, schön, eine trübselige Unterhaltung wird das wohl werden.« Der Wächter stieß ein heiseres Gelächter aus, das eher einem trockenen Husten glich denn irgendeiner auf Belustigung beruhenden Lautäußerung. Ein schwerer Sperrbalken polterte auf die Erde, und das Tor schwang nach innen auf.

Der Torwächter war ein kleiner, untersetzter, sehr häßlicher Mann mit Warzen und allenthalben dünnen Haarbüscheln im Gesicht. Er hätte ein Gnom oder Kobold sein können, wie sie die Nordleute kennen, aber dazu war er wohl zu behäbig und langsam. Ich stieg ab und folgte ihm, mein Tier am Zügel führend, als er wie im Halbschlaf über den schneebedeckten Innenhof zum schweren Haupttor schlurfte.

Er nahm mir die Zügel ab.

»Tretet ein«, grunzte er. »Es ist unverriegelt. Ich hüte das Roß.«

Etwas unsicher gehorchte ich und schob den schweren eichenen Torflügel an. Das Tor öffnete sich mühelos, schwang in seinen gut geölten Angeln weit auf und gab den Weg frei in einen breiten Gang, der an einer weiteren Tür endete. Die erste hatte aus einfachen Holzbohlen bestanden, diese aber war mit reichen, glänzend polierten Schnitzereien verziert, den Gestalten von Nymphen und Satyrn, welche sich in Vergnügungen ergingen, die ich zu einer anderen Zeit und an einem anderen Orte wohl sündhaft genannt hätte.

Auch diese geschnitzten Türflügel schwangen auf die leiseste Berührung hin auf, und das Licht unzähliger Fackeln flutete mir entgegen. Die Hitze des riesigen Kaminfeuers am anderen Ende des Raums schmolz mir das Eis in Haar und Bart. Hände, Gesicht und Füße brannten mir, als das Gefühl langsam zurückkehrte. Anfangs war ich von dem Licht geblendet, aber als sich meine Augen daran gewöhnt hatten, nahm ich eine Tafelgesellschaft von wohl dreißig an der Zahl wahr, der ein reiches Mahl aufgetischt worden war. Mit Ausnahme von zweien waren alle in lange Kapuzengewänder gekleidet und hatten die Kapuzen tief übers Gesicht gezogen; jene zwei thronten auf erhöhten Sitzen am Kopfende der Tafel: ein Mann, ganz in rötlichen Pelz gehüllt, und eine Dame in Schwarz. Der Mann war groß und breitschultrig, und ein rostfarbenes Bartdickicht hing ihm bis auf die Brust. Die Dame war weder alt noch jung, doch ihr Antlitz ließ auf seltene Schönheit schließen. Sie trug eine silberne Krone; ihre Haut war blaß, und ihre Augen zeigten ein verträumtes Grau.

Der Burgherr bedeutete mir, Platz zu nehmen. Ein Sitz und ein Gedeck waren für mich bereitet worden. Er sprach kein Wort, bis ich von seinem Wein und seinem Fleisch gekostet hatte, doch dann dröhnte seine Stimme wie Kampfhörner und hallte durch die fernsten Gänge in den Tiefen des Schlosses wider.

»Es ist gut, daß Ihr gekommen seid, Sir Julian, den man höchst treffend nach dem Abtrünnigen benannt hat, denn nicht ohne triftigen Grund habe ich Euch herkommen lassen.«

Ich setzte meinen Becher ab. »Was? Wie das? Wäre ich nicht durch reinen Zufall in Udreths Burg gekommen, hätte ich Euch nie getroffen!«

»Das war kein Zufall«, sagte er.

»Weshalb habt Ihr mich dann hergerufen? Welche Absichten habt Ihr?«

Der Riese zuckte die Achseln. »Meine Absichten? Heute abend wird Euer Kopf abgeschlagen werden – oder der meine. Wir werden sehen.«

Erstaunt und beunruhigt sprang ich auf, und im selben Augenblick griff jeder einzelne der Kapuzengesellschaft ins Gewand und zog einen Dolch hervor. Dreißig schwere Dolchknaufe krachten auf den Tisch, doch dreißig Kehlen blieben stumm.

Da erklang zum ersten Male die Stimme der Dame.

»Setzt Euch wieder, edler Ritter«, sagte sie. »Nachdem Ihr gegessen habt und wieder zu Kräften gelangt seid, sollt Ihr geprüft worden, wie es seit langer Zeit vorgesehen ist.«

»Geprüft? Wie denn?«

»Wie Euch bereits gesagt wurde.«

Ich richtete das Wort an den Roten Ritter: »Also soll ich Euch töten? Habt Ihr mich, durch welche Mittel auch immer, diesen weiten Weg hierhergeholt – nur zu diesem Zweck? Dies ist wohl das Sonderbarste, was mir auf meinen ganzen Wanderungen zugestoßen ist. Bin ich hier in ein Asyl für Geisteskranke geraten? Seid Ihr alle hier dem Wahnsinn verfallen?«

»Wahnsinn ist angesagt in Zeiten wie diesen«, erwiderte der Burgherr. »Selbst Gott ist wahnsinnig. Wir folgen nur dem göttlichen Beispiel.«

»Ihr lästert!«

»Seit wann, Julian«, lächelte die Dame, »ist Euch der gute Name Gottes in der Höhe irgendwie wichtig? Ihr habt Euch vor langem von Ihm abgewandt, oder?«

»Ihr scheint allwissend zu sein«, knurrte ich und setzte mich. Ich sagte nichts mehr und aß. Unter anderen Umständen hätte ich wohl das Mahl genossen, aber so war es mir nicht möglich. Auch die anderen speisten schweigend, und als alle fertig waren, erschienen keine Dienstboten, um die Tafel abzuräumen.

Der Burgherr erhob sich und verließ den Saal. Ich zögerte, nicht wissend, was nun von mir erwartet wurde, doch dann bedeutete mir die Dame, ihr in den Hof zu folgen, auf jenem Weg, den ich hereingekommen war. Hier, erklärte sie, werde der Wettkampf stattfinden. Auch die Kapuzengestalten waren uns gefolgt, versehen mit Fackeln von den Wänden.

»Sagt«, sprach ich, »was wird von mir verlangt?«

»Wenn Ihr siegt, dann wird vieles von Euch verlangt werden«, antwortete sie. »Wenn Ihr verliert, nichts mehr.«

»Eure Weisheit gleicht der Salomons«, meinte ich bitter.

Als wir den Hof erreicht hatten, verteilten sich die Fackelträger um den Rand des offenen Platzes. Mein Pferd war schon mit der richtigen Turnierausrüstung versehen worden. Ich erhielt eine lange hölzerne Lanze und einen Helm mit Visier anstelle meiner eigenen einfachen Stahlhaube. Ich stieg in den Sattel, legte die Lanze ein und wartete, richtete einen fragenden Blick auf die schweigend dastehende Dame in Schwarz. Plötzlich verspürte ich den völlig unsinnigen Impuls zu fliehen. Ich wollte meinem Tier die Sporen in die Flanken bohren und davonstürmen, irgendwohin. Aber kein Fluchtweg stand mir offen. Das Tor war noch immer geschlossen. Ich würde kämpfen müssen, und nach allem, was ich in Udreths Halle gesehen hatte, wußte ich, daß ich diesen Kampf nicht überleben würde.

In diesem Augenblick öffnete sich das Tor, und der Rote Ritter sprengte auf einem mächtigen Rotschimmel herein, der eine rote Schabracke trug. Er selbst hatte eine rotgefärbte Rüstung angelegt, und an seiner Lanze flatterte ein scharlachfarbenes Banner. Er trabte einmal rund um den Hof und musterte mich abschätzend, dann klappte er das Visier hinunter, senkte die Lanze und griff ohne weitere Vorwarnung an. Fast zu spät parierte ich seinen Stoß. Mein Pferd schrie auf, als wir mit großer Wucht auf den Gegner prallten. Mein

Speerschaft zersplitterte an seinem Schild, während die Spitze des seinen an meinem Schild abrutschte und unbeschädigt blieb. Als er kehrtmachte, um von neuem gegen mich anzurennen, blickte ich mich verzweifelt nach einem Knappen um, der mir eine neue Lanze reichte, aber es kam keiner. Ich hätte nichts anderes erwarten dürfen.

Wieder raste die Lanzenspitze des Roten Ritters auf mich zu, und ich wehrte mich nach besten Kräften mit dem gebrochenen Speerschaft. Mit der halben Lanzenlänge konterte ich seinen Stoß, dankbar, daß der Hof ihm nicht genug Platz bot, sein Roß in Galopp fallen zu lassen, was seine Attacke unabwehrbar gemacht hätte. Ich stieß wild nach ihm, verfehlte ihn und verlor beinahe den Halt im Sattel. Die Wucht des in die Leere gegangenen Stoßes riß mir den Speergriff aus der Hand. Nun hatte ich nur noch Schwert und Schild, um mich zur Wehr zu setzen, und immer noch wurde mir keine neue Waffe angeboten, wie es bei einem regulären Turnier selbstverständlich gewesen wäre. Wieder raste der Rote Ritter auf mich zu, und nur mit ungeheurem Glück gelang es mir, ihn mit dem Schild allein abzuwehren. Seine Lanze verfing sich am Schildrand, bog sich und brach, doch die Wucht des Stoßes war so gewaltig, daß mein Roß in die Knie ging und mich Hals über Kopf aus dem Sattel warf.

Ich kam unverletzt auf dem harten Schnee auf, ohne Schild, das Schwert aber noch in der Faust, und sprang gerade noch rechtzeitig auf, um meine Klinge hochzureißen und die des Feindes damit abzufangen. Funken stoben, als die beiden Klingen aufeinanderprallten. Der Rote Ritter brüllte triumphierend auf und ritt immer schneller im Kreis um mich herum, schneller, als ich herumfahren und ihn abwehren konnte, so als wollte er mich schwindlig machen. Ich hatte keinerlei Hoffnung, noch meinerseits angreifen zu können, ich konnte einfach nur versuchen, von einem Atemzug zum nächsten am Leben zu bleiben. Mit mächtigen Hieben trieb er mich zurück, haute mit solcher Kraft auf mich herab, daß mir die Beine nachgaben und ich erschöpft auf die Knie fiel. Ich wußte nun, sein nächster Schlag würde der letzte sein.

Doch dieser letzte Hieb kam nicht, zu meiner größten Verblüffung. Er riß an den Zügeln, bis sein Tier stand, und stieg ab. Ich glotzte ihn stumpf an. Er stellte sich vor mich hin und befahl: »Erhebt Euch, Julian!«

So erhob ich mich, kaum fähig, mich auf den Beinen zu halten.

Er dagegen kniete nieder und nahm den Helm ab. Er schleuderte sein Schwert weg. Eine der Kapuzengestalten sprang zur Seite, um nicht getroffen zu werden. Metall klirrte gegen Stein.

»Tut, was Ihr tun müßt«, sprach er und breitete die Arme aus.

Ich hob das Schwert, doch dann hielt ich inne, aufs äußerste verwirrt.

»Könnt Ihr etwa einen Wehrlosen nicht töten?« höhnte der Rote Ritter. »Kann Euch ein Tod nicht freiwillig überlassen werden? Müßt Ihr immer ehrlich siegen und das Blut eines anderen *verdienen?* Hält Euch irgendeine Art von Ehrgefühl zurück? Ich muß es wissen.«

»Nicht Ehrgefühl hält ihn zurück«, lachte die Dame. »Furcht ist es. Er fürchtet irgendeinen hinterhältigen Zauber.«

»Nein!« schnaubte der Rote Ritter. »Nur durch Furcht ist er überhaupt fähig zu töten. Ich wehre mich nicht, und er steht da, als hielten ihn Ketten ...«

Mit einem Schlag hieb ich ihm den Kopf ab. Mein Arm tat es, nicht mein Wille. Ich wurde mir der Bewegung erst bewußt, als ich den Aufprall des Schwertes an seinem Nacken spürte, als die Wirbelknochen brachen und die Klinge wieder freikam.

Der Kopf kollerte auf die Erde, und der Körper

kippte vorwärts. Ich trat schnell beiseite, um ihm auszuweichen, und wieder überkam mich tiefe Verwunderung.

Kein Blut war zu sehen. Aus dem durchtrennten Hals sprudelte – nichts. Der Leichnam lag vielleicht drei Atemzüge lang still, und dann, zu meinem größten Entsetzen, regte er sich wieder. Die Hände tasteten nach dem Kopf, fanden ihn, und nun krallten sich die Finger ins Haupthaar. Das Ding – ich konnte es einfach nicht mehr als Menschen ansehen – kam taumelnd auf die Beine. Und während das Haupt noch auf der Höhe des rechten Knies baumelte, ließ es dieselbe Donnerstimme erschallen, die ich beim Betreten der Halle vernommen hatte.

»Ewige Mutter Hexe, er hat die Prüfung bestanden.«

Der Rote Ritter stolperte blind in die Burg, den Kopf in der Hand.

Ich wandte mich an die Dame, doch sie sprach, bevor ich etwas sagen konnte.

»Ja, Julian, ich bin eine Hexe. Weshalb sollte Euch das überraschen? Ihr seid doch mit Hexen nicht ganz unerfahren.«

»Schweigt davon!«

»Es ist ohne Bedeutung. Vergessen wir die Vergangenheit. Mir ist allein die Zukunft wichtig. Ich möchte Euch etwas fragen, obwohl ich die Antwort schon kenne: Wart Ihr nicht in der Heiligen Stadt, als das Heer der Gläubigen sie eroberte? Habt Ihr nicht selbst teilgenommen beim Niedermetzeln der Heiden und der Frauen und Kinder der Heiden, Menschen, die in Ländern geboren wurden, welche das Evangelium nie erreichte? Habt Ihr nicht dies alles getan und noch viel mehr, alles zum Ruhme Gottes? Und ist es nicht so, daß eben dieser allmächtige und allbarmherzige Gott Menschen verdammt, weil sie aus Unwissenheit oder Schwäche gesündigt haben, obwohl Er selbst sie schwach und voller Fehl schuf und sie unwissend ließ?

Gestattete Er nicht der Schlange, in den Garten einzudringen, und tat nichts dagegen, doch als seine Diener sich vorführen ließen, bestrafte Er sie hart?«

»Herrin, Ihr wißt die Antworten. Dies alles ist wahr.«

»Dann frage ich Euch, Julian, handelt so ein liebender, barmherziger Gott?«

»Ich – ich weiß nicht …«

»O doch, Ihr wißt es. Dieses Wissen ist Erbteil aller Menschen. Ihr wißt es, und noch mehr sollt Ihr erfahren. Gott ist wahnsinnig, Julian. Auf seinem Thron aus Licht brabbelt und poltert er vor sich hin und verbreitet Furcht unter seinen Engeln. Mit Flammenschwertern sendet er sie gegen die Städte der Menschen, und wenn Tausende und Abertausende niedergemetzelt worden sind und der Rauch ihrer Scheiterhaufen in die Höhe steigt, wenn Pestilenz und Hungersnot weitere Tausende dahinraffen, dann lacht Gott und brüllt wie eine hirnlose Bestie: ›SO GEFÄLLT ES MIR!‹«

»Weshalb erzählt Ihr mir das alles? Wozu wurde ich hierhergeholt?«

»Weil Ihr Euch uns anschließen sollt in unserem Krieg gegen den Vater. In seinem Wahn ist er schwach geworden, nur auf neue Mittel und Wege bedacht, die Menschen zu quälen, so daß er es nicht merken wird, wenn die Tore der Hölle selbst sich öffnen und die Heere seines alten Widersachers hervorströmen. Auch heute nacht sind sie mit uns …«

»Hier?«

»Schaut! Schaut hinaus aus dem Tor!«

Ich wandte mich um und sah anfangs nichts als den Wald und die ihm innewohnenden Schatten. Doch dann regten sich die Schatten, wurden lebendig und lösten sich aus dem Dunkel des Forstes. Am Saum des Waldes tauchten Gesichter auf, zahlreich wie die Wellen des Meeres, allesamt knochig, weiß, hohlwangig und mit leeren Augenhöhlen. Rostige Helme trugen sie, schwangen flockige Schwerter, Schilde und Lanzen in ihren Knochenhänden und kamen näher auf ihren Skelettbeinen. Lautlos und stumm kam diese Heerschar heran, bis die Vorhut unter dem Torbogen stand, und da auf einmal verschwanden sie allesamt wieder, und der Wald war leer. Nur der Wind riß an den Wipfeln.

»Ist das Euer Heer? Gespenster?«

»Am letzten Tage der Zeit werden sie auf der Erde wandeln in ihrem wiederauferstandenen Fleisch. Das sind Seelen, Julian, die Seelen aller Krieger, die jemals gegen Gott kämpften, und mit ihnen die Dämonen, die einstens niedergeworfen wurden. Dieses Mal wird der Sieg ihnen gehören. Uns. Und dir, Julian, wenn du dich mit uns verbündest.«

»Herrin, wer seid Ihr, daß Ihr mir solche Dinge erzählt?«

»Die Königin der Feen, vertrieben aus ihrem Reich durch des Kreuzes peinvolle Macht? Glaubst du das?«

»Ich glaube ...«

»Glaub lieber nicht, Julian. Glauben ist zu leicht. Wisse denn, daß ich Maria bin, einst Jungfrau, vergewaltigt von einem eifersüchtigen Gott und gezwungen, ein Kind zu gebären, das seines war und niemals meins. Als er mich nicht mehr brauchte, schickte er mich aus dem Himmel fort, auf daß ich auf Erden ausharren müsse bis ans Ende der Zeit selbst. Und ich habe mich, wie schon Weisere vor mir, gegen ihn gewandt. Komm nun auch du auf unsere Seite, Julian. Am Ende, wenn das Universum neu geschaffen wird, wird alle Herrlichkeit unser sein!«

Lange Zeit stand ich schweigend da, während die Fackeln der Kapuzenmänner im Wind flackerten und die beiden Pferde unruhig mit den Hufen stampften und wieherten. Ich erschauerte, während die unausweichliche Antwort in meinem Innern sich den Weg zu meinen Lippen bahnte.

»Nein«, sprach ich bedächtig, »ich möchte mich nicht mit euch verbünden. Ich habe keinen Wunsch nach weiteren Zwistigkeiten. Zuviel und zu lange mußte ich kämpfen. Ich bin der Schlachten müde. Ich suche nur einen Ort, wo meine Seele zur Ruhe kommen kann, jenseits aller Schmerzen und Plagen und Ängste. Das ist alles.«

»Diesen Ort gibt es nicht, mein armer, verlorener, törichter Ritter. Die anderen Götter sind tot, und gegen den Tyrannen und seinen Alleinherrschaftsanspruch gibt es nur den Krieg. Du wirst zerschmettert werden zwischen dem Hammer Gottes und dem Amboß Satans, wenn der Tag von Armageddon anbricht. Komm zu uns, vereinige dich mit uns, und du sollst leben.«

»Nein. Dieser Kampf kann nicht der meine sein.«

»Dann mußt du gehen, dein Schicksal suchen und daran zugrunde gehen. Sklaven haben wir bereits genug. Für dieses gewaltige Vorhaben würden wir deinen ganzen und freien Willen brauchen.«

Ich nahm an, daß ich frei war zu gehen. Ich trat zu meinem Pferd und führte es am Zügel aus dem Schloßhof. Als ich am Torwächter vorüberkam, schrie er plötzlich aufgeregt los: »Der Morgen! Der Morgen bricht an!« Und alle jene Gestalten, die die ganze Zeit über stumm dagestanden waren, stießen Schreckensschreie aus, ließen ihre Fackeln in den Schnee fallen und flohen durch die geschnitzte Tür in die Tiefen der Burg.

Die Schwarze Dame kam auf mich zu, und mit jedem Schritt wurde ihr Gang schwerfälliger. Kaum mehr anmutig, gebückt humpelte sie heran, und aus der Nähe sah ich, daß sie sich verändert hatte. Sie war nicht mehr im mindesten schön, sondern verrunzelt und abstoßend, und ihre Nase hing über den zahnlosen Mund fast bis zum Kinn.

Sie hob eine knochige Faust und krächzte: »So könnte ich deine Seele packen und sie zerquetschen, o ja, alles Leben aus ihr herauspressen. Aber das tue ich nicht. So gehe deines Weges und wandere durch die Welt, bis wir uns wiederbegegnen am letzten Tag. Dann erwarte dir keine Gnade von mir. Und jetzt steig auf und heb dich hinweg.«

Ich gehorchte und schwang mich in den Sattel. Ein kurzes Stück ritt ich, dann wandte ich mich um.

Das Schloß war verschwunden, und an seiner Stelle sah ich ein gewaltiges *Gesicht,* das weitaufgerissene Maul der Hölle. Darin gewahrte ich Türme und Mauern in Flammen, Berge und Flüsse und Felder aus Feuer. Ich sah die Seelen von zehntausend Millionen Kriegern in endloser Qual, und inmitten von ihnen die Dame, von neuem jung und schön, und neben ihr den Roten Ritter, der noch immer sein eigenes Haupthaar gepackt hielt.

Ein letztes Mal rief ich: »Herrin, wer seid Ihr?«

»Alle Herrlichkeit wird unser sein, Julian! Alle Herrlichkeit!« kam die Antwort, und dann war sie verschwunden. Dahinter, in weiter Ferne, an einem Himmel, der nie die Erde gesehen hatte, dehnte sich noch ein Gesicht, eine gewaltige dunkle Gestalt, die inmitten eines Sees aus geschmolzenem Metall thronte und ein Schwert in der Faust hielt. Als ich diesen Einen anstarrte, erkannte ich die Wahrheit. Ich wußte, wenn Gott wahnsinnig war, und alle Zeichen deuteten darauf hin, dann mußte auch sein Widersacher wahnsinnig sein, und es konnte keine Hoffnung geben zwischen ihnen für die Welt der Menschen, denn die gesamte Schöpfung war nur das Schlachtfeld für zwei Irre in ihrem Todeskampf.

Das Gesicht, das riesige Gesicht, das diese Vision umschloß, brüllte auf mit den Myriaden Stimmen aller Verdammten, und der gesamte Forst erbebte. Sein heißer Odem schlug mir gegen den Rücken, während mein verschrecktes Roß davongaloppierte. So floh ich diesen Ort, elend von dem Wissen, das ich mit mir nahm, Rettung suchend, wo es niemals Rettung geben konnte.

Lange war ich in dem noch nachtdunklen Wald unterwegs. Im dichten Forst weicht die Dunkelheit später dem Tage als auf den freien Feldern der Menschen. Oft verlor ich den Weg, immer wieder änderte er unversehens die Richtung. Endlich gewahrte ich dämmergrauen Himmel vor mir und erreichte offenes Land, als das erste schwache Tageslicht den Osten erhellte. Ich traf einen Bauern auf dem Feld, der nicht wenig erschrak über einen, der da am Morgen nach der Allerseelennacht (so sagte er mir) aus jenen Wäldern kam, und ich fragte ihn, welches Land dies sei und welches dahinter liege. Er gab mir Auskunft, und ich ritt weiter, bis ich an eine Straße kam, zu einer Brücke und in eine Stadt. Ich machte halt, kaufte mir etwas zu essen, rastete, und dann setzte ich meine Reise fort. Nach einer Weile kam ich wieder an einen Wald, und als ich in die Einsamkeit seiner Schatten eintauchte, meldeten sich die Stimmen in meinem Kopf von neuem.

»Schwestern, der Traum ist zu Ende.«

»Das ist er.«

»Ist – er es wirklich?«

Ich schrie auf, und sie verstummten, und ich setzte meine Wanderung fort, unterwegs dorthin, wo alle Landkarten enden, wo alle Beschreibungen ins Unbeschreibliche münden, wo sich Scharen seltsamer Ungeheuer tummeln.

7

Das Rätsel vom Horn

Heut nacht geht der Eiskönig um«, sagte der Mann, der oben die Schenke betreten hatte, während er die Hände ans Kaminfeuer hielt. In der Wärme der flakkernden Flammen knisterte sein eisüberkrusteter Bart, und Schneeklumpen fielen von seinem Gewand.

»Ja«, stimmte ein anderer zu, »bei Himmelsmündung wurde eine riesige Eiche vom Schwert des Eiskönigs entwurzelt, denn sein Schwert heißt Sturm, und sie fiel über die Klippen hinunter auf den Fluß. Dort zerschellte sie auf dem Eis zu Millionen Splittern, aber die Oberfläche barst nicht.«

So unterhielten sie sich weiter wie über eine bestimmte Person, nicht nur einen allegorischen Herrn des Winters. Meine Neugier erwachte.

»Um welchen König handelt es sich?«

Ein Dutzend Männer hielt sich im Schankraum auf. Alle verstummten sie und zeigten unmißverständliches Erstaunen.

»Soll das heißen, Ihr wißt es nicht?« erkundigte sich endlich derjenige, der als erster davon gesprochen hatte.

»Das soll es heißen. Ich bin erst heute abend hier eingetroffen.«

»Dann hört, Fremder, und hört aufmerksam zu, denn jeder muß die Geschichte vom Eiskönig kennen, wenn er auch nur einen Winter seiner Herrschaft zu überleben hofft. Einstens lebten zwei üble Brüder, die beide überaus böse waren und außerdem Magier von gewaltigen Kräften. Der eine ward von heißer Wut getrieben und ergötzte sich an der Raserei totaler Vernichtung, während sein Bruder grausam, kalt und bösartig war und an langsamer Folter Gefallen fand. Mehr als alles andere haßten sie jedoch einander und fochten einen erdumspannenden Kampf aus, in dem alle Völker der Welt nur ihre Schachfiguren waren und in dem sie Kraft schöpften aus jenen Mächten, denen sie ihrer Natur nach ähnelten, aus Eis und Feuer, von Winter und Sommer. Der eine ließ Feuerstürme über das Land brausen, die Mensch und Tier und Wald verzehrten. Der andere schüttete Schnee und Berge von Eis aus schwarzen Sturmwolken. Die beiden hätten die gesamte Welt zerstört, hätte nicht der Zauberer Merlin ihrem Kampf Einhalt geboten. Das war in den Tagen, bevor er berühmt wurde, als er neugeboren und zugleich alt und sehr weise war. Er war mächtiger als die beiden, und er zwang sie in die Knie – doch selbst er konnte sie nicht töten oder ihnen ihre Zauberkräfte vollständig nehmen, deshalb schwächte er sie, soweit er konnte, und hängte jedem von beiden ein Horn um. Wird ein Horn geblasen, dann bedeutet das den Tod seines Trägers durch den anderen Bruder. Seither streifen sie alle beide durch die Welt, immer auf der Suche nach dem anderen, um ihm das Horn wegzunehmen, ohne das eigene zu verlieren. Damit erränge der Betreffende den endgültigen Sieg.«

»Und woher wißt Ihr, daß der Eiskönig heute nacht in diesem Land umgeht, wie Ihr sagtet?«

Einige lachten, als sie diese Frage vernahmen. Andere wiederum schauderten und schüttelten sich.

»Wißt Ihr es nicht? Ist Eure Haut aus Stahl, daß Ihr die Kälte nicht spürt? Habt Ihr keine Ohren, den Sturm zu hören, der von den Eisfeldern in den Bergen herunterpfeift? In Nächten wie dieser, das sag ich Euch, sollte kein Mensch, ob Christ oder Heide, draußen sein, denn in solchen Nächten reitet der König mit seiner Schar umher auf der Suche nach Sterblichen.

Durch seine Berührung läßt er sie zu Eis erstarren, und dann nimmt er ihre Seelen mit, um sie als Bausteine für sein Schloß zu verwenden, das an jenem Ort liegt, den man ›Auge des Sturms‹ nennt, und von dem alle Winterwinde kommen.«

Ich zog die Brauen hoch. »In meinem Land kennen wir diese Jahreszeit auch, doch da hat nie jemand etwas von Eis- oder Feuerkönigen gehört.« Noch während ich sprach, hätte ich mich dafür verfluchen mögen. Alle ringsum wurden ärgerlich über diese mutmaßliche Beleidigung. Ich hatte angedeutet, daß ich sie für Lügner hielt. An weiteren Ungelegenheiten hatte ich keinen Bedarf. Ich hatte schon genug, und meine Zunge hatte sie mir beschert.

»Hältst du uns für Narren, Hakenhand?« fauchte einer.

Ich versuchte nach bestem Vermögen, die Wogen wieder zu glätten.

»Nein. Verzeiht mir bitte. Ich bin fremd hier. Erst seit einem Tag halte ich mich in diesem Lande auf. Wie könnte ich mehr wissen wollen als ihr, die ihr euer ganzes Leben hier verbracht habt?«

In meiner Besorgnis hatte ich unbemerkt den Haken am Stumpf meines linken Handgelenks tief in die Tischplatte vor mir getrieben. Ich befreite ihn mit Hilfe der rechten Hand. Die anderen zuckten zusammen, als der Haken sich mit dumpfem Schlag löste, aber wenigstens schienen sie jetzt besänftigt. Verlegen verbarg ich den Haken in einer Falte meines Mantels im Schoß. Es war still geworden im Schankraum, abgesehen vom Knistern des Herdfeuers.

Auf jeden Fall hätte kaum jemand noch viel mehr sagen können, denn in diesem Augenblick holte mich das Unheil ein, das ich mir zuletzt eingebrockt hatte. Krachend und mit einem Schwall eisiger Luft, der bis zu uns herüberdrang, flog die Außentür der Schenke auf, und eine bekannte Stimme donnerte: »Hat jemand

Julian gesehen, den abtrünnigen Ritter, dem ein Teufel eine Hand abgebissen hat und der in Vitushall Blut vergossen hat? Wir haben den Auftrag, ihn zu jagen und zu töten.«

Ich fuhr hoch und stieß die verblüfften Leute beiseite. Ich hatte keine Zeit mehr, nach meinem Schild zu greifen. Mein Schwert hatte ich glücklicherweise nicht abgelegt, dazu war ich zu sehr auf der Hut gewesen. Während meine Verfolger durch die eine Tür in den Raum stürzten, war ich schon durch die andere verschwunden, preschte durch die Küche, wobei ich den fluchenden Koch umstieß, so daß er den Suppenkessel ausschüttete, den er trug, und watete schließlich durch eine Schar von Hühnern und Schweinen im Hinterhof hinaus in den Schnee. In wenigen Augenblicken – das Geschrei und Durcheinander hinter mir hatten sich noch nicht gelegt – erreichte ich den Stall, packte einen Sattel und warf ihn meinem Pferd über, nur um ihn gleich wieder hinunterzustoßen, als mir klar wurde, daß ich hierfür keine Zeit hatte. So ritt ich ohne Zaumzeug und Sattel hinaus in Wind und Finsternis, verfolgt von zehn wütenden Rittern, die mir knapp auf den Fersen waren.

Ich hatte tatsächlich in einer anderen Stadt einen Mann getötet. Er war wohl von edler Geburt, aber ein hochnäsiger Angeber. Zwei Stunden lang saß ich ihm gegenüber und hörte zu, wie sein Weinbecher ihn zu immer tolleren Lügen anregte. Wollte man seinen Berichten Glauben schenken, dann hatte er den Kreuzzug ganz alleine geführt, höchstpersönlich jeden Heiden erschlagen, der sich je der Gunst Satans erfreut hatte, und schließlich, als wäre dies noch nicht genug, behauptete er, durch eine wunderbare Erscheinung der Heiligen Jungfrau ausgezeichnet worden zu sein, durch die er erfuhr, er sei auserwählt worden, durch ein von ihm verfaßtes grandioses Versepos die gesamte Christenheit in Rechtschaffenheit zu unterweisen. Er rief nach einer Harfe, und als man ihm eine brachte, begann er zu singen – oder eher zu krächzen, denn seine Stimme hätte eher in einen nächtlichen Sumpf gepaßt als in einen Rittersaal. Er gab ein paar Strophen seiner angeblich so wundervollen Schöpfung zum besten, worauf ich es nicht mehr länger aushielt und von ihm wissen wollte, weshalb seine Hände eher denen eines verwöhnten Weichlings als denen eines Ritters glichen, warum sein Gesicht keinerlei Spuren der Wüstensonne zeigte, wieso er vieles aus dem Osten, das ich selbst gesehen hatte, falsch beschrieb (so meinte er, die Sphinx sei eine Art Hund) und warum vor allem seine Dichterei solch ein übles Machwerk sei.

Er brüllte mir Beschimpfungen und Flüche ins Gesicht, von einer Art, die gewiß nicht eines von der Jungfrau Auserwählten würdig waren, und zog das Schwert. Ich hatte eine lange Wanderschaft hinter mir. Ich war allein, ohne Freunde oder Begleiter, und keiner der Anwesenden kannte mich. Mein Gewand war zerrissen, mein Harnisch fleckig und gesprungen, und dieser junge Narr wollte nicht glauben, daß ich überhaupt ein Ritter sei. Er behauptete, ich hätte die Toten beraubt und sei nicht mehr als ein Bettler, den man verfluchen und mit Tritten verjagen oder überhaupt am Straßenrand aufhängen solle.

Er stürzte sich auf mich, wobei er mit seiner Klinge mörderisch, aber sehr dilettantisch hin und her fuchtelte, so daß mir keine Wahl blieb, als mich zu wehren. Doch kaum kreuzten wir die Klingen, kämpfte ich, wie es der geübte Kriegsmann tut, nicht mit dem Verstand, sondern mit Arm und Auge wie in der Schlacht – ich konterte viel zu schnell für irgendeinen Gedanken. Ich hatte vorgehabt, ihn ein wenig zu pieken und dann zu entwaffnen, um nur seinen Stolz zu demütigen, doch als mein Gegner mit wildem Gefuchtel vorstürzte, parierte ich automatisch und stieß instinktiv zu, so daß der Kampf in wenigen Augenblicken entschieden war.

Als er blaß und keuchend in den Armen seiner erschrockenen Freunde lag und sein Lebensblut unstillbar auf den Holzboden troff, da machte ich mich davon, bevor sie wieder zur Besinnung kamen und sich wie ein Mann auf mich stürzten.

Es dauerte eine Weile, bis sie sich ermannten und auf meine Spur setzten, aber so war es dazu gekommen, daß ich mich in einer bitterkalten Januarnacht mit klammen Fingern in die Mähne meines sattellosen Pferdes krallte und durch knietiefen Schnee über unbekannte Straßen und Felder jagte, den Tod in Gestalt einer rachelüsternen Kriegerschar auf den Fersen.

Es schneite so dicht, daß die Flocken wie weiße Spitzenvorhänge durch die Luft wirbelten; der Wind stach wie eine Salve nadelspitzer Pfeile. Schon nach wenigen Augenblicken hatte ich an den Ohren und im Gesicht jegliches Gefühl verloren. Verschwommen wurde mir bewußt, daß sich auf meinem Haar allmählich eine Eisschicht bildete. In meinem Kopf dröhnte es, und dennoch erlebte ich jeden Moment der Geschehnisse mit äußerster Klarheit – erschreckt und gleichzeitig wutentbrannt bei dem Gedanken, wie ein gemeiner Verbrecher eingefangen und getötet zu werden. Nichts erschien mir schlimmer als die Aussicht, durch die Hände anderer meine Tage zu beschließen. Es war nicht so, daß ich Angst vor dem Sterben hatte, sondern ich hatte Angst, daß es *mein* Leben und mein Schicksal waren und daß meine Seele der Verdammnis anheimfallen werde, wenn der Ewige Richter am Ende vor mir stand, und daß ich dieses Ende meiner langen Reise auf meine Art, nach meinem eigenen Entschluß erreichen wollte, wenn ich wußte, daß meine Zeit abgelaufen war. Ich würde unabhängig und aus eigenem Willen – und hoffentlich irgendeinen Sinn erfüllend – dahin kommen, nicht auf irgendeinem einsamen Feld erschlagen von Affen zum Ausgleich für die Tötung eines anderen Affen.

Das einzige, was ich noch fühlen konnte, war die stechende Kälte auf Brust und Rücken und Schenkeln und die Bewegungen meines Pferdes unter mir, als es über die schneebegrabenen Unebenheiten des Geländes stolperte. Der Wind wütete unablässig, doch schien sein Geheul mit der Zeit in meinen eisstarren Ohren zu ersterben, bis alles in Stille versank, die Jagd zu einem Geschehen wie aus einem lautlosen Traum wurde und meine Verfolger nur noch schattenhafte dunkle Schemen waren.

Ich blickte über die Schulter zurück, um zu sehen, ob sie weiterhin auf meiner Spur waren. Sie waren da, jetzt auf offenem Gelände, so daß ich sie deutlich gegen das Weiß des Schnees unter dem grauen Himmel ausmachen konnte. Wie lange die Jagd so dahinging, vermag ich nicht zu sagen. Der Schnee fegte und wirbelte um mich herum wie Gischt auf sturmgepeitschten Meereswogen. Auf allen Seiten bogen sich die Bäume und schwankten unter den Eben, und ihre Zweige griffen nach mir wie Millionen dürrer Finger. Vielleicht riefen meine Verfolger etwas, ich weiß es nicht, denn ihre Stimmen verschlang der Sturm. Vielleicht brüllte ich etwas zurück in einem Zustand, den andere wohl Wahnsinn genannt hätten, aber auch meine Rufe verloren sich in der Eisesnacht.

Die Äcker waren zu Ende. Das letzte Bauernhaus blieb hinter uns zurück, immer dichter drängten sich die Bäume in meinen Weg. Die Äste schlugen nach mir und kratzten mir übers Gesicht. Ich beugte mich tief über den Pferdehals, um ihnen auszuweichen, da ich nicht wagte, die Hand – oder auch nur den Haken – zu heben, um sie abzuwehren, weil ich fürchtete, den Halt zu verlieren. So fegten wir durch das Unterholz, und plötzlich vermochte ich wieder zu hören. Die Bäume schirmten uns etwas von Wind und Schneetreiben ab. Die alleserstickende Stimme des Sturms war entfernter, hoch droben in den höchsten Wipfeln, die zu knicken und herunterzustürzen drohten. Ich hörte meine Feinde brüllen: »Dort ist er!« – »Nein, ich seh ihn nicht mehr!« – »Da drüben!« – »Diese Richtung! Folgt mir!«

Mein Roß lief, wohin es wollte. Ich konnte es nicht lenken, wollte es gar nicht, denn es tat sein Bestes für uns beide. Nach und nach verebbte das Geschrei der Verfolger, und ich war allein mit der Kälte inmitten der schwarzen Stämme, die wie gewaltige Säulen aufragten zum Wipfeldach. Plötzlich aber ereilte mich das Verhängnis. Ein besonders kräftiger und niedriger Ast ragte mir in den Weg und fegte mich von meinem Reittier. Ich hätte mich vielleicht halten können, hätte ich Zügel oder Steigbügel gehabt, aber auf dem blanken Pferderücken hatte ich nicht die geringste Möglichkeit dazu und wurde hilflos durch die Luft geschleudert.

Unverletzt, aber für einen Moment atemlos, landete ich im weichen Schnee. Ich schaute mich um. Noch war ich allein, ja nicht einmal von meinem verschwundenen Reittier war die geringste Spur zu entdecken. Ich war einsam wie Adam nach seiner Erschaffung. Doch dann waren auf einmal meine Verfolger über mir, brachen mit großem Getöse auf allen Seiten durchs Unterholz. Einige Büsche teilten sich, und einer tauchte auf, der bei meinem Anblick aufbrüllte. Er griff an: Ich zog das Schwert, die Klinge traf sein Roß, worauf es sich aufbäumte und ihn abwarf. Er hatte sich mit einem Fuß im Steigbügel verfangen, und als das Tier davonraste und ihn mitschleifte, schrie er zuerst und verstummte dann schnell. Wieder brach einer durchs Dickicht, und unsere Klingen trafen sich mit Geklirr und Funkenspritzen. Er ritt im Kreis um mich herum, immer wieder, um mir in den Rücken zu gelangen für den tödlichen Streich. Ich parierte seine Schwerthiebe und griff gleichzeitig mit meiner Hakenhand an, so daß er Mühe hatte, im Sattel zu bleiben. Es gelang mir, aus der Einkreisung auszubrechen und durchs dichte Gebüsch, unter einem halb umgestürzten Baum durchzuschlüpfen, wo er mir nicht folgen konnte. In dem Durcheinander, in der Dunkelheit und im Sturm verlor er schließlich meine Spur. Einmal kauerte ich hinter einen Baumstumpf, während er in Armesweite vorbeiritt, aber er bemerkte mich nicht, und ich konnte mich hastig in die entgegengesetzte Richtung davonmachen.

Mir war bewußt, daß ich sie nicht endgültig los war. So wie mir war wohl dem Hirsch zumute, wenn sich die Jagd dem Ende zuneigte: rundum Jäger, der Wald voll drohender Gefahren, immer nur wenige Augenblicke einer trügerischen Sicherheit. Gleich würden sie sich sammeln, mich einkreisen, und ich war nicht imstande, mich so vieler zu erwehren oder auch nur mehr als einen oder zwei Schwerthiebe gegen sie zu führen. Sie würden mir kaum die Ehre eines Einzelkampfes zugestehen, Mann gegen Mann. Sie lechzten nur nach meinem Blut, nach simpler Rache. Sie würden umbarmherzig sein wie ein Rudel Wölfe, das seine Beute eingekreist hat.

Die Kämpfe, der Ritt und nun das Hetzen durch den tiefen Schnee hatten meine Kräfte nahezu erschöpft. Ich atmete nur noch in kurzen, schmerzhaften, keuchenden Stößen. Das Herz schien mir in der Brust bersten zu wollen. Meine Füße brannten vor Kälte, während die Arme völlig gefühllos waren. Ich mußte auf meine Hand schauen, um mich zu überzeugen, daß ich mein Schwert noch festhielt. Richtig packen konnte ich es nicht mehr. Das war nun das Ende. So tief zuwider mir ein solches Schicksal auch war, das war das Ende. Ich würde diesen Wald nie mehr verlassen, es sei denn, über einen Pferderücken geworfen, meinen Kopf auf einer Lanzenspitze. Ich würde mich wehren. Ich würde so viele wie möglich mit mir hinunter in die Flammen nehmen, aber letztlich würden sie doch den Sieg erringen.

Seltsamerweise kam es überhaupt zu keinem Kampf mehr. Vielleicht eine Stunde lang hetzte ich weiter, ohne daß sich irgend etwas ereignete. Dann konnte ich nicht mehr. Ich wurde langsamer, taumelte schließlich nur noch. Ich sank auf einen toten Baumstamm, um zu Atem zu kommen. Langsam fühlte ich mich wohler. Die Füße schmerzten nicht mehr. Der Wind heulte nur noch ganz ferne. Ich wollte mich in dem weichen weißen Bett der Erde zur Ruhe legen und schlafen.

Meine steifen Finger lösten sich vom Heft, und das Schwert glitt mit einem leisen Zischen in eine Schneewehe. Das Geräusch schreckte mich auf. Ich riß mich aus meiner Träumerei, hob das Schwert auf und kam auf die Beine. Wenn Menschen mich nicht überwinden konnten, schwor ich mir, dann sollte es den Elementen auch nicht gelingen. So würde ich mich nicht einlullen lassen. Ich mußte in Bewegung bleiben, das wußte ich. Ich stampfte mit den Füßen, um wieder ein wenig Gefühl hineinzubekommen, aber sie blieben bleierne Klötze an meinen Beinen. Wenn ich innehielt, wenn ich einnickte, dann würde mich die Kälte ebenso sicher erledigen, wie es die neun Männer vermochten, die meiner Schätzung nach noch übrig waren. Ein eisiger Tod, der Winter als mein Bezwinger, erschien mir wohl weniger schrecklich, doch ich wollte leben. Noch war meine Zeit nicht gekommen.

Nach einer Weile stieß ich auf einen meiner Verfolger, dann auf einen zweiten, noch einen. Es gab keinen Kampf. Keine Waffe wurde gezückt. In der Dunkelheit war ich wohl im Kreis gegangen und so zu den Verfolgern auf meiner eigenen Spur gelangt, oder sie hatten mich irgendwann einmal überholt. Ich wußte es nicht, aber ich fand sie und ihre Rösser tot im Schnee liegen, hartgefroren wie Holzknüppel, so als wären sie schon lange Zeit der Kälte ausgesetzt gewesen oder wie Sennacheribs Heer von irgendeinem plötzlichen Todeshauch getroffen worden.

Es mußte etwas Übernatürliches sein. Eine andere Erklärung wußte ich nicht. Schließlich hatte ich sechs

Leichen gefunden, und über den Zustand der fehlenden drei hegte ich kaum Zweifel. Dabei fiel mir nun ein, was der Mann in der Schenke über den Eiskönig erzählt hatte, der nächtens Seelen jage. Ich war also immer noch nicht in Sicherheit. Im Gegenteil, die Gefahr war größer geworden. So schleppte ich mich weiter, schaudernd in Erwartung des Kommenden.

Und unablässig heulte der Sturm.

Die Nacht nahm kein Ende. Die Stunden kamen und gingen in träger Folge, und längst hätte der Morgen grauen müssen, davon war ich überzeugt, aber wo auch immer Osten sein mochte, in keiner Richtung zeigte sich auch nur der schwächste Schimmer von Helligkeit. Es war, als wäre das Licht der Sonne erloschen und hätte die Erde in ewiger Finsternis und Kälte zurückgelassen. Ich mußte an Christi Vorhersagen im Matthäusevangelium denken, wo es heißt, daß eine solche Finsternis das Ende aller Dinge ankündigen werde, und ich spielte mit dem Gedanken, schon halb daran glaubend – konnte dies der Tag des Gerichts sein? Überaus passend angesichts meines Schicksals. Mit dem Flecken eines unbesonnenen Mordes auf der Seele und überdies Ursache von zehn weiteren Toden, so würde ich meinem enttäuschten Schöpfer gänzlich unvorbereitet gegenübertreten.

So wanderte ich weiter, denn zu dem Gasthaus zurückzukehren, selbst wenn ich es wiedergefunden hätte, oder irgendeinen bewohnten Ort in der Nähe aufzusuchen, wagte ich nicht. Gewiß war mittlerweile die ganze Gegend alarmiert worden, so daß mich an jeder Tür nur Schwerter und Speere willkommen geheißen hätten. Also stemmte ich mich gegen den Wind und zitterte trotz des gestohlenen zweiten Mantels und der Fellmütze. Auch Handschuhe hatte ich den Toten genommen. Das alles schien ein wenig zu helfen, aber nicht genug. Immer wieder mußte ich nach unten blicken, ob meine Füße noch an ihrem Platz waren, denn von den Knien abwärts fühlte ich seit langem nichts mehr. Ringsum dröhnte das rauhe Gelächter der Sturmnacht, und der Himmel spie seinen bitterkalten Atem auf mich herunter.

Eine Schneewächte war auf einmal keine Schneewächte mehr; aus der Ferne glaubte ich mit Gewißheit eine halb zugewehte Mauer zu erkennen, Teil einer verfallenen Burg vielleicht, hinter der ich Schutz finden konnte, und wenn es nur für einen Augenblick war. Als ich jedoch näher kam, war es wieder nichts als ein weicher weißer Hügel. Meine Augen hatten mich genarrt.

Immer öfter waberten flüchtige Fetzen von Mauern und Zinnen, und Toren vor mir auf wie Trugbilder in der Wüste. Ich erkannte sie auch bald als Täuschungen und fragte mich, ob dies wohl mein letzter Traum war. Was war wirklich geschehen? Hatte ich mich überhaupt von dem Baumstamm erhoben, auf dem ich vor langem gesessen hatte, wo das Schwert meinen nahezu abgestorbenen Fingern so leicht entglitten war? War ich den zehn Reitern tatsächlich entkommen, oder hatten sie mich mit ihren Schwertern niedergehauen? Waren dies die letzten Vorstellungen eines sterbenden Hirns, meines Hirns, der ich reglos mit dem Gesicht im Schnee lag, während mein Lebensblut als mattbrauner Fleck in der Düsternis versickerte? Wie konnte ich das wissen? Vielleicht hatte mein erschöpfter Körper diese Trugbilder ersonnen, meinen Willen zu täuschen, ihm scheinbar nachzugeben, nur daß die matten Glieder nie wieder zur Arbeit getrieben würden.

Die der Erde entsprossenen Bäume, jene, die fest und wirklich waren und keine Phantome des Schnees, wurden immer spärlicher, als ich den Wald verließ und wieder hinaus ins offene Land strebte. Das war wohl töricht, denn kaum waren die Bäume nicht mehr zu sehen (das geschah fast augenblicklich), schauten alle

Richtungen gleich aus, und nichts mehr war real außer den Schmerzen der Kälte und des Vorwärtswankens. Mit verstärkter Wut stach mir der Wind ins Gesicht, fegte ungehindert über sanfte Hügel und offene Felder, nicht mehr durch mächtige alte Stämme gemildert. Ohne Ziel trieb ich dahin wie ein Leichnam auf dem endlosen Meer.

Die einzige Orientierung bot mir der Wind, und wenn ich trachtete, ihn im Rücken zu behalten, war mein Vorwärtskommen weniger mühsam und schmerzhaft. So trieb er mich denn nach seinem Willen vorwärts: immer abwärts, hinein in einen weiten Talkessel, in den Schlund der Nacht, in den Bauch des Schneesturms. Ringsum erhoben sich phantastische Formen vor meinen brennenden Augen; ganze Städte aus Eis und Schnee, bewohnt von knisternden Gespenstern aus Kristall, und Berge gab es, Schlösser und eisstarre Flüsse wie Straßen aus gehämmertem Silber und Tiere, die nur im Traum oder im Wahnsinn existierten – Schneedrachen, Schimären mit Zähnen aus Eis, Pferde aus weißem Nebel, Vögel mit mächtigen schleierdünnen Schwingen, eine meilenlange Schlange mit juwelenglitzernden Schuppen, die dennoch halb durchscheinend wirkte, als wäre sie aus einem einzigen, vollkommenen Glasstück herausgeschliffen worden. All dies gewann immer mehr an Stofflichkeit, an Realität, während ich mir zunehmend unwirklicher vorkam. Ich war jetzt in ihrem Land, und für sie war ich der verblassende Traum. Dies war keine Welt der Menschen mehr.

Plötzlich flammten über mir weißzuckende Blitze auf. Es folgte kein Donner, nur ein unheimliches Nachglimmen, als ritten jetzt die heidnischen Walküren heim mit den Seelen der Erschlagenen. Dann, als der Schein erlosch, vermeinten meine genarrten Ohren Hufschlag wahrzunehmen unter den unsichtbaren Torbögen des Himmels, ebenso das Klirren von Zaumzeug und Steigbügeln, unverständliche Rufe, das Gebell von Jagdhunden.

Nochmals schienen sich viele Stunden dahingeschleppt zu haben, und immer noch war nicht das geringste Anzeichen von Morgendämmerung zu entdecken. Nach einer Weile, ich weiß nicht, wieviel Zeit verstrichen war, fand ich mich im Hof eines Palastes wieder, ohne zu wissen, wie ich dahingelangt war. Vielleicht hatte der Wind mir die Sicht getrübt, ich war, ohne es zu bemerken, durch ein offenes Tor getaumelt und konnte erst jetzt wieder, einigermaßen geschützt durch die Mauern, meine Umgebung erkennen. Oder ich hatte nur einmal geblinzelt, und in der Zeitspanne dieses Lidschlags waren die Wände und Türme emporgewachsen, und alles schimmerte in demselben Licht, das am Himmel aufgeflammt war, als finge sich das Licht des vollen Mondes in diamantübersäten Dächern. Vor mir ragte ein riesiger Burgfried auf, leuchtend vor dem Grau des Himmels, selbst vor dem Weiß des Sturms. War dies ein neuerliches Trugbild oder etwas Stoffliches? Das Gebäude hatte ein Tor, das aussah wie das Hauptportal einer Kathedrale. Ich berührte es und spürte, daß es aus Metall war, einem hellen, glatten Metall. Unter dem Druck meiner Hand schwang es weit auf, und ich trat durch den hohen Torbogen ein, jegliche bisherigen Zweifel, wo ich mich nun befand, hinter mir zurücklassend.

Der Winterwind hatte mich zu seinem Herrn gebracht. Ich war in der Halle des Eiskönigs.

Er saß an der jenseitigen Wand zwischen zwei durchsichtigen Säulen auf einem Thron aus glasklarem durchsichtigen Eis, das funkelte und glühte, als hätte er alle jene Blitze, auf denen er durch die Nacht ritt, darin gefangengesetzt. Er selbst war kleinwüchsig und bucklig, ein verkrüppelter Zwerg fast, und sein Gesicht war von zahllosen Runzeln überzogen. Auf einem Pferd mußte er einen grotesken Anblick bieten. Seine

Haut war blaß, und Haupthaar und Bart strahlten in reinstem Weiß, und dennoch war überhaupt nichts Greisenhaftes an ihm. Er war ewig. Er hatte das Alter besiegt, und die Zeit selbst lag ihm zu Füßen.

Hinter ihm, gestützt auf ihre schimmernden Silberschwerter, standen seine Ritter, fünfzehn stämmige Vasallen, mit Bärten, die wie der ihres Herrn vom Reif und den Äonen gebleicht waren. Hinter ihnen, an der schroffen gewölbten Eiswand, hing ein Teppich aus verwobenen Schneekristallen. Wie in einer arktischen Höhle sah es hier aus, weniger wie in einem Thronsaal.

Der König schien bei meinem Anblick überrascht zu sein. Er erhob sich, stützte sich auf einen dünnen, feingeschnitzten Stab und kam die Thronstufen heruntergehumpelt. Seitwärts schwankend näherte er sich, krabbenhaft und scheinbar unbeholfen. Ein blaßgraues Horn hing an einem Riemen an seiner Seite und stieß ihm bei jeder Bewegung gegen das Bein. Es mußte recht lästig sein, aber offenbar hatten die Leute in der Schenke die Wahrheit gesagt und er war nicht imstande, es abzulegen.

Trotz seiner verkrümmten Gestalt reichte mir der Eiskönig bis zur Mitte der Brust, als er vor mir stand. Sein Bart endete eine knappe Handspanne über dem Boden. Er blickte auf und sprach, und sein Atem war ein frostiger Hauch, den selbst mein vor Kälte gefühlloses Gesicht wahrnahm.

Bevor er auch nur ein Wort sprach, lachte der Eiskönig grausam auf. Dann sagte er: »Du Narr mit deinem warmen Blut, es ist fürwahr recht artig, daß du hierherkommst und dich mir auslieferst!«

Hierauf sprang er unbeholfen einen Schritt zurück, mehr einer Kröte gleich denn einem Menschen, als beleidige ihn meine Nähe, und fuhr fort.

»Andererseits ... ist es nicht so angenehm. Du hast mich um mein Jagdvergnügen betrogen. Dich hier zu erledigen, ist schlechter Sport.«

Ich mußte nun schnell denken, und ich vermochte es nicht. Mein Geist war noch benommen von Staunen und Entsetzen, und es wäre mir lieber gewesen, einen ehrlichen Tod zu sterben durch die Schwerter jener zehn irdischen Ritter als hier durch die Berührung des Eiskönigs.

Wie als Antwort auf meine Gedanken holte er ein klimperndes Glöckchen aus seinem Gewand, und bei diesem Klang kamen Gestalten aus allen Ecken des Saals auf ihn zu, erhoben sich wie Nebelschwaden aus dem Boden.

Wieder lachte er. »Bald wirst auch du mit diesen meinen Untertanen dahinziehen.«

Als erste kamen zehn Gestalten, die ich kannte, die Ritter, die mir nach dem Leben getrachtet hatten. Ihre Geister marschierten langsam und in hoffnungsloser Ergebenheit an ihrem neuen Herrn vorüber, ohne rechts oder links zu schauen. Falls sie mich erkannten, so ließen sie sich dies jedenfalls nicht anmerken. Als sie das jenseitige Ende des Saales erreichten, verschwanden sie in einem Gang, der vorhin noch nicht dagewesen war – er hatte sich aufgetan, während meine Aufmerksamkeit abgelenkt war. Darauf erschienen drei Tänzerinnen, die zart wie Schneeflocken herumwirbelten und sachte in die Höhe stiegen wie versengte Blätter im Rauch eines Herbstfeuers, worauf sie von den dunklen Schatten droben verschlungen wurden. Nach ihnen kamen wohl mehr als fünfzig Seeleute, die irgendwo auf den Eisschollen eines Nordmeers umgekommen waren. Starr und steif wie die Körper, die sie hinter sich gelassen hatten, tappten sie daher. Und immer mehr kamen, bis ich Hunderte Leute gesehen hatte, die alle durch des Eiskönigs Hand umgekommen waren. Schließlich ließ er erneut seine Glocke erklingen, worauf der Saal wieder leer war bis auf den König, seine grimmigen Ritter und mich.

»Genug davon. Genug«, sagte er. Er schritt um mich

herum, sich den Bart streichend, während er mich gebannt musterte wie irgendein Gelehrter, der eine neue und sonderbare Baumart entdeckt hat. Schließlich blieb er wiederum vor mir stehen und knurrte: »Nun, hier kann ich dich nicht jagen, also kannst du mir keine Belustigung mehr bieten.«

Und er streckte die Hand aus, um mich als sein Opfer zu beanspruchen.

»Wartet, Euer Majestät!« rief ich, und seine Hand hielt inne. »Es gäbe noch eine Belustigung für Euch. Eine Herausforderung ...«

»Wozu denn? Zu einem Kampf mit Schwertern? Streitäxten? Kampfstock und Schild? Ich bin mit allen diesen Waffen unschlagbar. Soll ich ein Turnier mit dir ausfechten?«

»Nichts davon.« Mein Herz schlug wie rasend. Mein Denken war der Zunge nur um Sekundenbruchteile voraus. Ich hatte den einzigen möglichen Ausweg zur Flucht eingeschlagen und wußte nicht, was vor mir lag. »Wir werden die Waffen des Geistes kreuzen, Majestät, nicht die Schwerter.«

»Des Geistes? Was meinst du damit?«

»Rätsel. Ich fordere Euch zu einem Wettkampf mit Rätseln heraus.« Es war ein hoffnungsloser, übereilter Einfall. Als junger Mann hatte ich, wenn die langen, einen zur Untätigkeit verdammenden Winter gekommen waren, die Tage auf der Burg meines Vaters über dem Schachbrett verbracht, mit Laute und Gesang, mit dem Verfassen von Gedichten, aber auch von Rätseln. Als Kind hatte man mich den *Schlimmen Schlaukopf* genannt, weil ich mehr Rätsel kannte als irgendwer sonst und weil ich solche erfinden konnte, die niemand zu lösen vermochte. Das hier jedoch war nun kein Spiel und kein Zeitvertreib mehr.

»Ha! Rätsel!« schnaubte der König. »Gut, ich bin auch bei Rätseln unschlagbar. Deshalb soll unser Wettkampf auch nicht nach den üblichen Regeln vonstatten gehen. Wir werden uns nicht abwechselnd Rätsel aufgeben, wobei der Sieger der ist, der am meisten Rätsel richtig löst. Nein, du wirst allein sämtliche Rätsel nennen, fünfzig an der Zahl, und wenn ich auch nur ein einziges nicht lösen kann, sei dir dein Leben geschenkt und ein Wunsch freigestellt.«

An seinem Verhalten erkannte ich unschwer, daß mir kein sonderlich schwerwiegender Vorteil eingeräumt wurde.

Der König tappte die Stufen zu seinem Thron hinauf und ließ sich nieder, starrte mich an und wartete auf das erste Rätsel. Und ich nannte mein erstes, einem Schwertkämpfer gleich, der bei einem unbekannten Gegner vorerst die Reflexe testet:

»Ein seltsames Geschöpf bin ich,
helles Gold trage ich zwischen den Hörnern.
In den Bergen, zwischen den Wolken hause ich,
die mich manchmal verbergen.
Mein Gegner aber erhebt sich über die Berge,
vertreibt die Wolken,
und ich fliehe vor ihm in den dunklen Mantel
meiner Mutter.
Die Augen meiner kleinen Brüder blitzen auf.
Nenne uns beide.«

Der König seufzte, als fühle er sich zutiefst gelangweilt, und dann zuckten seine Mundwinkel ein wenig nach oben, ob aus Verachtung, ob aus Belustigung, das war nicht zu erkennen. Er streckte eine Hand mit geschlossenen Fingern aus, öffnete sie und setzte sachte zwei schimmernde Kugeln frei, so daß sie vor ihm in der Luft schwebten. Die eine flammte wie eine kleine Fackel. Die andere schimmerte nur in silbrig-goldenem Schein, und sie war von kleinen Buckeln und Kratern überzogen.

»Ihr habt mein Rätsel richtig beantwortet«, sagte ich,

worauf die kleine Sonne und der winzige Mond verschwanden.

Mein zweites Rätsel war dieses:

»Mein Geburtsgesang ist Schlachtenlärm.
Kampf und Krieg gaben mir die Gestalt.
Kostbar bin ich, ein Werkzeug der Helden,
Vollzieher mächtiger Taten für meinen Herrn.
Doch bin ich selbst geschlagen, besiegt,
so wird keiner mich rächen.
Ein anderer nimmt meinen Platz ein,
mein Ruhm ist vergessen.
Nicht für die Frauen bin ich geschaffen,
noch sie für mich.
Geselle für kühne Krieger nur bin ich.
Mein eines Ende ist geformt wie das Holz Gottes,
in seinem Zeichen überwand ich alle,
biß durch Rüstung und Schild des Gegners
als ein großer Zahn.
Wer bin ich?«

Wiederum schien die Miene des Königs zu besagen, daß er diese Frage für geradezu einfältig hielt. Er schnippte mit den Fingern, und in der Luft erschien ein mächtiger Bihänder, ein wundervoll verziertes Schwert.

»Das ist Excalibur«, sagte er. »Ich nahm es Artus weg, als seine Arme es nicht mehr schwingen konnten. Als er kalt war, gehörte es mir.«

So hatte er auch mein zweites Rätsel gelöst. Mein drittes war das mit dem Einhorn, und er löste es, mein viertes das vom Wal, und er löste es, mein fünftes vom Basilisken, mein sechstes das vom Heiligen Stein des Tigris, und auch die kannte er alle. Jedes einzelne aus meinem Repertoire an Rätseln holte ich hervor, und alle versagten bei ihm. Einige der allerschwierigsten, solche, die unseren Hof einen Monat lang ratlos gelassen hatten – einmal war es mir gelungen, so lange zu bestehen, und ich hatte die Damen und Herren jeden Tag daran erinnert, daß sie noch immer nicht meine Worte entschlüsselt hätten –, solche Rätsel ließen ihn ein paar Sekunden die Brauen zusammenziehen, die Stirne wie in tiefem Nachdenken runzeln, worauf er jedesmal wieder eine Antwort hervorstieß, die vollkommen richtig war.

Als ich zum neunundvierzigsten Rätsel gekommen war, und er es auch gelöst hatte, wußte ich, daß er nur mit mir spielte. Er lächelte herablassend, wie es ein Meister einem blutigen Anfänger gegenüber tun mochte. Für ihn war das nicht einmal eine Übung, sondern etwas so Leichtes und Selbstverständliches wie das Atmen selbst. Deshalb war ich überzeugt, daß er meine letzte Frage nur aus Spott so beantwortete, wie er es tat. Ich hatte aufgegeben. Ich wußte, daß keine Hoffnung mehr bestand, demnach war mein letztes Rätsel auch sehr einfach:

»Met trinken Männer von mir,
Blut trinke ich von Männern.
Mächtiger Schmuck am Haupt meines Herrn,
und Waffe im Kampf bin ich.
Manchmal küssen mich Männer,
manchmal rufe ich sie zu Ruhm und Tod.
Rolands Verderben kam aus meiner Kehle.
Nenne meinen Namen.«

Ohne das geringste Zögern antwortete der König: »Nein, nenne du den Namen.«

»Majestät... Ihr spottet meiner... es ist vorbei. Ihr habt gewonnen.«

»Nein, dein Rätsel ist mir zu schwer. Du hast gesiegt.«

Ich war noch nie so verblüfft gewesen. Ich faßte erneut Hoffnung – doch dann durchschaute ich es als eine neue, noch hinterhältigere Täuschung.

»Tut mit mir, wie Ihr wollt«, sagte ich.

»Nein, dein Wunsch wird mir Befehl sein.«

Immer noch ungläubig sagte ich mir: Du hast nichts zu verlieren, denn es ist schon alles verloren. Wenn der Löwe den Rand des Abgrunds erreicht, erwarten die Jäger, daß er sich hinunterstürzt, aber manchmal tut er das Unerwartete und greift mit einer Wildheit an, die sie ihm nie zugetraut hätten. Ein verzweifelter Angriff ist es, doch furchtbar in seiner Wut. Ausweglosigkeit verleiht neue Kräfte.

Und so stieg ich kühn die Stufen zum Thron des Königs hinauf. Die Ritter fuhren auf, doch er hob die Hand, und sie senkten die Schwerter wieder. Er fand das Spiel offenbar recht amüsant. Man stelle sich vor, was eine Katze empfindet, wenn die verletzte Maus sich plötzlich aufrichtet und zu tanzen beginnt.

Ich kniete vor dem Eiskönig nieder.

»Majestät, die Antwort auf mein Rätsel lautet Horn, und mein Wunsch ist es, die Hand an Euer geheiligtes Horn zu legen und Euch Gefolgschaft zu schwören für alle Tage meines Lebens und darüber hinaus. Die Menschheit hat mich ausgestoßen, daher komme ich zu Euch, um mit Euch zu reiten bis zum Jüngsten Tag und Rache zu üben an meinen Feinden.«

Dieses eine Mal war ich meiner Nemesis einen Schritt voraus. Diesmal war er verblüfft. Er war erschrocken zusammengefahren, als ich sein Horn erwähnt hatte, aber nun saß er nur da und starrte mich an. Und er hatte sich immer noch nicht gerührt, als ich unvermittelt nach vorn langte und das Horn packte.

Natürlich riß der Umhängeriemen nicht. Ich zog heftig daran, und der König fiel vorwärts auf mich, kreischend wie ein aufgespießtes Huhn, und wir rollten zusammen die Thronstufen hinunter. Die fünfzehn Ritter hatten im Nu wie ein Mann ihre Schwerter gezückt, aber sie konnten nicht zuschlagen, ohne ihren Herrn zu verwunden. So rangen wir beide miteinander, und bevor uns irgend jemand hätte trennen können, hatte ich ihm das Horn entrissen. Ich rollte mich zur Seite, wobei ich den Eiskönig durch den Riemen fast strangulierte, und setzte es an die Lippen, obwohl mir seine Kälte den Mund verbrannte. Ich blies so heftig hinein, wie ich vermochte, und so lange, bis ich keine Luft mehr hatte, dann ließ ich das Horn erschöpft aus der Hand fallen und war gefaßt darauf, daß die Wachen mich nun erschlagen würden.

Aber dazu kam es nicht. Das gesamte Schloß erbebte unter dem einen Ton des Horns, und der König und seine Ritter blickten angsterfüllt um sich. Auf mich achtete keiner mehr. Ohne auf die geringste Gegenwehr zu stoßen, gelang es mir, vom König wegzukriechen, auf die Beine zu kommen und ein Stück wegzulaufen, wo ich mich umdrehte, weil ich sehen wollte, was sie so mit Furcht erfüllte.

Das Dach der Halle schmolz. Wasser troff herunter auf das aufwärtsgewandte Gesicht des Königs und gefror dort wieder, bildete weiße Krusten auf seinen Wangen und Eiszapfen in seinem Bart. Und dann zerbarst das ganze Eisgewölbe in Millionen Splitter, die sich sofort in Tropfen, in Dampf verwandelten, als eine Treppe aus reinem Feuer herunterzuckte und ein anderer Fürst erschien. Er war ebenso alt und verkrümmt wie der Eiskönig, doch sonst in allem der völlige Gegensatz: dunkelhäutig, ohne Haar, ohne Bart, glattgebrannt wie Schmiedeeisen. Wenn er den Mund auftat, waberten Flammen hervor. Die fünfzehn zückten ihre Schwerter und stürzten sich auf ihn, doch er streckte nur die Hand aus, und jeder, den er berührte, verging in einer Dampfwolke. Ringsum schmolzen die Wände des Palastes, die Säulen und der Boden, schmolzen und rannen davon, als versuchten sie der unerträglichen Hitze zu entkommen. Der Wandbehang aus Schneeflocken war schneller verdampft, als das Auge folgen konnte. Der Thron stürzte auf den König herunter und verging in dem brodelnden Teich, der sich in der Mitte des Saals bildete.

Dampf erfüllt die Luft, so daß ich nicht mehr viel erkennen konnte. Ich floh diesen schrecklichen Ort, um nicht vom Feuer verzehrt zu werden, wie es der Kälte um ein weniges gelungen war. Als ich den Eiskönig das letzte Mal erblickte, hatte er die Arme um seinen verhaßten Bruder geschlungen, eine tödliche Umklammerung, in der sie sich hin und her wälzten, so wie vordem er und ich.

Wieder überwand ich die Mauern der Burg, ohne dessen gewahr zu werden, nur diesmal waren sie einfach vor mir geschmolzen. Der Schnee von den umliegenden Hügeln wurde zu Sturzbächen, die mich mit unerwarteter Heftigkeit umspülten. Verzweifelt versuchte ich, höherliegendes Gelände zu erreichen. Noch befand ich mich am tiefsten Punkt, in der Mitte des sich rasch füllenden neuen Sees. Selbst der Himmel schien in Flammen zu stehen, und die gesamte Schöpfung schien zu zerfließen, davonzufluten, über mir zusammenzuschlagen. Meine Finger ertasteten einen Felsen, und ich klammerte mich lange Zeit daran fest, während die Wasser um mich herum tobten, während Schlamm und kleinere Steine davongespült wurden. Dann spürte ich, wie mein Felsen sich lockerte. Offenbar war er von unten her ausgewaschen worden, und ich konnte mich eben noch von ihm wegstoßen, bevor er den Hang hinunterkollerte. Irgendwie gelang es mir, mich gegen die Schlammfluten zu behaupten und aus dem Mahlstrom auf einen Hügel zu entkommen, wo ich haltmachen und ausruhen konnte. So weit das Auge reichte, erstreckte sich die Flut, als hätte sich der gesamte Schnee des Winters auf einmal unter der sengenden Hitze verflüssigt. In der Ferne ragten andere Hügel wie Inseln aus den Fluten.

Weit drunten ertönte ein Horn, ein anderes Horn. Der Eiskönig hatte sich meiner eigenen List bedient, und so war auch das Schicksal seines Bruders besiegelt. Die Feuer erloschen, und aus dem Mittelpunkt der Fluten stiegen keine Dampfwolken mehr auf. Alles war ruhig.

Einige Zeit später ging die Sonne über einem verwüsteten Land auf, einem Land ohne Wälder, ohne Anzeichen menschlicher Tätigkeit. Die Schenke, wo ich gerastet hatte, die Häuser und Hütten, an denen ich vorübergekommen war, und die Burgen meiner Feinde waren samt und sonders hinweggefegt worden. Nur auf den Kuppen höherer Hügel waren noch Reste der Schöpfung an ihrem Platz. Darunter war Noahs Flut zurückgekehrt.

Bis zum Nachmittag hatte sich das Wasser genügend verlaufen, daß ich dieses Land hinter mir lassen konnte. Ich ergriff die Gelegenheit und marschierte bis in den Abend hinein, als es wieder kalt wurde, und meine durchnäßte Kleidung mir erneutes Unbehagen schuf. Doch diesmal brauchte ich nicht mehr weit zu wandern, bis ich Obdach fand in einer Abtei der Hospitaliter, die es als ihre selbsterwählte Aufgabe betrachteten, allen zu helfen und eine Herberge zu bieten, die zu ihnen kamen. Sie murmelten verwundert, als sie feststellten, daß ich Erfrierungen und Verbrennungen zugleich erlitten hatte, und in brettsteif gefrorenem Gewand bei ihnen eintraf, doch sie trugen mich in ein warmes Bett, heilten meine Wunden mit duftenden Heilsalben und brachten mir Essen und Trinken.

Ich kann nicht mehr sagen, wie lange ich mich bei ihnen aufhielt, aber ich weiß doch noch, daß die Luft wieder angenehm warm und lind war, als ich schließlich fortging, und daß auf der Erde nur noch wenige Flecken alten Schnees lagen, zwischen denen winzige blaue Blumen sprossen.

So endet auch diese Geschichte. Welche Moral liegt darin? In jener Abtei gab es einen Gelehrten, der behauptete, alles habe einen höheren Sinn, und das

Leben sei nur symbolischer Spiegel von Vorgängen einer höheren Ebene. Nichts, behauptete er, sei Zufall. Nichts geschieht ohne irgendeinen Zweck. Doch ich bin blind in dieses Abenteuer hineingetappt und wieder heraus, und ich suchte einzig und allein meine eigene Haut zu retten. Ich geriet an den einen und einzigen Ort, den ein armseliger Flüchtling in einer solchen Nacht erreichen konnte, und es ist Wunder genug, daß ich davonkam. Eine Bedeutung? Ein Zweck? Wenn andere, wie es die Balladen berichten, ins Land der Elfen oder in das der Toten geraten, dann geschieht das aus irgendeinem edlen Beweggrund, um einer bestimmten tiefen Wahrheit teilhaftig zu werden, um einen geliebten Menschen zu retten oder ein Königreich zu erlösen. Bei mir war es niemals so. Meine Lebensgeschichte wird nur armselige Zerstreuung bieten, sollte sie jemals erzählt werden. Sie läßt weder Form noch Ordnung erkennen, keine Richtung und kein Ziel. Keine Schlußfolgerung, keine Moral, keine Antworten. Nur immer neue Fragen.

8

Hände...

I

»In welcher Schlacht war es, Herr Ritter, und durch welchen Feind verlort Ihr Eure Hand? Habt Ihr ihn erschlagen, der Euch so verstümmelt hat?«

Der Sprecher saß vor mir, ein kleiner, in einen Kapuzenmantel gehüllter Mann mit einem dichten grauen Bart. Sein Gesicht konnte ich in dem schwindenden Tageslicht nicht genauer sehen. Er war der letzte, der an diesem Tag in mein Zelt gekommen war, dort in den Bergen am Rande des Griechenreiches, das Byzanz genannt wird. Wahrlich ein sonderbarer Ort für mich hier auf dem Marktplatz an der Kreuzung zweier Karawanenstraßen. Ich, Julian, Inhaber verschiedener Namen und Titel, seit langem verloren für das Rittertum und meinen Gott, ausgestoßen von den Menschen aller Länder, sah mich gezwungen, als Bettelmann mein Leben zu fristen. Wer würde schon diesem finsteren hakenhändigen Ritter in seiner fleckigen Rüstung vertrauen, dessen Schild und Umhang nicht einmal das Zeichen des Kreuzes aufwiesen? Was hatte er hier zu suchen? War er wirklich ein Mensch, so fragten sie dann meist, oder irgendein Geschöpf der Finsternis? Weshalb zieht er nicht mit in den Osten, die Heiden zu bekämpfen? Auf diesem Kirchweihmarkt, in diesem Zelt in einem fremden Land am Rande einer fremden Stadt, mich verständigend in einer fremden Sprache, die ich nur recht und schlecht beherrschte, da schien ich trotz allem irgendwie am richtigen Platz zu sein, wenigstens für den Augenblick. Ich wollte mir selbst nicht eingestehen, daß die nackte Existenz für mich zum Selbstzweck geworden war und jede Stunde des Friedens eine lange Suche lohnte.

Um mir meinen Lebensunterhalt zu verdienen, erzählte ich Geschichten von meinen Wanderwegen und über die Abenteuer anderer, und wenn ich damit keinen Erfolg hatte, dann erfand ich etwas, aber ohnehin merkte niemand, wann ich die Wahrheit erzählte und wann nicht. Großer Beliebtheit erfreute sich meist mein Bericht über meinen Aufenthalt im Lande der Finsternis, wo seltsam verwandelte Menschen hausen, denen der Kopf unterhalb der Schultern herauswächst und deren Ohren an den Armen sitzen und breit sind wie Fledermausflügel, so daß sie damit fliegen können. Begehrt waren auch die Salzfräulein von Antiochia, deren Tränen ihre gesamte Gestalt erfüllten, so daß sie zu Salzsäulen wurden wie Lots Frau, als sie einen Gotteslästerer beweinten, den der Apostel Petrus tot hatte umfallen lassen. Wenn eine Erzählung zu Ende war, dann pflegte jeder Zuhörer eine Münze in die Schale fallen zu lassen, die ich aufgestellt hatte – aber das Geschichtenerzählen war nicht nur in diesem Sinne lohnend.

Geschichten zu erzählen ist ähnlich, wie einem Priester zu beichten – nein, wohl eher wie das, was jener Narr in der Fabel tat, der den Kopf ins Schilf steckte und flüsterte: *König Midas hat Eselsohren.* Jedermann erfährt es, aber es ist eine eigenartige Sache. Wer glaubt schon, was der Wind in den Schilfrohren flüstert? So kann man sich der Bürde entledigen und die Wahrheit aussprechen. Daher berichtete ich dem Fragesteller die wahren Begebnisse:

»Vor langer, langer Zeit – doch in Wirklichkeit ist es nicht lange her – gab es einen Ritter, der den Teufel von Angesicht zu Angesicht traf, in einem verfallenen Herrenhaus im tiefsten Wald, und er lieferte sich ihm aus, um eine junge Frau zu erlösen, der Unrecht getan worden war. Nach seinem Glauben (und sein Glaube wurde ihm hinfort zur immerwährenden Schrecknis) war dies die einzige ritterliche und edelmütige Tat, die er in seinem ganzen Leben vollbracht hatte, trotz all seiner Ideale, seiner Übung in den Rittertugenden und ungeachtet aller sonstigen Taten. Für diese eine aber wurde er verdammt, und der Teufel nahm seine Seele nicht einmal gleich auf der Stelle an sich, so gewiß war die Verdammnis des Ritters, sondern gebot ihm statt dessen: *Wandere über die Welt, die an diesem Tage neu geschaffen wird, auf daß du in ihr immerdar ein Fremder seist, bis du am Ende zu mir kommst.* Auf seinen weiteren Wegen traf der Ritter ein böses Geschöpf, das ihm in der Gestalt einer schönen Dame Trost spendete, aber in Wahrheit ihm Lebensblut und Lebensjahre aussaugte. Als das Wesen vernichtet wurde, wie es die Notwendigkeit gebot, erwachte der Ritter aus einem seligen Traum in jenen heimtückischen Armen, und er war verwirrt, und in seinem ratlosen, irregeleiteten Zorn tötete er seinen Retter, und dafür wurde er zum zweiten Male verdammt. Später, als er wie so oft wünschte, sein Leben fände ein Ende, und es doch nicht wollte, weil er im selben Moment dem Teufel gehören würde, da zog der Ritter in das Tal von Mistorak, weit im Osten, und dort befragte er einen Geist, aber er mußte dessen Antwort mit seinem eigenen Fleisch bezahlen, und so kam es, daß er seine Hand verlor.«

»Und war das ein guter Handel?« wollte der Zuhörer wissen. »War die Antwort zufriedenstellend?«

»Würde ich in diesem Fall in einem solchen Zelt hocken und wüste Geschichten erzählen?«

Der Kapuzenmann stieß einen dünnen Laut aus, der wohl ein Lachen sein sollte.

»Ich habe keine Münze für Euch«, sagte er, »aber ich will Euch als Entgelt selbst eine Geschichte erzählen. Einst lebte ein König mit Namen Tikos, der über ein sehr altes Land herrschte. Alle Herren dieser Welt kamen früher oder später einmal zum Schloß seiner Väter. Alexander kam als Knabe hin und bewunderte seine Herrlichkeit, und als er erwachsen war, führte er sein Heer an dem Lande vorbei nach Osten. Nach langer Zeit jedoch, aufgehetzt durch die heimtückischen Priester eines neuen Gottes, gegen den die alten Götter machtlos waren, empörten sich die Menschen gegen ihren König und verstümmelten ihn, wie es ihr Brauch war: Sie hackten ihm die rechte Hand ab, auf daß er nie wieder ein Schwert erheben könne, und sie hackten ihm die linke ab, damit er kein Zepter mehr halten könne. So wurde der König dem Elend und der Verachtung preisgegeben, bis er schließlich eine Möglichkeit fand, Rache zu üben. Er verschwor sich einem neuen Herrn. Er wurde *Nekatu*.«

»*Nekatu?*«

»Als solcher erhielt er große Macht, auch die Gabe der Prophezeiung. Und es ist prophezeit worden, daß der Ritter aus Eurer Geschichte zum Schloß des Königs meiner Geschichte kommen wird, um die Bedeutung dieses Wortes zu erfahren.«

Damit erhob er sich und trat aus dem Zelt. Die Eingangsklappe flappte hinter ihm wie eine Fahne im Wind.

»Wartet!« Ich sprang auf und ihm nach, hinaus in die klare Abendluft. Wie in den Bergen oft, war es bereits überaus kalt geworden, obwohl die Sonne eben erst in einer Eruption von Gold hinter den Gipfeln versunken war. Droben flammten schon die Sterne auf, und mir schien, der eisige Wind, den ich verspürte, stammte aus der Schwärze zwischen ihnen, wo jenseits der Welt der Sterblichen geflügelte Dämonen nach Belieben umherstreifen. Ein solcher Dämon war mein Besucher wohl gewesen, sonst hätte er nicht so unversehens verschwinden können. Es war nicht mehr das geringste von ihm zu sehen.

Nekatu, hatte er gesagt. Ich hatte den Ausdruck noch nie zuvor gehört.

In dieser Nacht suchten mich im Schlaf wüste Alpträume heim, anfangs das immer wiederkehrende Bild einer Wiese, übersät mit gerade Erschlagenen, die sich bei meinem Näherkommen mit klaffenden Todeswunden erhoben, um von neuem zu kämpfen, hoffnungslos und verzweifelt. Ihre Schreie rissen mich schließlich aus dem Schlaf, und ich schrak hoch, einige Augenblicke verwirrt, als wäre mein Zelt ein völlig fremder Ort. Dann hörte ich eine Weile den Nachtgeräuschen zu: angebundene Pferde, die in der Kälte mit den Hufen stampften, das Prasseln von Lagerfeuern, ein bellender Hund, irgend jemand, der etwas sang. Über all dem schrie manchmal eine Eule.

Ich schlief wieder ein, und dieses Mal ritt ich durch einen finsteren Wald, wo jeder Baum sich unter der Last irgendeiner scheußlichen Bedrohung zu krümmen schien, die in seinen Ästen lauerte, wo unmenschliche Fratzen flüchtig hinter den Stämmen hervorspähten. Kaum je im wachen Zustand hatte ich solches Entsetzen empfunden. Mein Roß wollte sich aufbäumen und davonstürmen, und nur mit größter Mühe gelang es mir, das Tier wieder zu bändigen. Zum Teil gab ich seinem Instinkt nach und ließ es vom Schritt in den Trab fallen und schließlich in vollem Galopp dahinpreschen, denn ich verspürte dieselbe Panik. So donnerten wir durch den dunklen Forst, und dicke Lehmpatzen spritzten unter den Hufen weg, doch das Gefühl einer erstickenden Bedrohung, die flüchtig wahrnehmbaren Gestalten zwischen den Bäumen, dem entkamen wir nicht. Schließlich drehte ich mich im Sattel um und entdeckte, daß ich tatsächlich verfolgt wurde – von einem Ritter in schwarzer Rüstung und mit schwarzem Umhang auf einem pechschwarzen Roß, und sein Visier war hochgeklappt, so daß ich den nackten Schädel sah, den er statt eines Gesichts hatte. Da schrie ich auf und erwachte wiederum in meinem Zelt, und ringsum im Lager herrschte Totenstille, jedes Ohr schien in meine Richtung zu lauschen. Ob der fremde Ritter auf seinem Lager mit einem Dämon kämpfte? Ich wußte, daß ich morgen weiterziehen mußte, bevor wilde Gerüchte entstanden und einem Priester zu Ohren kamen und zu viele Fragen gestellt würden.

Im ersten Morgengrauen schlummerte ich nochmals ein. Immer noch ritt ich durch jenen Forst, mein Verfolger war mir dicht auf den Fersen, und ich war so erschöpft, als sei mein Traum-Ich die ganze Zeit über auf dem schaumbedeckten Traum-Roß in rasendem Galopp dahingeprescht, während ich tatsächlich wachgelegen hatte. Das Entsetzen war noch immer mein Begleiter, saß mir im Nacken, so daß ich meinte, jeder Augenblick sei mein letzter, bis endlich der Wald sich auftat und in eine Ebene überging, auf der sich zwei Flüsse vereinigten. An diesem Zusammenfluß erhob sich eine mauerumsäumte Stadt, und jenseits von ihr ein einzelner Hügel, den die beiden Flüsse umströmten. An drei Seiten bestand dieser Berg aus schroffen Felsen, auf der vierten jedoch schlängelte sich ein Pfad den Hang hinunter, querte eine Brücke und mündete auf der mir ferneren Seite in die Stadt. Auf dem Berg aber thronte eine Burg aus schwarzem Stein. Bei diesem Anblick schien mir eine große Last von der Seele genommen zu werden, und als ich mich umblickte, sah ich, daß mein Verfolger verschwunden war. Ich ließ mein Reittier wieder in Schritt fallen, und als ich auf die Stadt und die Burg zuritt, ging hinter mir, aus dem finsteren Wald, die Sonne auf und bannte alles Böse.

Das letzte, was ich sah – und ich weiß nicht, ob ich es mir nur einbildete, oder ob ich es noch träumte –, war der kapuzenverhüllte Fremde, der sich von einem dampfenden Kessel erhob und sich reckte, während mein gesamter Traum, der Ritter, das Pferd, der Forst, das Schloß, ja letztlich auch ich selbst, in dem Gebrodel versanken und sich darin auflösten.

In jener Nacht hatte ich keine Visionen mehr.

Als ich das dritte Mal erwachte, herrschte um mich herum schon geschäftiges Treiben. Als ich aus dem Zelt trat, vermieden die Leute samt und sonders, in meine Richtung zu blicken oder ein Wort zu mir zu sprechen, selbst wenn ich eine Frage an sie richtete. Und ich wußte, daß ich besser nicht weiter fragte. Einige brachen das Lager ab, packten unverkaufte Waren auf ihre Karren und machten sich zum Aufbruch bereit, noch bevor der Markt zu Ende war. Nach dem Grund brauchte ich nicht zu fragen. Ein übles Vorzeichen. Gewiß würde es kein Glück mehr an diesem Ort geben, und vielleicht gar einen Fluch für jene, die sich hier länger aufhielten. Zweifellos würde der Festmarkt nächstes Jahr an einem anderen Ort abgehalten werden.

Ich hielt mich auch nicht mehr länger auf, sondern packte alles an Vorräten und Geld, das ich besaß, in die Satteltaschen und ritt davon. Das Zelt ließ ich stehen. Mitnehmen konnte ich es ohnehin nicht. Von mir aus konnte es sich der alte Brotverkäufer, von dem ich es erworben hatte, wieder nehmen. Vielleicht brauchte er es irgendwann einmal, um darin mit einem Teufel zu kämpfen.

Ich wußte, daß in solchen Träumen, woher sie auch stammten, meist irgend etwas Bedeutsames enthüllt wurde, wenn auch ein wenig verschleiert, wie es Träumen nun einmal eigen ist. Irgendeinen Sinn muß so etwas jedenfalls haben. Tatsächlich ritt ich, wie im Traum vorhergesehen, gen Westen, und an demselben Nachmittag erreichte ich den Wald, den ich gesehen hatte. Er war nicht so düster und bedrohlich wie im Traum, dennoch vermeinte ich fortwährend am Rande meines Gesichtsfeldes eine flüchtige Gestalt wahrzunehmen, die mich beunruhigte. Hin und wieder blickte ich mich um, ob ich verfolgt würde. Ich war allein, doch mein Roß war genauso unruhig wie ich und schwer zu zügeln.

Jenseits des Waldes lag eine Ebene, wie ich geträumt hatte, und zwei Flüsse vereinigten sich, und darüber ragte ein schroffer Hügel auf. Die Burg darauf konnte man nur erreichen, wenn man vorher die Stadt passierte, als sei die Burg gleichsam der sicherste Teil einer größeren Festungsanlage.

Bald stieß ich auf Bauern, die ihre Feldfrüchte auf den Markt brachten. Die Leute hier wagten es wohl nur selten, den Forst zu durchqueren, deshalb hoffte ich, niemandem zu begegnen, der auf dem Kirchweihmarkt jenseits des Forstes gewesen war. Alles mögliche Volk strebte in die Richtung auf die Stadt zu: zwei Priester – und bei ihrem Anblick zuckte ich unwillkürlich zusammen –, ein junger Bursche mit einer umgehängten Mandoline, offenbar ein fahrender Sänger, und eine Vielfalt einfacher Leute, zu Fuß, auf Maultieren, auf Arbeitspferden oder auf Karren.

Als das Gedränge dichter wurde, gab es sogar ein paar Wohlhabende in ihren schweren, massivrädrigen Kutschen, umgeben von einem Trupp Bewaffneter. Ich überlegte, ob ich nicht als eine solche Sicherheitswache Anstellung finden könnte, doch ich wußte, zuvor mußte ich mich der wie immer gearteten übernatürlichen Aufgabe entledigen, die mir auferlegt worden war, sonst würden sich die Alpträume fortsetzen, der Schädelreiter würde mich im Schlafe einholen, und ich würde zum mindesten dem Wahnsinn verfallen.

Am Stadttor stand ein Wachposten, lässig auf seine Pike gestützt, und fragte jeden nach seinem Begehr. Wenn ein Bauer mit einer Ladung Kohl angefahren kam, sagte er einfach, daß er den Kohl verkaufen wolle, und wurde darauf mit einer gelangweilten Handbewegung durchgewinkt. Die Vornehmen in ihren Kutschen dagegen wurden eindeutig an ihren Wappen oder Hausfarben erkannt, denn irgendeiner ihrer Reiter führte einen entsprechenden Wimpel oder ein Banner mit, so daß sie erst gar nicht angehalten wurden.

In meinem Fall war das nicht so einfach.

»Was willst du hier?« Als er sah, daß ich unter dem Umhang ein Kettenhemd trug und auf dem Kopf einen Eisenhelm und am Gürtel ein Schwert, und nach einem Blick auf den einfachen schwarzen Schild an meinem Sattel richtete sich der Wachposten mißtrauisch auf – selbst der flüchtigste Blick wies mich als fremden Krieger aus – und hob seine Lanze, um mir den Weg zu versperren.

Ein ebenso flüchtiger Blick meinerseits zeigte mir, daß keine anderen Wachposten in der Nähe waren, auch keiner der bewaffneten Kutschenbegleiter nahe genug vorbeikam, um ihm sofort beizustehen oder auch nur mitzubekommen, was vor sich ging.

Daher griff ich mit der Rechten – meiner einzigen Hand, und der Haken war unter dem Umhang verborgen – nach der Lanze und stieß sie beiseite. Dabei gab ich vor, höchst erzürnt zu sein, und funkelte ihn an.

»Du stinkender Halunke! Wie kannst du es wagen, einen Höherstehenden zu belästigen?« Mein Griechisch war alles andere als flüssig, aber er verstand mich recht gut. Die Lanze fiel ihm fast aus der Hand, und erschrocken gaffte er mich offenen Mundes an. Er wußte nicht, was er tun sollte, und ohne Unterstützung wagte er sich ohnehin nicht zu widersetzen. Also ließ ich die Zügel schießen und trieb mein Roß eilig in die Stadt, bevor er sich wieder gefaßt hatte. Ob er sich wohl dem Zorn seines Herrn stellen und sein Versagen melden würde? Nun, die Würfel waren gefallen, wie Cäsar einst festgestellt hatte, und was ich getan hatte, hatte ich getan. Wenn meine seltsame Geschichte bekannt war hierzulande, dann würde man mich sicher nicht willkommen heißen, aber zunächst wollte ich feststellen, welch ein Ort dies war, bevor ich seinen Herrn aufsuchte und mich auf den Weg zur Burg begab.

Auf dem Hauptplatz ging etwas vor sich, das wohl nicht zum üblichen Markttreiben gehörte.

Eine große Menschenmenge hatte sich angesammelt, und es herrschte fast fiebrige Aufregung. Ich richtete mich in den Steigbügeln auf, um besser zu sehen. Es war eine Hinrichtung. Ein Mann sollte durch vier einzeln angeschirrte Zugochsen gevierteilt werden. Sein Kreischen übertönte sogar das Geschrei der Masse. Während er zwischen den Tieren in der Luft hing und kapuzenverhüllte Henker mit Gerten bereitstanden, um sie auseinanderzutreiben, hatte ein anderer, vermutlich der Scharfrichter selber, dem Verurteilten den Bauch aufgeschlitzt, eine Schlinge der Gedärme herausgerissen, die er nun um einen Stock zu wickeln begann. Jedes neuerliche Zerren wurde von einem gräßlichen Schrei begleitet. Dann rutschte der eine Arm des Verurteilten aus der Seilschlinge – ich sah auch gleich den Grund, er hatte keine Hand mehr, und der Armstumpf hatte dem Strick keinen Halt geboten. Mit wütendem Gestikulieren ließ der Oberhenker sein grauenhaftes Geschäft des Ausweidens sein, stieß einen seiner Knechte beiseite und befestigte das Seil von neuem, diesmal knapp unterhalb des Ellbogens.

Als ob dieser Vorfall die Leute an etwas erinnert hätte, begann die Menge wie mit einer einzigen Stimme ein Wort zu brüllen: *»Nekatu! Nekatu!«*

Verblüfft ließ ich mich in den Sattel zurückfallen. Dies war das zweite Mal, daß ich diesen Namen oder Ausdruck – was es auch war – gehört hatte, und jetzt gefielen mir die Umstände noch viel weniger als beim ersten Mal. Ich achtete sehr darauf, daß niemand das Fehlen meiner eigenen Hand bemerkte. Zwar glaubte ich nicht, daß dies das Verbrechen des Verurteilten gewesen sein sollte, aber irgendein Instinkt mahnte mich zur Vorsicht.

Angeekelt ritt ich am Rande des Platzes weiter und fort in eine schmale Gasse, in der sich kleine Buden und Verkaufsstände aneinanderreihten. Hinter mir steigerte sich das Geschrei der Menge zu einem brüllenden Höhepunkt und verstummte dann plötzlich.

Die meisten Städte, die ich kennengelernt habe, gleichen riesigen vollgestopften Höhlen aus Holz und Stein, und diese hier war keine Ausnahme. In einer Stadt beginnt die Nacht früher als sonstwo. Selbst die mächtige Hauptstadt Konstantinopel wird nur rund um den Palast und die Quartiere der Wachen beleuchtet, auf wenigen bedeutenden Plätzen ebenfalls. Die gewöhnlichen Leute müssen sich wie Blinde durch die schmutzigen, heimtückischen Gassen tasten. Hier ragten die oberen Stockwerke der Häuser in die Hintergassen hinaus, so daß sich die Dächer von beiden Seiten fast berührten und höchstens am hellen Mittag Tageslicht bis zum Boden drang. Während meines Rittes durch die Stadt war der Abend hereingebrochen, und das verglimmende Licht des Sonnenuntergangs fing sich nur noch in manch hohen Giebeln und Firsten.

Ich erreichte eine Lücke zwischen den Häusern, durch die ich freien Ausblick auf die Burg auf dem Hügel jenseits der Stadt hatte. Als dunkler Schattenriß hob sie sich vom westlichen Abendhimmel ab. Als die Zeit verstrich und das Licht noch mehr verglomm, blieb der Burgberg dennoch finster. Keine Fackel wurde auf den Türmen entzündet, kein Fenster wurde vom Licht einer Laterne erhellt. Mir erschien es einfach unmöglich, daß das Schloß verlassen und menschenleer sein sollte, während doch eine blühende Stadt zu seinen Füßen lag.

»Pst!« flüsterte jemand. »Starr bloß nicht dort hinauf! Wirst noch einen Fluch über dich bringen.«

Ich blickte nach unten, erstaunt, daß jemand mich

auf diese Art ansprach. Ein altes Weib war es, mit einer Mähne wirrer weißer Zotteln und einem Bündel Reisig auf der Schulter.

»Wie kann es von Übel sein, das Haus eures Fürsten zu betrachten? Hochverrat ist es, Frau, schlecht von eurem Herrn zu reden!«

Ihr zahnlückiges Grinsen reichte fast von einem Ohr zum anderen.

»Unser *Herr?* Ha! Unser weltlicher Herr wohnt hier in der Stadt. Nur die Bösen nennen *ihn* Herr!« Um mir ihren Standpunkt zu verdeutlichen, wies sie verächtlich mit der freien Hand auf die Burg.

»Hat also Satan selbst dort seine Heimstatt errichtet?« fragte ich lachend zurück.

»Über so was sollst du nicht scherzen, guter Herr. Der, den sie heute gevierteilt haben – na, so geht's Leuten, die sich zu sehr mit üblen Orten befassen.« Sie bekreuzigte sich hastig.

»Nur fürs Hinschauen?«

Sie grinste wieder. Ich war nun sicher, daß sie mich für einen Narren hielt, hochgeboren oder nicht.

»Er ist hin*gegangen.* Er war *Nekatu!*«

Als sie dieses Wort hervorstieß, verlor die Begegnung alles Lächerliche für mich. Ich beugte mich im Sattel vor und musterte sie scharf. Trotz des Dämmerlichts erkannte ich an ihren Augen, daß sie plötzlich Angst vor mir hatte.

»Ich habe schon mehrmals von diesem *Nekatu* gehört. Zweimal, seit ich hierherkam. Alte, du kannst dir Gold verdienen, wenn du mir freundlicherweise erklären willst, wovon – und alle Heiligen mögen uns davor behüten – die Leute reden. Was ist *Nekatu?*«

Sie preßte die Hand auf den Mund und sagte kein Wort. Ah, dachte ich, die Angst lähmt ihr die Zunge. Mit der Absicht, dies zu beheben, langte ich um ein paar Münzen in meinen Beutel. Die Lederschnur war jedoch zu fest zugezogen. Mit einer Hand konnte ich den Beutel nicht öffnen, also schob ich, ohne mir dabei etwas zu denken, die Spitze meines Hakens unter die Schnur, um sie zu lockern.

Da schrie die Frau los. Beim Anblick des Hakens ließ sie ihr Bündel fallen und rannte die Gasse hinunter und kreischte in einem fort: »*Nekatu!* Hilfe! Zu Hilfe! Noch einer! *Nekatu!*«

In Sekundenschnelle füllte sich die vorhin noch menschenleere Gasse mit Leuten. Einige faßten nach den Zügeln meines Reittiers. Ich zog das Schwert und hieb um mich, und einer heulte schmerzlich auf, aber mittlerweile umringten mich Dutzende andere. Hände suchten mich aus dem Sattel zu zerren. Mein Roß bäumte sich verschreckt auf, was ihnen aber nur half, auch wenn ein paar Köpfe von den Hufen zerschmettert wurden. Ich wurde rücklings aus dem Sattel geschleudert, hieb aber immer noch mit Schwert und Haken wild um mich. Eine kurze Gnadenfrist verschaffte mir das immerhin. Als ich auf dem Boden aufschlug, hielt mich niemand mehr fest. Ich rappelte mich auf. Meine herumwirbelnde Klinge hielt mir die Gegner vorderhand vom Leib. Keiner von ihnen war mit etwas Gefährlicherem bewaffnet als einigen Holzprügeln aus dem Bündel der Alten.

Doch das sollte sich sogleich ändern. Ich hörte ein metallisches Klirren in der Nähe und warf einen Blick in die Richtung, in die die Alte geflüchtet war. Die Metallhelme der Stadtwache arbeiteten sich mit Hilfe ihrer Lanzen durch die stoßende, schiebende Menge.

Mit erneuter Wut hackte ich mir eine Bresche durch die Mauer meiner Angreifer. Mein Pferd war durchgegangen. Ich würde zu Fuß fliehen müssen. Ein eisenbeschlagener Stiefel in den Unterleib, ein Hieb gegen einen hochgerissenen Arm, der Haken wie eine Kralle quer durch ein Gesicht gezogen, und ich hatte mich freigekämpft.

Die Wächter erhoben ein Gebrüll, worauf die Leute

wieder Mut faßten und mir nachrannten. Die Jagd ging von dieser Gasse in eine noch engere hinein, bei der man mit jedem Schritt in den Morast platschte. Vorbeikommende wurden rüde beiseite gedrängt, bis sie erfaßten, was vor sich ging, und sich an der Jagd beteiligten. Der Ruf *»Nekatu!«* galt anscheinend als eine Art Vollalarm, und jeder Bürger, ob Mann oder Weib, ließ alles liegen und stehen und wandte sich gegen den gemeinsamen Feind.

Mein Kettenhemd und meine eisenbeschlagenen Stiefel wurden mir immer schwerer, und man hätte mich gewiß bald eingeholt, hätte das wilde Durcheinander nicht in eine Gasse gemündet, die so eng war, daß selbst ein Karren sie nur mühsam passieren konnte – und da kam ein Karren auf uns zu.

Einige meiner Verfolger zauderten, aber ich warf mich mit verzweifelter Hast vorwärts. Der Karrenlenker zog die Zügel an, unschlüssig, wie er der Lage begegnen sollte. Bevor er sich gefaßt hatte, war ich neben ihm. Ich drückte mich gegen die Mauer und versetzte seinem Roß mit der flachen Klinge einen klatschenden Schlag auf die Kruppe. Wie erwartet raste das erboste Tier vorwärts, völlig unbeherrschbar für den überraschten Fuhrmann, geradewegs in die Masse meiner Verfolger hinein. Als der Karren an mir vorbeipolterte, verfehlten mich die vorstehenden Radnaben um eine knappe Handbreite.

Schweratmend, aber noch im Besitz jener Kräfte, die mich zahllose Schlachten hatten bestehen lassen, erreichte ich endlich den jenseitigen Stadtrand, wo ein Tor den Zugang zur Brücke versperrte, die über den Fluß führte und zu dem gewundenen Pfad, der den einen weniger steilen Hang des Burgberges hinauf verlief. Dieses Tor war von innen verriegelt. Nun war die Brücke selbst mit einer Wehrmauer versehen, so daß einige wenige Wachposten darauf wohl jeden Feind davon abhalten konnten, etwa von Lastkähnen hinaufzuklettern. Anders wäre man auf dieser Seite keinesfalls in die Stadt gelangt. Die mächtige, feuchtglitschige Stadtmauer ragte unmittelbar über dem Wasser auf, mit einer kaum zwei Fuß breiten Schlammbank dazwischen. Auf jeden Fall hatte ich sonst keinerlei Hinweise darauf entdeckt, daß dies Kriegszeiten gewesen wären.

Ich hielt mich nicht damit auf, mir den Kopf darüber zu zerbrechen, weshalb eine Stadt, in der auch sonst einiges Seltsames vorging, sich selbst in einen Belagerungszustand versetzte, sondern stemmte beide Schultern unter den schweren Holzbalken, der das Tor verriegelte. Unter Aufbietung aller Kräfte gelang es mir, ihn aus den Widerlagern zu heben, bis er zu Boden krachte. Das Tor schwang nach außen auf, und ich stolperte rücklings auf die Brücke.

Mittlerweile hatten mich jene, die von dem wildgewordenen Fuhrwerk nicht niedergestoßen worden waren, wieder aufgespürt. Mit langen Schritten hastete ich über die Brücke und ein Stück den Hügel hinauf. Dann erst wandte ich mich um. Sie waren mir nicht gefolgt. Die Menge drängte sich nun unter dem Tor zusammen, doch niemand wagte hervorzutreten. Ein Durcheinander stummer, stumpfer Gesichter starrte zu mir herauf. Menschen, die eine so unmäßige Furcht vor jemand empfanden, dem eine Hand fehlte, und die das Schloß, zu dessen Fuß ihre Stadt lag, so verabscheuten, daß jeder zum Tode verurteilt wurde, der es betreten hatte, verhielten sich wohl auch sonst nicht gerade vernünftig. Für mich waren sie jedenfalls ein Haufen Narren. Mit einem verächtlichen Schnauben drehte ich mich um und stieg nun ganz gemächlich den Pfad hinauf.

Erst nach einer ganzen Weile, als das Schloß bereits als gewaltiger Schatten über mir aufragte und die Sterne verdeckte, kam mir in den Sinn, daß diese Leute vielleicht doch nicht so unvernünftig waren. Lauerte in diesen dunklen Türmen eine Gefahr, die für jeden, der meinem derzeitigen Weg folgte, schrecklicheres Verderben bedeutete als alles, was der Henker sich ausdenken mochte?

In diesem Fall wäre ich in einer schlimmen Lage gewesen, wie ein Nichtschwimmer auf einem brennenden Schiff. In die Stadt zurückkehren konnte ich nicht. Ansonsten gab es nur den Weg hinauf, in das Schloß, das ich zum ersten Mal in einem Traum erblickt hatte. In jenem Traum war es mir als Zufluchtsort erschienen, doch nun war ich mir dessen nicht mehr so sicher.

Neben dem großen Haupttor der Burg gab es eine kleine Tür, die mit einem schweren Eisenklopfer versehen war. Ich ließ das Ding gegen die Tür poltern, bis man den Lärm gewiß im ganzen Land vernommen haben mußte.

Dann rührte sich drinnen etwas.

»*Nekatu!*« rief ich.

Ein Riegel klirrte, und die Tür öffnete sich.

So fand ich Zuflucht unter den *Nekatu*.

II

»Der Ausdruck ›*nekatu*‹ bedeutet wörtlich soviel wie ›Bote‹, nicht auf griechisch natürlich, sondern aus der viel älteren Sprache dieser Leute überliefert. Ihr seht, ich habe mein Wort gehalten. Sofort nach Eurem Eintreffen habt Ihr die Bedeutung erfahren.«

Derselbe kapuzenvermummte Fremdling, der vorigen Abend in mein Zelt gekommen war, führte mich jetzt über eine Wendeltreppe hinauf in einen großen Raum. Wie groß er tatsächlich war, konnte ich nicht feststellen, denn mein Führer trug nur eine kleine Öllampe, und ansonsten gab es keinerlei Beleuchtung.

Dennoch war zu erkennen, daß die Burg in einem ziemlich verfallenen Zustand war. Ich entdeckte geborstene Deckenbalken, herausgefallene Mauersteine und Fetzen von zerschlissenen Tapisserien oder Vorhängen.

Schließlich setzte er die Lampe auf einem leeren Holztisch ab, zog einen hochlehnigen Stuhl zurecht und bedeutete mir, Platz zu nehmen. Die einzigen Geräusche waren das Scharren der Stuhlbeine, das Klirren meiner Eisenstiefel und das leise Tappen seiner Pantoffeln. Für einen Augenblick stand er und saß ich völlig reglos und stumm da, nur die Lampe gab ein leises Zischeln von sich. Plötzlich hörte man noch etwas anderes: ein sachtes Trippeln wie von herumhuschenden Ratten. Zunächst hielt ich es für genau das, doch irgendwie fehlte mir das Kratzen der kleinen Klauen – ein zu weiches Tappen. Mehr wie viele Menschen, die unruhig mit den Fingern auf eine Holzplatte trommeln.

Ich verfolgte jede Bewegung meines Gastgebers mit höchstem Mißtrauen. Zweifellos hatte er dies alles irgendwie bewirkt. Er wollte etwas. Ich war hergeholt worden, wie ein Fisch am Haken an Land geholt wird. Um zu verdeutlichen, daß ich nicht völlig wehrlos war, steckte ich mein Schwert nicht in die Scheide – ich hatte es den ganzen Weg herauf offen in der Hand gehalten –, sondern lehnte es vor mich an den Tisch. Es klirrte ein wenig, und einen Moment lang hörte das trippelnde Geräusch im Hintergrund auf. Dann setzte es wieder ein, nun ein wenig näher.

Die Kapuze wurde zurückgeschoben, und ein hageres, bärtiges, altersloses Gesicht bot sich meinem Blick dar. Auf dem silbernen Haar lag ein dünner goldener Kronreif.

»König Tikos, nehme ich an.«

»Der unselige Ritter aus der Erzählung, nehme ich an.« Er zog einen zweiten Stuhl herbei und ließ sich mir gegenüber nieder. »Aber lassen wir diese Spiegelfechterei. Seht Euch das an.«

Er beugte sich näher zum Licht, schob beide Ärmel zurück und hielt beide Handgelenke nahe an die Lampe, damit ich deutlich sehen könne.

»Schaut ganz genau hin«, sagte er.

Unwillkürlich stieß ich ein erstauntes Grunzen aus. Quer über beide Handgelenke verlief eine dünne Linie, und er drehte die Hände ganz herum, um mir zu zeigen, daß die Linie wirklich ringsum lief. Niemand konnte eine derartige Narbe haben. Es sah aus wie ein *Nahtsaum.*

»Hexerei! Nicht einmal die größten Gelehrten der physikalischen Künste ...«

»Werter nicht ganz so edler Herr Ritter, wenn Eure Geschichte der Wahrheit entsprach, was ich glaube, dann seid auch Ihr nicht mehr gar so gottgefällig.«

»Das ... kann ich nicht leugnen. Aber wie ...?«

»Das ist eine der vielen Künste der *Nekatu.*«

»Der Boten?«

»Einer Art Bruderschaft, die sich abseits hält vom Rest der Menschheit. Deshalb habe ich Euch hierhergebracht, deshalb suchte ich Euch auf, als ich Euch auf dem Markt sah und bemerkte, daß Euch die linke Hand fehlt.«

»Seid Ihr denn eine Art Ghul, daß Euch Verstümmelungen so faszinieren? Zieht doch in den Krieg im Osten, dort wird Euch dergleichen übergenug geboten.«

»Nein! Nein! Ihr versteht mich nicht! Ich biete Euch ein wundervolles Geschenk. Schaut noch einmal!«

Er langte unter den Tisch und holte irgendwoher eine hölzerne Kassette. Der Scharnierdeckel sprang auf. Darin lag eine linke Hand, gemeißelt aus einem einzigen Kristall, glitzernd mit Tausenden Facetten. Es war ein atemberaubendes Kunstwerk, eine Kostbarkeit, die ein ganzes Imperium freizukaufen vermochte.

Ich war mir nicht sicher, ob es nicht dem kümmerlichen Licht zuzuschreiben war, daß das Ding sich zu bewegen schien. Waren die Finger zuerst nicht ganz gestreckt gewesen? Jetzt wirkten sie ein wenig gekrümmt.

»Mit Hilfe einer höchst geheimen Wissenschaft«, sagte er, »lernte ich, so etwas zu machen. Entgegen der alten Weisheit, daß nichts, was glänzt, von Dauer ist, schenkt hier der Glanz dauerhaftes Leben. Jeder Lichtstrahl, den der Kristall einfängt, lebt und verleiht der Hand selbst Leben. Diese Hand habe ich hundert Nächte lang dem Licht der Sterne ausgesetzt und ihr damit das Leben der *Nekatu* gegeben. Wird sie einem menschlichen Handgelenk angefügt, so wird sie zu lebendigem Fleisch, in jeder Hinsicht.«

»Angefügt? Wie das?«

»Sie fügt sich von selbst an, wie Ihr sehen werdet. Nehmt die Bronzemanschette mit dem Haken ab, und Ihr werdet wieder heil und ganz sein.«

Sein bezwingender Blick, meine Erschöpfung und all die Gefahren, die ich ausgestanden hatte, dies alles mußte zusammengewirkt haben, meinen Verstand zu benebeln, denn ich dachte an nichts anderes, als wieder eine lebendige Hand zu haben, selbst wenn man den Verbindungssaum sehen sollte. Ich vergaß, in welch mißlicher, höchst seltsamer Lage ich mich befand, und die geradezu kindisch offensichtliche Tatsache, daß der König meine Verletzung wohl kaum aus Barmherzigkeit und Mitleid heilen wollte.

Ich war mir kaum bewußt, was ich tat, als ich die Metallkappe mit dem Haken von meinem linken Handgelenk abzog, so daß der verheilte Stumpf bloßlag. Tikos ergriff den Arm – ich ließ es widerstandslos zu – und fügte ihn über der Lampenflamme mit der Kristallhand zusammen.

Ich verspürte keinen Schmerz. Erst fühlte ich eine Art Taubheit, dann ein Prickeln und irgendwie ein Schmelzen, als die Flamme über Gelenk und Hand züngelte, und der Kristall wie heißes Wachs zerfloß.

Vor meinen Augen verlor der Kristall seinen Glanz, die Facetten glätteten sich, das Funkeln erlosch. Er verwandelte sich in Fleisch. Irgendwie schien ich von allem weit weg zu sein, gleichsam dahintreibend in Teilnahmslosigkeit. Müßig überlegte ich, wie es wäre, wenn dies einem Neger widerführe. Wäre der Hautton der richtige?

Als der König mich losließ, wirkte die Hand, als wäre sie neu gewachsen. Begeistert über das Gefühl bewegte ich die Finger, ballte sie dann zur Faust und schlug mit aller Kraft auf den Tisch. Das Schwert und die Lampe hüpften.

»Ein Wunder! Ich bin wieder ganz!«

»Ja, wunderbar fürwahr. Übrigens, seid Ihr nicht hungrig? Ich glaube nicht, daß Ihr kürzlich zu einer Mahlzeit gekommen seid.«

Ich antwortete nicht. Es schien eine so belanglose Frage wie die Hauttöne von Schwarzen. Was kümmerte mich jetzt Essen? König Tikos schnippte mit den Fingern, und sogleich wurde mir ein Tablett vorgesetzt. Mein Herzschlag setzte einen Moment lang aus, als ich bemerkte, daß es von *Händen* auf den Tisch gestellt wurde, allein von Händen. Sie schwebten durch die Luft, als griffe irgendein Wesen von einer unsichtbaren Jenseitswelt in die unsrige herüber.

»Christus und Satan!«

»Flucht mit wessen Namen auch immer«, lachte der König. »Warum nicht auch mit Jupiter, Thor, Mithras und Ahura-Mazda? Es wird Euch gleich viel oder wenig nützen. Diese Hände – nun kann ich es Euch ja anvertrauen, sind einfach *Nekatu,* wie Ihr selbst, nur in einem weiter fortgeschrittenen Stadium der Entwicklung. Der Körper verdorrt, ist nicht mehr wichtig, wird zur Gänze von den Händen absorbiert. Weshalb dies nicht auch mit mir geschehen ist? Ich bleibe ganz, weil der Meister, dem wir alle dienen – wie jetzt auch Ihr –, es so wünscht. Ich rekrutiere neue Sklaven für ihn, denn hin und wieder gehen uns einige verloren, wie dieser Narr heute in der Stadt. Er versuchte zu fliehen.«

Mit einem verzweifelten Aufbrüllen und sämtlichen Flüchen, die mir in meinem Zorn nur einfielen, packte ich mein Schwert und wollte mich quer über den Tisch auf das lachende Ungeheuer stürzen, es in Stücke hacken, ein für allemal. Doch bevor ich auch nur auf den Füßen stand, zuckte etwas wie ein eiskalter Blitz durch meinen linken Arm, durch den ganzen Körper. Benommen taumelte ich zurück, das Schwert entfiel den gefühllosen Fingern, dann brach ich über dem Tisch zusammen. Die Lampe fiel um und erlosch. Das war das letzte, woran ich mich erinnerte.

So kam es, daß ich eine zweite Nacht lang wie ein Korken auf einem Meer der Alpträume umhergetrieben wurde. Anfangs war alles dunkel, ein Gefühl, lange tot zu sein und sehr *weich,* tief unter der Erde begraben, dann ein sich Hinaufwühlen, wobei all das modrige Fleisch meines Körpers abgestreift wurde, bis nur meine diamantharten *Hände* an die Oberfläche kamen. Dann wechselte der Schauplatz, und ich sah mich daliegen, so wie ich über dem Tisch zusammengesackt war, und mein linker Arm mit dieser verfluchten Hand baumelte über die Kante. Wieder empfand ich diese Taubheit am Handgelenk und ein Schmelzen.

Das Machwerk fiel ab und landete aufrecht auf den Fingern, fast wie eine Katze, die von einem Dach springt. Es stand da wie ein lebendiges Wesen – was es wohl auch war –, und unversehens geriet ich in einen Wirbel wirrer Orientierungslosigkeit, wurde mitgerissen, trieb dahin, fiel, schwebte zu einer Wärme hinauf: Dann blickte ich inmitten von Düsternis zu einem gewaltigen Tisch hinauf, auf dem ein bewußtloser Riese lag, und über mir hing ein Armstumpf, der sein linkes Handgelenk war.

Meine Seele, mein Ich war nun gefangen in der

Hand. Ich hatte keine Macht über sie. Ein anderer Geist beherrschte und führte sie. Einem Weg folgend, der den Fingern offenbar vertraut war, wurde ich so von dem Tisch und meinem Körper hinweggetragen, hinein in schwärzeste Finsternis, als die Hand durch eine Mauerspalte kroch. Ich konnte nichts mehr ›sehen‹, bis sie/wir/ich an der Außenmauer der Burg wieder ins Freie kamen. Mein Tastsinn allerdings, das Gefühl von Fingerspitzen auf feuchtem Mauerwerk, war ungeheuer intensiv und wirklichkeitsgetreu. Dann hatte ich den weiten Ausblick auf die Stadt und das umliegende Land vor mir, wie man es von einer Anhöhe sähe, und über mir hing ein strahlendheller Vollmond am Himmel.

Die Hand schien das Licht vermeiden zu wollen. So weit es möglich war, hielt sie sich im Schatten, während sie an der Außenmauer der Burg hinunterkletterte, mit einem Finger nach dem anderen Haltepunkte suchend, die ihr Gewicht tragen konnten. Wie eine riesige Spinne kroch sie über den morschen Stein, bis sie über der Tür angelangt war, durch die ich das Schloß betreten hatte. Es folgte ein schrecklicher, schwindelerregender Fall, als sie losließ, und ein Ruck, als die Hand aufrecht landete wie zuvor unter dem Tisch.

Nun trippelte sie den Pfad hinunter, auf dem ich gekommen war, flink wie eine laufende Ratte. Gemessen an der Länge des Weges und ihrer geringen Größe erreichten wir das verriegelte Stadttor erstaunlich schnell. Das geschlossene Tor war kein Hindernis. Die rauhen Vorsprünge in der Stadtmauer hätten Leitersprossen sein können, so schnell wurden sie überklettert. Drüben gab es wieder einen kurzen Fall, und die Finger versanken bis zum zweiten Gelenk im Morast. Auch das veranlaßte die Hand nicht zum Innehalten. Die Finger spreizten sich, krümmten sich, den Schlamm nach hinten quetschend, und spreizten sich wieder in einer Art Schwimmbewegung, bis die Fingerspitzen festeren Boden erreichten. Dieser ging alsbald in Straßenpflaster über, und die verschmierten Finger trappelten eilig über die Pflastersteine, sich immer im tiefsten Schatten haltend.

Das ›Sehen‹ war eine äußerst verwirrende Sache für mich. Manchmal kam es mir vor, ich sähe die fünf Finger in Bewegung, als wäre ich ein winziger Beobachter auf dem Handrücken, knapp hinter den Fingerknöcheln, und ein andermal hielt die Hand inne, reckte den Zeigefinger empor wie einen Augenstengel, so daß ich durch diesen einen Rundblick empfing.

Mein eigenes Bewußtsein, Julian, der hintergangene, betrogene Mensch, hatte keine Ahnung, wohin die Hand wollte, aber die Fortbewegung der Finger wirkte in jeder Weise zielbewußt. An bestimmten Kreuzungen hielt die Hand an, der Zeigefinger spähte umher, und dann waren wir wieder unterwegs, die richtige Gasse entlang, auf ein bestimmtes Ziel zu.

Selbiges bestand aus einer elenden Hütte, die zwischen zwei Ziegelhäusern eingezwängt dastand. Eine Planke war aus der morschen Tür gefallen, so daß die Hand ohne Schwierigkeiten hineinkam.

Im Innern machte das Getrippel, das nicht von einer Ratte stammen konnte, einen weiten Bogen um die Glutbrocken in der Feuergrube mitten am Boden. Durch das Rauchloch im Dach fiel ein breiter Strahl Mondlicht herein, so daß ich an der drüberen Wand deutlich einen schlafenden Menschen auf einer Strohschütte ausmachen konnte. Es war die alte Frau, mit der ich gesprochen hatte, die mit dem Reisigbündel.

Leise kroch die Hand durch das Stroh und kroch dann über die zerlumpte Decke, in die die Alte sich eingewickelt hatte. Schließlich erklomm sie ihre Schulter. Der Zeigefinger ragte aufrecht empor, wiederum das ›Auge‹ des Wesens, während der Mittelfinger und der Ringfinger den Stoff zwischen sich einklemmten, ebenso wie der Daumen und der kleine Finger. Diese beiden Haltegriffe abwechselnd, zog sich die Hand hinauf und kroch dann quer den Körper, der sich in seichten Atemzügen hob und senkte. Ich fühlte den Herzschlag unter meinen Fingerspitzen, als ich über die Brust kroch, auf ihr Schlüsselbein zu und darüber hinweg…

Es war nur zu klar, was jetzt kommen sollte, verzweifelt wünschte ich, innehalten zu können, die Finger zu einer Faust zu schließen und mich ins Stroh fallen zu lassen, aus voller Lunge eine Warnung zu brüllen. Aber ich hatte keine Stimme. Meine Kehle, meine Lungen waren droben in der Burg. Ich war willenlos, hilflos wie nie zuvor, als die Finger sich um die hagere Gurgel der ahnungslosen Alten krümmten. In ihrem Hals pochte das Blut, und die Haut fühlte sich an wie Pergament.

Plötzlich, wild und heftig, schloß sich die Hand um ihre Luftröhre. Sie erwachte, schrak hoch, mit weit aufgerissenen Augen, stieß einen einzigen röchelnden Schrei aus und verstummte. Wohl eine Minute lang wand sie sich zuckend im Stroh und schlug verzweifelt nach ihrem unsichtbaren Angreifer. Sie traf immer nur ins Leere, und dann lag sie still. Das Entsetzliche daran war nicht einfach ihr Tod, auch nicht sosehr meine Unfähigkeit, ihn zu verhindern, sondern daß *ich die Tat verübt hatte.* Als die Hand sie erwürgte, fühlte ich, wie sich die Muskeln eines Phantomarms, meines Arms, an meinem Körper dort droben im Schloß, unter der Anstrengung anspannten. Ich spürte, wie das Gewicht meines ganzen Körpers gegen die Frau gepreßt wurde und sie hinunterdrückte, bis ihr Genick brach wie eines der Reisigstückchen, die sie gesammelt hatte.

An einer anderen Wand des Raums rührte sich jemand.

»Großmutter? Bist du es?« Nackte Füße tappten zur Feuermulde, ein Bündel Reiser wurden an der Glut entzündet und dann in meine Richtung getragen. Ich erkannte das Gesicht eines jungen Mädchens, als es sich über seine Großmutter beugte, und das Aufflakkern von Abscheu und Entsetzen, als es das üble Ding noch auf der Leiche lauern sah. Das spärliche Licht erlosch, als das Mädchen die Reisigfackel fallen ließ. Und dann schrie die Enkelin, und von draußen antworteten ihr Rufe.

Sofort wußte die Hand, was zu tun war. Mit unglaublicher Wendigkeit kroch sie an der Wand hoch und drückte sich durch ein Loch in den morschen Holzplanken. Dann kam ein Sprung in die morastige Hintergasse, hastiges Hinübertrippeln zu einem anderen Haus und die Wand hinauf. Vom Dachgiebel des Nachbarhauses aus beobachtete sie alles und empfand hämische Genugtuung – ja, es war eindeutig ein Gefühl dieser Art in jenem zweiten Geist wahrzunehmen, der sich dem meinen aufgedrängt hatte und ihn beherrschte.

»Es ist schon wieder geschehen! Meine Großmutter!« versuchte das Mädchen fassungslos weinend den anderen klarzumachen. »*Nekatu!*«

Da erst begriff ich manche der seltsamen Eigenheiten dieser Stadt.

III

Es verwunderte mich nicht, daß ich Lehm an der linken Hand fand, als ich am nächsten Morgen an jenem Tisch wieder zu mir kam, sondern sah es als eine schreckliche Bestätigung meiner übelsten Vorahnungen.

Von Rache hatte der König gesprochen. Auf diese Art übte er Rache an jenen, die ihn vom Thron gestoßen hatten. Kein Wunder, daß er keine Krieger auf den Wehrmauern seiner Burg brauchte. Er hatte ein Heer von *Nekatu*, welches sehr viel tödlicher war.

Ich kam taumelnd auf die Beine und fiel sofort wieder um. Meine Füße wollten mich nicht tragen. Ich fühlte mich elend und erschöpft, als hätte ich gerade eine furchtbar anstrengende Arbeit verrichtet, und ich begriff, daß die Hand mir allmählich die Lebensenergie aussaugte, wie der König erklärt hatte. Während ich mich mit der Rechten an der Tischkante festhielt, konnte ich mich auf die Knie aufrichten. Den anderen Arm ließ ich schlaff herabhängen. Das Ding schien zu schlafen oder was immer. Jetzt, bei Tageslicht, gehörte mein Körper mir.

Anscheinend waren diesen Kreaturen Grenzen gesetzt. Ich mußte lange genug am Leben bleiben, damit das Ding mir alle Lebensenergie stehlen konnte, und das würde eine Weile dauern. Man mußte also lange Zeit gut für mich sorgen. Das Tablett, das die Hände am Vorabend gebracht hatten, stand noch auf dem Tisch. Kalten Braten, Brot und Käse gab es da. Ein Becher Wein stand daneben. Der war zuvor noch nicht dagewesen.

Man hatte mir das Frühstück serviert.

Ich verbrachte den Tag damit, die Burg zu erkunden. In die Stadt hinunter konnte ich nicht, man hätte mich auf den ersten Blick umgebracht. Falls ich versucht hätte, übers offene Land zu fliehen, wobei ich einen der Felsabbrüche mit nur einer vertrauenswürdigen Hand hätte hinunterklettern müssen, dann hätte mich die Hand zweifelsohne zurückzwingen oder zumindest so mit mir verfahren können wie mit der alten Frau. Als letzten Ausweg konnte ich mich nur noch von den Mauern in die Tiefe stürzen oder jegliche Nahrung verweigern, bis ich verhungerte, aber solches war wirklich nur ein letzter Ausweg. Es ziemt sich nicht aufzugeben für einen Krieger, jeden Krieger, sei er nun christlicher Ritter oder heidnischer Wilder, bevor der Kampf überhaupt begonnen hat. Man muß sich dem

Feind stellen, auch wenn die Siegesaussichten noch so hoffnungslos stehen.

So wanderte ich den ganzen Tag durch die verfallenen Säle und Gemächer der Burg. Ich fand eine Bibliothek voller Bücher, die meisten in fremden Schriftarten, doch es gab auch einige, die lateinisch waren, und diese blätterte ich durch. Die meisten waren Abhandlungen über Magie und uralt. Eines enthielt eine Widmung: *Für meinen Herrn Nero, der mich den Anfang lehrte.* Wohl derselbe Nero, der kurz nach Christi Lebenszeit regierte und die Apostel Petrus und Paulus tötete. Wie lange es wohl her war, daß König Tikos seine natürlichen Hände verloren hatte? Gewiß waren die Leute aus der Stadt nicht seine eigentlichen Untertanen, sondern deren entfernte Nachkommen.

Als der Abend dämmerte, wußte ich, daß es zumindest für diesen Tag keinen Ausweg für mich mehr geben würde, daß mir eine weitere Nacht hilflosen Entsetzens bevorstand. Bevor jedoch die Ereignisse ihren Lauf nehmen konnten, schleppte ich ein eisernes Kohlebecken, das ich gefunden hatte, in den Raum mit dem großen Holztisch, und sammelte darin etwas trockenes Reisig, Holzsplitter und Fetzen von den zerfallenen Wandteppichen. Ich wollte den Raum möglichst hell beleuchtet haben, damit ich Tikos sah, wenn er kam, um mich mit dem Bann zu belegen. Vielleicht gelang es mir auch, ihn zu töten, denn ich besaß noch immer mein Schwert.

Während meiner Abwesenheit hatte man eine Abendmahlzeit aufgetragen. Während ich aß, war an den Wänden ein stetes Hin- und Hergetrippel zu vernehmen wie am Vortag. Lange Schatten zuckten über den Boden.

Ein leiser Schritt – hinter mir.

»Ah, da Ihr nun gespeist habt, wird es Zeit für einen neuen Auftrag«, sagte König Tikos.

Bevor ich mich auch nur umwenden konnte, hatte der kalte Hauch mich gelähmt.

Viele starben in jener Nacht, aber nicht in der Stadt unten. Ein noch viel seltsameres Unternehmen war es diesmal. Ich war in Gesellschaft eines ganzen Trupps von *Nekatu,* es mochten an die fünfzig sein. Zusammen kletterten wir an der Außenseite der Burg hoch, bis auf das Dach des Turms. Dort wartete eine Schar schwarzer Habichte, die reglos dastanden, als wären sie aus Stein gemeißelte Wasserspeierfiguren. Jede Hand kletterte auf den Rücken eines Vogels, legte ihm Daumen und Zeigefinger um den Hals und die anderen Finger um den Körper. Das Gefühl war mir vertraut, denn ich hatte früher viel mit Falken gejagt.

Es war ein beängstigender Fall, als mein Vogel sich durch das Gewicht behindert in die Tiefe stürzte, bevor er mühsam in den Flug überging. Heftig schlug er mit den Flügeln, gewann endlich an Höhe und stieg ebenso schwerfällig mit den anderen hinauf. Unten zogen Felder und Hügel vorüber. Auf den zwei Flüssen schimmerte das Mondlicht. Wir folgten dem einen bis zu seinem Ursprung in den Bergen jenseits eines Waldes und überflogen die Berge, bis wir den Herrensitz irgendeines Adeligen erreichten. Die Vögel warteten geduldig auf Mauerkronen und Fenstersimsen, bis ihre Reiter abgestiegen waren und sich ihrem Auftrag zuwandten. Diesmal arbeiteten die Hände paarweise, nicht unbedingt eine linke und eine rechte, aber immer zu zweien. Mein Mördergeselle war eine riesige schwarze Hand – was meine Frage hinsichtlich Negern beantwortete. Zusammen begaben wir uns in eine Kammer, in der ein Mann und eine Frau schliefen. Nun tat die schwarze Hand etwas, das ich schon am ersten Abend gesehen hatte, das ich aber selbst nicht vermocht hatte. Sie schwebte durch die Luft, als gehöre sie zu einem unsichtbaren Körper, so wie jene, die das

Tablett gebracht hatten. Sie zog nun ein Schwert aus der Scheide, die an dem einen Bettpfosten hing. Währenddessen kletterte meine Hand an der Seite des Bettes hoch, während sie sich an einer Decke festklammerte. ›Ein fortgeschritteneres Stadium‹ hatte es der König genannt. Ein *Nekatu*, der noch einen lebendigen Körper besaß, ein Neuankömmling wie ich, besaß noch nicht die ganze Macht, die dieser teuflischen Bruderschaft zu eigen war. Ich konnte mich noch nicht in die Luft erheben und schweben. Ich mußte kriechen.

Und so geschah der Mord. Ich/die Hand, in der mein Ich gefangen war, kroch zum Gesicht des schlafenden Mannes und preßte sich dann blitzartig und fest über seinen Mund, während die schwarze Hand ihm mit dem Schwert die Kehle durchschnitt. So schnell und lautlos wurde die Tat verübt, daß die Lady daneben die ganze Zeit fest schlief. Auch diesmal wieder spürte ich, wie sich mein ganzer Körper mit vollem Gewicht über das Bett legte, um das Opfer zu knebeln und festzuhalten, während mein Mordgeselle es tötete.

Leise wurde das Schwert auf den Boden gelegt, und dann kehrten wir beide auf den Fenstersims zurück, wo wir unsere verhexten Reittiere bestiegen. Wie auf ein Signal hin stieg die gesamte Schar gleichzeitig auf und trug das Heer von *Nekatu* zurück zum Schloß von König Tikos. Niemand sagte es mir, aber ich wußte dennoch, daß die Tat, an der ich teilgenommen hatte, nicht die einzige solche in jener Nacht gewesen war. In fünfundzwanzig Schlafkammern würden Ehefrauen in Blut gebadet aufwachen und aufschreien, wenn sie sahen, daß sie das Bett mit noch warmen Leichnamen teilten. Ob König Tikos die Schreie wohl vernehmen konnte? Nährten Entsetzen und Tod in irgendeiner Weise seine Kräfte?

Wieder kam ich in jenem Raum an dem Tisch zu mir, und es war auch wieder ein Frühstück für mich bereitgestellt worden. Woher bekam er die Lebensmittel? So lange hätten sich keine Vorräte frisch halten lassen. Schickte er *Nekatu* aus, um Bäcker und Metzger zu bestehlen? Nun, das wäre jedenfalls die harmloseste Tätigkeit gewesen, die sie je ausüben würden.

Ich aß, und die ganze Zeit über verabscheute ich mich selbst. Sonst wäre mir speiübel geworden, wenn ich an die Geschehnisse dachte. Es war an der Zeit, sagte ich mir, in einen raschen Tod zu springen, bevor noch mehr Unschuldige sterben mußten. *Ich* war nicht unschuldig. *Ich* hatte mich ohnehin schon viele Male nach dem Tod gesehnt. Doch dann packte mich aufs neue dasselbe eisige Entsetzen: nach dem Tod die Verdammnis, die ewige Qual, der ich nur für die kurze Zeitspanne noch entrinnen konnte, die ich am Leben blieb. Wie alle Menschen bin ich letzten Endes selbstsüchtig. Ich würde die ganze Welt opfern, um der Hölle für eine kurze Weile zu entkommen. In einem plötzlichen erlösenden Impuls konnte ich mich schneller als jeder Gedanke töten. Wenn ich jedoch zu überlegen anfing, was recht und gerecht und anständig sei, dann würde ich Recht und Gerechtigkeit und Anstand sogleich vergessen und handlungsunfähig sein.

An diesem Tag streifte ich wiederum suchend durch das Schloß in der Hoffnung, irgendein Geheimnis zu entdecken, durch das ich mein Verhalten rechtfertigen könnte.

Und in gewisser Weise hatte ich Erfolg. Unter einer langen Bank – oder eher unter ihren Überresten – entdeckte ich eine kleine Tür. Ich machte mir eine Fackel aus Holz, trocknem Krautwerk aus dem Hof und einigen Stoffetzen, entzündete sie mit Feuerstein und Stahl aus dem Beutel an meinem Gürtel und stieg hinab in ein düsteres Gewölbe. Dort fand ich zwölf steinerne Särge, und im Deckel eines jeden war seltsamerweise eine Öffnung von etwa Spannenbreite eingelassen.

Nein, eigentlich war es überhaupt nicht seltsam. Die

gespreizten Finger einer Männerhand sind schließlich das Maß für eine Spanne.

Nekatu in ›einem weiter fortgeschrittenen Entwicklungsstadium‹ lagen darin. Als ich den Deckel von dem ersten Sarg wegschob, wurde mir fast übel bei dem Anblick, doch ich faßte schnell wieder Mut. Ein uralter, verwitterter Leichnam lag da, kaum mehr als Hautfetzen über morschen Knochen, nur an dem einen Arm sproß aus der dürren Haut eine vollkommene, lebendige Hand.

Zorn und Abscheu verliehen mir neue Kräfte. Ich hackte mit meinem Schwert auf das Ding ein, trennte die Hand ab, hieb wieder und immer wieder zu, bis die Finger zerschlagen waren, und der Körper nur noch ein Haufen Trümmer war. Ich zerschlug den morschen Schädel, der Brustkorb zerfiel zu Splittern unter dem ersten Hieb. Erst als nichts mehr übrig war, das menschlichen Überresten glich, hielt ich inne. Ich atmete schwer von der Anstrengung, und von der dumpfen Feuchte in dem Gewölbe war ich in Schweiß gebadet. Nach einer kurzen Rast ging ich zum nächsten und zerstörte ihn ebenso gründlich, wenn auch mit mehr Methode.

Es machte mich zuversichtlich, daß bei dieser Aufgabe meine linke Hand nichts war als meine linke Hand. Sie gehorchte jedem Befehl der Muskeln und unterstützte mich bei meiner Arbeit.

An diesem Abend jedoch tauchte der König wiederum wie aus dem Nichts auf – ich hatte immer noch keine Ahnung, wie er das bewerkstelligte –, und ein weiteres übles Unternehmen wurde in die Wege geleitet. Von neuem brach das Heer von *Nekatu* zu seinen Untaten auf, und mit wachsender Verzweiflung und Hoffnungslosigkeit stellte ich fest, daß einige von ihnen mit schlecht verheilten Narben überzogen waren. Einige ›hinkten‹ sogar, während sie auf gebrochenen Fingern dahinkrochen. Ohne Zaudern gehorchten sie jedoch dem Befehl ihres Meisters. Dieses Mal landeten wir bei einem Kloster, und die *Nekatu* stahlen die Kerzen von dem Altar der Klosterkapelle, um dann, jeder für sich, in eine Zelle zu kriechen und dem dort schlafenden Mönch die Augen auszubrennen.

IV

Als ich das nächste Mal erwachte, war mir soviel Lebensenergie entzogen worden, daß ich nicht einmal mehr aufstehen konnte. Ich wurde sehr rasch schwächer. Mein Fleisch schmolz dahin. Schon war ich so abgemagert wie ein verhungernder Bettler und glich immer mehr den eingeschrumpften Kadavern in den Särgen. Zweifellos würde ich mich binnen kurzem überhaupt nicht mehr regen können, und viele Hände würden mich zu diesen oder ähnlichen Särgen tragen und mich in einen davon legen. Nur mit äußerster Anstrengung gelang es mir, zu dem Stuhl zu kriechen, zu essen und einen Tag lang weiterzuleben. Jetzt wußte ich, daß ich mich nie mehr von der Mauer stürzen würde. Ich würde nicht einmal hinaufkommen. So saß ich den ganzen Tag lang da und sah nur zu, wie das Sonnenlicht an der Südwand von einem Fenster zum nächsten wanderte.

Mir war sehr kalt. Irgendwoher sammelte ich nach einer Weile genügend Kraft, um aufzustehen und das Kohlebecken anzuzünden. Ich konnte an nichts denken als an Wärme. Für Wärme hätte ich in meinem elendigen Zustand meine Seele verkauft. Doch meine Seele war schon vergeben, also mußte ich mich selbst darum kümmern.

Als der Abend herabsank, saß ich noch immer so, durch die Lehne des Stuhls aufrechtgehalten, mein Schwert vor mir auf dem Tisch, die Hände im Schoß zusammengelegt, die rechte auf der linken in der wohl eitlen Hoffnung, sie zurückhalten zu können. Das Kohlebecken neben mir knisterte und spuckte. Der Geruch von Rauch war irgendwie tröstend, gleichsam meine einzige Verbindung zu einem normalen Erdendasein. Immer wenn das Feuer herunterbrannte, legte ich Reisigbüschel, Stoffetzen und Splitter von morschem Holz nach. In Griffweite hatte ich einen Haufen Brennmaterial angesammelt.

König Tikos traf ein. Er kam nicht in den Raum, er war auf einmal *da.* Erst dachte ich, der weiße Fleck in der Luft sei eine Täuschung meiner müden Augen, doch er wuchs und nahm Gestalt an, und da war der König. Seine Pantoffeln glitten mit leisem Tappen über den Boden. Eine Horde *Nekatu* folgte ihm nahezu lautlos auf Schritt und Tritt. Es waren viel mehr, als ich mir je vorgestellt hatte. Sie strömten aus allen Ritzen und Löchern, bis sie den Boden bedeckten. Es mochten an die tausend sein. Wie närrisch meine Annahme gewesen war, mein kleiner Trupp sei das ganze Heer!

»Es ist an der Zeit«, sagte der König, »daß unser Bruder voll in unsere Gemeinschaft aufgenommen wird. Für ihn gibt es kein Warten in den Gewölben. Der Meister wird diese Nacht noch kommen, um ihn zu wandeln und in Besitz zu nehmen.«

Er sprach zu den Händen, nicht mit mir. Ich war nicht mehr als ein Ding, über das er verfügte. Während seiner Rede schritt er hin, und her, und die *Nekatu* huschten ihm nach wie Tausende Krabben, die aus dem Meer kriechen, um einen ertrunkenen Seemann zu vertilgen, den die Wellen an Land gespült haben.

»Wir müssen warten, Brüder. Habt Geduld. Der Meister wird kommen, wenn ihm die Zeit dafür richtig erscheint. In der Welt des Meisters weit jenseits der unseren ist die Zeit nicht so, wie wir sie kennen. Keiner von euch war jemals dort so wie ich, also könnt ihr mir glauben. Formen, Töne und Farben sind seltsam verwandelt, so anders, daß sie unsere Sinne verwirren.

Man *hört* die Farbe weiß, schmeckt die süße Würze des Entsetzens, und ein Schrei ist wie eine sanfte Liebkosung im Innern des Körpers. Raum, Zeit, Entfernung? Dies alles existiert nicht dort, wo der Meister wohnt, genausowenig, wie es Tiefe gibt in der Welt einer Zeichnung auf einem Pergamentblatt. Kann eine dieser Gestalten sich aus dem Bild lösen und aus dem Buch hervortreten? Der Meister kann es. Ihr und ich werden ebenfalls dazu imstande sein, wenn am Ende auch diese Welt dem Meister gehört. Deshalb diene ich ihm. Deshalb ist er mächtiger und größer selbst als der Gott, der dieses Universum schuf. Der Meister wandelt zwischen vielen Universen. *Woher kommst du? Aus dem Hin und Her in der Gesamtheit des Kosmos und dem Auf und Ab darin, zwischen den Ebenen und Winkeln.* Deshalb ist der Meister der Meister.

Und dennoch«, sprach der König, hin und her wandernd im Halbdunkel, inmitten Tausender Körperloser Hände, »dennoch fürchte ich den Meister nicht, so wie ich hier stehe, denn er braucht mich, um in unserer Welt stoffliche Gestalt annehmen zu können. *Und das Wort wurde zu Fleisch und schrie auf in unserer Mitte.* Er ist hier nicht so mächtig wie in dem Nichts inmitten der Leere.«

Ich hörte dies alles mit der dumpfen Verständnislosigkeit eines Schweins an, das im Schlachthaus das Gespräch von zwei Metzgern mitanhört. Gewiß war Tikos wahnsinnig, wenn er von Dingen außerhalb und jenseits unserer Erdkugel redete, jenseits von Sonne und Mond, die sie umkreisen, und jenseits der Fixsterne auf den Kugelschalen des Firmaments darum herum. Genauso sicher war ich verrückt, wenn ich einen Alptraum träumen konnte wie den, in dem ich jetzt gefangen war, und die ganze Welt war wahnsinnig, wenn sie es ermöglichte, daß mir solche Gedanken entstanden, und Gott war wahnsinnig, wie ich nur zu gut wußte, weil er sie derart geschaffen hatte. *Die Erde aber war ohne Form und Gestalt, und Finsternis lag über dem Abgrund.* Ach! Wäre der Vater nur wahrhaft weise gewesen, und nicht verwirrt im Geist!

»Der Meister kommt!« Ein Zittern lief durch die Luft, wie Gischtperlen, die an der Wasseroberfläche zerplatzen, kurz bevor ein mächtiger Wal aus der Tiefe emporschießt. Zum ersten Mal nun wandte sich Tikos an mich: »Schaut! Schaut, Herr Ritter, und hört und beobachtet das letzte, was Ihr mit sterblichen Augen und Ohren beobachten werdet. Heute, in dieser Nacht der Nächte, der letzten des Erntemondes, kommt der Meister in diesen Raum, und Ihr werdet in unserer Hand sein. In *unserer,* denn ich bin Teil des Meisters. Dies ist das letzte Geheimnis. Nun kennt Ihr, wie ich Euch versprochen habe, die wahre Bedeutung des Wortes *Nekatu.* Ein Bote, ein Diener des Meisters, ein Finger seiner Hand.«

Und dies war wörtlich gemeint. Vor meinen Augen verdichtete sich wiederum der weiße Nebel und umgab den König. Er stand reglos. Tausend Hände standen reglos auf fünftausend Fingerspitzen. Rings um ihn begannen vier Säulen aus dem weißen Nebel zu materialisieren, und gleichzeitig verlor er seine Gestalt, er zerfloß gleichsam, die Arme verschmolzen mit dem Körper, seine Beine wurden eins. Wie Wachs. Eine Kerze. *Angezündet.* Feuer. Undeutlich verankerten sich die Assoziationen in meinem Geist.

Ein Finger des Meisters. Genau das war er geworden. Die vier anderen Finger waren neben ihm erschienen, und er – der Zeigefinger – hob sich vom Boden, als der Meister sich aufrichtete. Der Meister war eine gewaltige Hand, die Hand eines Riesen, größer als die Burg, wäre ein passender Körper zugegen gewesen. Irgend *etwas* griff durch die Luft herüber aus einer unsichtbaren Welt, die irgendwie neben der unseren existierte.

Die Hand stieg auf den Tisch. Sie hatte die Größe eines Pferdes. Die Holzplatte ächzte unter ihrem Gewicht.

Der Lauf der Zeit schien aufgehoben, und in meiner seltsamen Entrücktheit stellte ich, gleichsam als müßiger Beobachter, etwas Bemerkenswertes fest. Der Finger, der König Tikos gewesen war, wies einen narbenartigen rötlichen Saum ringsum auf. War demnach der Meister eine Art *Nekatu* einer höheren Welt, nicht vollständig ohne den zum Eigenleben fähigen Finger, der der König war oder zu dem er geworden war? War dies der eigentliche Handel, auf den sich der verstümmelte und ausgestoßene König vor so langer Zeit eingelassen hatte, um niemals endende Rache üben zu können?

Zusammengefügt, intonierte eine Stimme in den Tiefen meines Ichs. Kerze. Wachs. Narbe. Feuer. Wachs. *Feuer.*

Mittlerweile war meine linke Hand, jene, die *Nekatu* war, zum Leben erwacht. Mein übriger Körper war zu sehr geschwächt, um noch irgendwelchen Befehlen gehorchen zu können, und so kroch die Hand auf dem Tisch zum anderen Ende, wo der Meister auf fußdicken Fingerspitzen stand, und suchte mich nachzuziehen. Meine Wahrnehmung, mein Bewußtsein beschränkten sich wieder auf meinen Kopf. Die Hand brauchte mich nicht, und sie bewegte sich aus eigenem Antrieb.

So wurde ich über den Tisch vorwärtsgezogen, um dem Meister in die Hand gegeben zu werden.

Ich fiel vorwärts. Mein Kinn berührte den Knauf meines Schwertes, das noch immer vor mir auf dem Tisch lag. Mit unglaublicher Kraft zerrte mich die *Nekatu*-Hand vom Stuhl auf den Tisch. Nun passierte sie die umgeworfene Öllampe vom ersten Abend.

Feuer. Wachs. Schmelzen.

In den verborgeneren Regionen meines Geistes, wo

die Gedanken noch mir gehörten, entstand eine Idee. Ich lachte über ihre Großartigkeit. Ich war völlig losgelöst von der Realität, mein Bewußtsein trieb müßig dahin. Was geschah, geschah nicht *wirklich.* Es war einfach eine intellektuelle Übung. Ich war immer gut im Schach und ähnlichen Dingen gewesen. Ich hatte alle Zeit der Welt, um dies gut zu überdenken. Bald, eines Tages, da würde ich es versuchen …

Für einen Augenblick verlor ich mich ganz und *war* in der *Nekatu*-Hand, unbeachtet zwar, aber ich spürte die Anziehungskraft des Meisters, den Ruf zu einer Vereinigung, die Verlockung von einer Art Lustgefühl …

… und war gleich darauf wieder ich selbst, und in einem Sekundenbruchteil verschmolzen die Gedanken, die undeutlichen Stimmen, regten und rankten sich ineinander: Feuer. Wachs. Feuer. Kerze. Feuer. Feuer. *Feuer.*

Unerwartetes Aufflammen: ein Plan, einfach und doch so … und wieder wurde ich mitgerissen in die Dunkelheit, war für eine längere Zeitspanne in der Hand, und der Ruf war um vieles stärker … und sprang zurück, vielleicht zum letzten Mal, in den Körper und Geist des Menschen Julian … der nicht so einfache Plan: während alle Aufmerksamkeit meiner linken Hand galt, der *Nekatu*-Hand, konnte die rechte Hand etwas tun.

In einer Welt der philosophischen Abstraktion, losgelöst von Zeit und Raum, lediglich als eine interessante Übung krümmten sich die Finger meiner rechten Hand, der Menschenhand, um den Griff meines Schwertes da auf dem Tisch.

Mit einem plötzlichen *Klunk!* riß die rechte Hand das Schwert hoch und herum und herunter auf die Tischplatte, ungeschickt nach der *Nekatu*-Hand zielend. Die Klinge verfehlte sie um weniger als die eigene Dicke.

Die Hand hielt wie verblüfft inne. Der Meister stand

regungslos da. Die tausend *Nekatu* auf dem Boden rührten sich ebensowenig.

Der Zug an meinem linken Arm ließ für einen Augenblick nach. Ich war frei. Mein Körper sackte zurück auf den Stuhl, ich raffte mich zu einer verzweifelten Anstrengung auf und stieß die linke Hand in das lodernde Kohlebecken.

Die *Nekatu*-Hand zuckte zurück. Der Meister taumelte und stürzte rücklings vom Ende der Tischplatte, landete schwer polternd auf der Erde und zerquetschte dabei alle unter ihm. Eine leblose Hand, die während des Tages zu Stücken zerschlagen wird, fühlt nichts, aber bei der lebendigen nach Anbruch der Nacht ist es wohl anders – und der Meister steuert alle seine Hände, fühlt, was sie fühlen.

Fühlt, was ich fühle. Die Hand fuhr mir nicht an die Gurgel. Der Meister krümmte sich unter den tödlichen Schmerzen jener, die er bei seinem Sturz zerschmettert hatte, und ich, der ich als *Nekatu* mit ihnen verbunden war, fühlte das gleiche. Das Wüten dieser Schmerzen stachelte meine letzten Kraftreserven dazu auf, die linke Hand wieder auf die Tischplatte zu legen und dann mit der rechten, die immer noch das Schwert umklammerte, den mächtigsten Schlag zu führen, der in allen blutigen Schlachten der Menschheit je geführt ward. Mir war, als hätte ich eine ganze Stadt damit zerschmettern können. Die Klinge krachte herunter, trennte glatt das Handgelenk ab, knapp oberhalb der Stelle, die es mit der *Nekatu*-Hand verband. Jetzt spürte ich ehrlichen, sauberen Schmerz. Ich war nicht mehr Teil des Meisters – sterbliches Blut pulste aus dem Stumpf. Nur noch mein eigener Körper.

Ich brüllte auf, und dieser Schrei brachte mich wieder ganz zu mir. Inmitten des Kampfgetümmels erwachten langgeübte Instinkte. Der Meister raffte sich wieder auf, schwankend auf blassen, kraftlosen Fingern, und suchte wieder auf den Tisch zu klettern. Ich schleuderte das Kohlebecken nach ihm, und wieder wich er vor den Flammen zurück. Ich hob den Tisch mit dem blutenden Stumpf und der Hand, die noch das Schwert hielt, auf meiner Seite hoch und kippte die schwere Platte auf ihn. Ich steckte das Schwert weg und raffte Hände voller Brennmaterial zusammen und häufte es darauf. In der umgefallenen Lampe war noch etwas Öl gewesen, das jetzt ausrann und die Flammen am Leben erhielt, bis das Holz Feuer fangen konnte.

Die ganze Zeit hatten sich die *Nekatu* auf dem Boden nicht gerührt, so als müßten sie auf Anweisungen warten, die nicht kamen. Ich zertrampelte sie mit meinen eisenbeschlagenen Stiefeln.

Und die ganze Zeit sprudelte das Blut aus meinem linken Arm. Erst als ich vornüberfiel und knapp vor meinem Gesicht die Flammen an dem umgedrehten Tisch hinaufzüngelten, begriff ich, daß mein Tod unmittelbar bevorstand. Bis zum heutigen Tag erstaunt es mich, daß ich noch imstande war, etwas so Vernünftiges zu tun, wie den blutenden Arm auszustrecken und in das Feuer zu halten, damit sich die Wunde schloß. Dieser neue Schmerz gab mir irgendwie die Kraft, mich aufzuraffen, die Wendeltreppe hinunterzustolpern und durch die Tür aus der Burg zu taumeln.

Wahnsinn hatte mich gepackt. Ich schrie. Ich lachte. Ich heulte. Ich war ebensowenig ich selbst wie bei den nächtlichen Unternehmungen der *Nekatu*. Weit weg existierte noch ein kleines Stück meines Selbst, das die Vorgänge begriff, aber der weitaus größere Rest von mir wütete in einem Taumel von Schmerzen, Furcht und tierischer Wut.

Glaubt ihr an Wunder? *Sagt nichts!* Alle Worte sind Lügen! Ihr *kennt* die Wahrheit!

War es also kein Wunder, daß die Leute der Stadt, als ich das Ende des Bergpfades erreichte, während die Burg hinter mir mittlerweile lichterloh brannte, mir die Tore öffneten und mich ungehindert passieren ließen?

»Er ist tot«, sagte ich zu ihnen, wiewohl ich nicht wußte, ob ein Wesen wie der Meister überhaupt sterben *konnte.* Ich glaube, sie fürchteten mich mehr als König Tikos. Ich glaube, sie hielten mich für irgendeinen neuen Dämon, der noch schrecklicher war als der alte. So öffneten sie mir das Tor, bevor ich es mit einem Donnerschlag zerschmettern konnte. Sie brachten mir auch mein Pferd. Um meinen Zorn zu besänftigen? Um einen furchtbaren Retter taktvoll loszuwerden, bevor er seine unbekannten Wünsche bekanntgäbe? Sie sahen mein wundes Handgelenk und wußten, daß ich nicht mehr *Nekatu* war, und sie sahen den Glutschein von der Burg dort oben. War dies kein Wunder?

War es kein Wunder, daß ich, als ich nach langer, langer Frist zum ersten Mal wieder zusammenhängend zu denken vermochte, mich über eine Wiese reiten sah, weit im Westen der Stadt, jenseits der Berge, in einer Gegend, die ich einst hoch aus den Lüften betrachtet hatte, wohl in einem Traum?

Und was sonst als ein Wunder konnte es gewesen sein, das mich endlich zu einem Kloster mit lauter blinden Mönchen führte, die die Verletzung an meinem Arm ertasteten, und sprachen: »Seht, Brüder, auch ihm wurde wie uns etwas genommen«, worauf sie mich zu einem Lager trugen und davonstolperten, um Heilmittel zu holen.

Später, als ich wieder zum fahrenden Bettler wurde, erzählte ich jedoch keine Geschichten mehr, auf daß ich mich nicht vergäße und unabsichtlich davon erzählte, wie ich meine linke Hand zweimal verlor.

9

Als der unbekannte Gott rief

Eine geheime Geburt um Mitternacht,
und die Erde erbebte.

TITUS AMBROSIUS, *Die Geburt des Bösen*

In meinen dunkleren Momenten finde ich es schwer zu glauben, daß ich einst einen Freund hatte, und doch war es so. Ich traf ihn in einer Taverne – oder war es auf einem Schiff, auf dem Feld nach einer Schlacht oder irgendwo auf einer Landstraße? –, und nach einiger Zeit kam es uns vor, als wären wir schon immer zusammen gewesen, lediglich einmal kurz voneinander getrennt und nun wieder vereint. Ich lebte bei ihm auf seiner Burg inmitten eines Waldes, an einem Berg, der Eulenschnabel genannt wurde.

Emile war sein Name, genauer *Sir* Emile, denn er war vor kurzem zum Ritter geschlagen worden und hatte dann auch Land geerbt von seinem Onkel, der, wie alle übrigen näheren Verwandten, im Kreuzzug gefallen war. Er war halb so alt wie ich, wußte wenig von der Welt und war auch noch kaum gereist. Er glaubte immer noch felsenfest an die Güte Gottes und der Jungfrau und an die Erlösung durch das Kreuz. Manch einer sandte ihm Reliquien aus dem Heiligen Land, und er hielt sie hoch in Ehren. Zweimal in der Woche beichtete er seine Sünden bei seinem zahmen Hauspriester. Ich hätte ihn wohl einfältig nennen können, aber ich glaube, soweit ein Mensch sich überhaupt über solche Dinge klarwerden kann, daß es gerade seine Einfachheit war, die ich anziehend fand. Ich wünschte, er könnte mir einiges von jener Unschuld zurückbringen, die schon so lange aus meinem eigenen Leben verschwunden war.

Ich verhalf Emile zu seiner Braut. Er liebte ein Mädchen: bei Turnieren trug er ihren Schleier am Helm, doch ihr Vater sah ihn nicht als angemessenen Bewerber an, weil er ihm nicht reich genug war. So kam es, daß ich eines Nachts die Zügel von zwei Pferden hielt, während Emile einen Turm hinaufkletterte und seine Dame ›entführte‹, die er dabei nur mit Mühe von schelmischem Gekicher abhalten konnte.

»Sir Julian«, rief sie, als sie mich erblickte. Ich stand im Dunklen, aber ich glaube, sie erkannte den Haken an meinem linken Handgelenk, bevor sie mein Gesicht sehen konnte. »Seid Ihr nicht ein zu grimmiger und ernster Geselle, um bei so etwas mitzumachen?«

»Pscht! Steig auf, wir müssen losreiten, bevor uns deines Vaters Leute hören«, flüsterte ihr Anbeter.

Er hob sie vor sich in den Sattel, preßte ihr eine Hand über den Mund, und weg waren wir. Später gab es einen nicht ganz ernstgemeinten Zweikampf, und ihr Vater wurde dabei nur in seinem Stolz verletzt, so daß er schließlich nachgab.

Und dann verschwand mein Freund. Einer seiner Wächter sah ihn mitten in der Nacht aus der Burg reiten. Er hinterließ keine Nachricht und kehrte nicht mehr zurück.

Um ihn wiederzufinden, beging ich die gleiche Sünde wie König Saul vor seiner letzten Schlacht. Ich fragte eine Hexe um Rat. Aber schließlich wurde ich schon lange als Abtrünniger angesehen, und was Gottes Wohlgefallen betraf, so hatte ich ebenfalls nichts mehr zu verlieren. Ich stieg auf den Gipfel des Eulenschnabels und sprach mit der Hexe, die dort in einer Höhle lebte, und erzählte ihr meine Geschichte, ausführlicher vermutlich, als ich es vorgehabt hatte, denn sie gab mir nicht gleich eine Antwort.

Lange Zeit saß die alte Frau am Eingang ihrer Höhle und blickte hinaus über die nachtdunkle Welt. Ich bin sicher, daß es sehr lange war. Dieweil ich neben ihr saß, zog der Große Wagen über einen Teil seines Weges rund um den Nordstern.

Endlich sagte sie: »Julian, ich glaube, du solltest beten.«

»Was? Zu wem? Ich will nichts zu schaffen haben mit deinem Satan – ich bin ihm schon begegnet –, und der andere …«

»Sagte ich denn etwas von Satan? Du hast als erster seinen Namen erwähnt. Du solltest zu dem unbekannten Gott beten, dem einen, den wir Hexen auch nur sehr nebelhaft zu erkennen vermögen und der, weil er unbekannt ist, vielleicht immer noch die Kraft haben könnte, allen Weltenwanderern zu helfen, sie auch zu lieben.«

»Aber du weißt es nicht. Könnte er sie nicht genausogut hassen?«

»Er ist unbekannt. Sei still und höre. Als ich ein junges Mädchen war, hatte der Kaiser Hadrian …«

Ich stieß einen Laut der Überraschung aus.

»Bist du darüber erstaunt«, fragte sie, »daß ich tausend Jahre alt bin, oder mehr darüber, daß ich eine Heidin bin?«

Ich wußte ihr darauf nichts zu antworten.

»Nun, es ist nicht so wichtig«, fuhr sie fort. »Hadrian hatte einen Freund, einen Knaben mit Namen Antinous, der ihm teurer war als irgendein anderer Mensch.«

»Sodomiten?«

»Falls sie das waren, ist es ohne Belang. Von allen Leuten am kaiserlichen Hof war Antinous der einzige, der nicht nach Macht strebte, der keine politische Gruppierung vertrat, den die Gier noch nicht erfaßt hatte. Darum konnte einzig und allein er der Freund des Imperators sein. Eines Nachts, als sie sich im tiefsten Ägypten aufhielten, geschah es jedoch, daß der Fluß Nil, der ein Gott ist, ein Opfer verlangte. Ein Krokodil, das aufrecht ging wie ein Mensch, erschien dem Antinous im Traum, öffnete sein gewaltiges Maul und sprach: ›Ich hungere nach dem Leben des Hadrian, wenn nicht ein anderer an seiner Stelle sterben will.‹ Sogleich erhob sich der Knabe und ging zum Fluß, watete hinein, und die Strömung trug ihn fort. Der gesamte Erdkreis erbebte im Kummer des Kaisers, denn folgenschwer ist die Trauer eines so Mächtigen. Er betete zu allen Göttern, die er kannte, und brachte Opfer dar, auf daß Antinous ihm wiedergegeben werde, aber er erhielt keine Antwort. Und so wandte er sich in seiner Verzweiflung an den unbekannten Gott, der im Dunkel wohnt und niemals von irgendeinem Priester gesehen oder beschrieben werden kann. Wo immer er hinkam, baute er Tempel, doch er beließ sie ohne Götterbilder. Er hoffte, daß er einst allein in einen davon zurückkehren könne und dort Antinous wiederfinden werde.«

»Und kam es so?«

»Ich weiß es nicht. Im Alter hörte man ihn in seinem Garten mit Antinous sprechen, und er verstummte immer wieder, als horche er auf eine Antwort, aber als seine Diener ihn einmal beobachteten, mußten sie feststellen, daß er allein war.«

»Wie kann ich also wissen, ob der unbekannte Gott mir helfen will?«

»Du kannst es nicht wissen, wie ich schon sagte. Aber welcher andere würde dir helfen?«

Ich stieg den Berg hinab, gerade als das erste Licht des Tages seinen Gipfel berührte und die Hexe sich in ihre Höhle zurückzog. Als ich den Wald erreichte, erwachte er gerade. Ein munteres Durcheinander von Vogelgesang erfüllte die Baumkronen.

Auf einer Lichtung kniete ich nieder und betete zu dem unbekannten Gott, gegen den ich mich nicht versündigt hatte, auf daß ich wenigstens erführe, was meinem Freund zugestoßen war. In meiner Versenkung fühlte ich, wie in meinem Innern etwas wie eine seltsame Gewißheit aufkeimte, und ich nahm das als Antwort, als Zusage, daß ich im Verlauf meiner Suche etwas erfahren würde.

Also kehrte ich in die Burg zurück, wo ich alles an Ausrüstung zusammenstellte, was ich für eine lange Reise brauchen würde, und brach auf, nachdem ich Emiles Braut gesagt hatte, sie solle die Hoffnung nicht verlieren. Zunächst allerdings sprachen alle Anzeichen durchaus nicht für einen Erfolg meiner Suche. Als ich nach dem verschwundenen Ritter fragte, hatte ihn keiner zu Gesicht bekommen, und ich selbst wurde mißtrauisch gemustert. Einmal bemerkte ich aus dem Augenwinkel, wie sich ein Straßenwächter bekreuzigte, als ich vorbeiritt.

Ich weiß nicht, wann es mir zum erstenmal auffiel, daß in dem Land, durch das ich ritt, irgend etwas nicht stimmte, aber nach einer Weile merkte ich jedenfalls, daß es in der Gegend ungewöhnlich still war. Als ich von dem Berg heruntergekommen war, hatten die Vögel mit lautstarker Begeisterung den warmen Sommermorgen bejubelt, doch jetzt schien es, als regte sich nichts in den Bäumen, und auf den Wiesen gab es kein Vieh, und nirgendwo bellte ein Hund. In den Städtchen, durch die ich kam, waren nur ganz wenige Leute zu sehen, und fast nie kam es vor, daß einer seinem Nachbarn etwas zurief oder die Frauen sich aus den Fenstern beugten, um zu klatschen.

Nachdem ich eine ordentliche Strecke geritten war, ging die Sonne unter, und eine sehr dunkle Nacht brach an, wiewohl der Himmel nicht bedeckt war. Ich schlug mein Lager an einem Bach auf, und ein niedriger, sanft geschwungener Hügel bot mir Rückendekkung. Da ich mich nicht in Feindesland befand, fand ich weitere Vorsichtsmaßnahmen unnötig und entzündete ein mächtiges Lagerfeuer, da die Luft mir recht unsommerlich kühl erschien. Ich aß ein wenig Trokkenfleisch, das ich mithatte, und Brot und Käse. Ich hatte auch noch einen erst halb geleerten Weinschlauch bei meinen Vorräten, aber den wollte ich mir für später aufheben, deshalb trank ich aus dem Bach.

Später, als das Feuer etwas heruntergebrannt war, kniete ich am Bachufer nieder und betete neuerlich zu jenem, dessen Namen die Menschen niemals wissen werden und der sich vielleicht, aus irgendwelchen unbegreiflichen Gründen, all jener erbarmen könnte, die auf Erden wandelten. Ich bat um die Rückkehr meines Freundes und um eine Antwort auf das Mysterium unseres Erdendaseins – wie konnte das Leben so mit mir spielen, daß ich einen solchen Freund gewinnen konnte und ihn wieder verlieren mußte, daß Tag um Tag meiner Wanderung über die Welt mich nirgendwohin gebracht hatten?

Wohl eine Stunde lang war ich so mit gesenktem Kopf im Gebet versunken gewesen, als irgend etwas mich aufblicken ließ.

Ein Mann stand in dem Bach. Oder eher darauf. Das Flackern meines Feuers hinter mir half nicht viel, die Dunkelheit zu erhellen. Als die Gestalt sich bewegte, hörte man kein Füßeplatschen. Sie schien dahinzutreiben wie eine Rauchschwade.

Ich erhob mich und wich zurück. Ich löste den Sicherungsriemen vom Heft meines Schwertes, aber ich zog es nicht. Ich empfand weder Angst noch Ehrfurcht, nur Unentschlossenheit.

Ich beobachtete den Fremden scharf, als er näher kam. Immer noch konnte ich wegen des unsicheren Lichts sein Gesicht nicht sehen.

Ich stellte fest, daß er in ein loses Gewand gekleidet war und eine spitze Mütze trug.

»Seid gegrüßt, guter Herr«, sagte ich. »Wollt Ihr das Feuer mit mir teilen?«

Langsam und irgendwie sehr zielstrebig kam er auf mich zu. Er sprach nicht.

»Ihr ...« Ich stotterte nervös herum. »Seid Ihr gesandt? Kommt Ihr, um ...? Oder habt Ihr eine Botschaft von ...?«

Es kam keine Antwort. Als der Mann den Lichtkreis des Feuers erreichte, erkannte ich, daß er kein Gesicht hatte, also auch keinen Mund, und wohl deshalb nicht sprach. Wo sein Antlitz hätte sein sollen, war ein schwarzes Oval, keine Maske, keine geschwärzte Brandwunde, sondern ein absolutes, endloses Nichts, das in seinen Schädel hineinreichte, alle Gesetze von Maß und Perspektive verhöhnend. Ich fürchtete, wenn ich zu lange hinschaute, würde ich hineingezogen werden in dieses Nichts, bis ins Jenseits unseres Universums.

Er schritt mitten durch das Feuer, als wäre es nicht vorhanden, ohne die glühenden Äste und Reiser auch nur zu verrücken. Dann streckte er eine ganz gewöhnliche Hand aus, um mich zu berühren.

Ich schrie auf vor Schrecken, gegen diesen Schrekken, ein Kriegsschrei, der jedes Denken hinwegfegte. Mein Schwert fuhr blitzend aus der Scheide. Ich hielt mir den hakenbewehrten Arm vor die Augen, um mich vor dem entsetzlichen Anblick dieser Leere zu schützen. Ich fühlte, wie die Klinge etwas nur Halbstoffliches traf und hindurchging, ohne daß die Wucht des Hiebes aufgefangen wurde. Dies brachte mich aus dem Gleichgewicht, und ich taumelte vorwärts.

Eine Sekunde lang glaubte ich fast zu stürzen, aber ich fing mich, fuhr herum und suchte meinen Gegner. Es gab keine Spur mehr von ihm. Ich war allein. Das Feuer knisterte genau wie zuvor.

Als ich an jenem Abend endlich einschlief, fand ich mich sofort in einem Traum, in dem ich auf die Burg am Eulenschnabel zurückgekehrt war. Dort erwartete mich zu meinem größten Erstaunen Sir Emile. Er grinste breit, als er mich entdeckte, und rief meinen Namen. Ich sprang vom Pferd und eilte zu ihm, um ihn zu umarmen. Doch als wir zusammentrafen, spürte ich keine Substanz, keine Körperlichkeit, und seine Gestalt zerfiel unter meiner Berührung wie Sand, bis schließlich nur ein Häufchen Staub um meine Füße verstreut war. Die ganze Zeit aber stand sein Weib dabei und schrie und schrie …

Als ich erwachte, war das Feuer erloschen, und der Wind hatte mir Asche übers Gesicht geweht, und ich fragte mich, welches dieser drei Dinge das Zeichen war, um das ich gebetet hatte: die schreckliche Gestalt in der Nacht, der Traum oder die Asche?

Einen Tag und eine Nacht lang setzte ich meine Reise fort, durch leere Felder und stumme Wälder, immer allein. Ich kam durch ein Dorf, in dem sich nichts und niemand regte. Einmal machte ich halt bei einer Windmühle, deren Flügel sich immer noch klappernd drehten, so daß ich meinte, hier gewiß jemanden anzutreffen, doch nein: Der große Mühlstein drehte sich knirschend, und niemand kümmerte sich um die Maschinerie.

Den ganzen Tag lang war der Himmel bedeckt. In der Nacht ließen sich keine Sterne sehen, und falls ein Mond am Himmel stand, so verdeckten ihn jedenfalls die Wolken. Zum Morgengrauen hin begann es zu regnen, erst leicht, doch dann wuchs sich das Nieseln zu einem tobenden Unwetter aus. Blitze zuckten und krachten über den Himmel wie die Feuerbeine tanzender Riesen. Die Bäume ächzten und beugten sich unter der Macht des Windes.

Inmitten dieses Sturms glaubte ich etwas zu bemerken, das sich langsam vorwärtsbewegte. Ich trieb mein Roß an, um näher zu kommen. Erst war es nur eine

Andeutung von Grau in Grau, dann ein verwaschener Flecken Braun, endlich etwas, das sich bewegte, das sich vorwärtsmühte. Schließlich entpuppte es sich als einfacher zweirädriger Ochsenkarren, der mit einer dunklen Plane abgedeckt war und von einem einzelnen Ochsen gezogen wurde.

Ich überholte das Gefährt, damit ich den Kutscher sehen könne, und brachte mein Roß zum Stehen. Das Tier war unruhig, fast in Panik durch das Toben des Sturms, doch ich hielt die Zügel gut fest.

Ich erkannte nun, daß der Kutscher ein großer, in sich zusammengekauerter Mönch war. Neben ihm saß ein anderer Mann in einfachem Gewand, doch etliche Ringe an der Hand, die seinen Mantel zusammenhielt, verrieten seinen Reichtum. Hinten im Karren unter der Plane kauerte noch jemand unter Schichten von Dekken, das Gesicht unter einer Kapuze verborgen.

Ich hob eine Hand, um sie auf mich aufmerksam zu machen.

»Seid gegrüßt!« rief ich.

»Bruder«, erwiderte der Mönch, »als Christ geb ich Euch Gottes Gruß zurück, aber bevor Gottes Regen und Hagel und womöglich noch ein Wirbelwind diese Welt davonwäscht, sollten wir lieber zusehen, daß wir zu dem Gasthaus kommen. Dies ist nicht der rechte Augenblick für eine Unterhaltung.«

»Welches Gasthaus?« Ich mußte brüllen, um mich im Brausen des Windes und dem Prasseln des Regens auf der Plane verständlich zu machen.

»Ein Stück weiter vorn.« Er wies in die Richtung, in der sie unterwegs waren. »Wir mußten umkehren. Die Brücke über den Fluß ist weggeschwemmt worden.«

Schließlich pochte ich mit meinem eisernen Handhaken an die Tür der Schenke. Der Mönch polterte mit seinem Stab dagegen und der andere Mann mit seinen Fäusten. Ein kleines Guckloch hinter dicken Gitterstäben wurde aufgeschoben, irgend jemand lugte heraus und entriegelte dann die Tür. Den Reisenden aus dem Karren trugen wir ins Haus. Es handelte sich um ein altes Weib, anscheinend wirr im Geist und blind obendrein.

Der kahlköpfige dicke Wirt schien überrascht, uns zu sehen.

»Seit Tagen ist niemand mehr hergekommen«, sagte er. »Alle sind fort.«

»Wohin *fort?*« wollte ich wissen.

»Anfangs haben einige darüber gesprochen. Sie sagten, sie seien gerufen worden. Irgendwer rief sie an einen bestimmten Ort. Zuerst hab ich das nicht verstanden, aber dann, als alle fort waren, da wußte ich, sie waren zu *ihm* gegangen.«

Der Blick des Mannes war jetzt angsterfüllt, und er zitterte so, daß ich ihm nicht zutraute, noch einen zusammenhängenden Satz von sich zu geben, ja auch nur noch länger auf den Beinen zu bleiben.

»Bruder«, meinte der Mönch, »ich finde, du solltest deinen besten Branntwein holen oder etwas Ähnliches. Du hast einen guten Schluck nötiger als irgendeiner von uns, und nicht bloß, um dich zu wärmen. Wenn du dich beruhigt hast, kannst du uns berichten, was geschehen ist.«

Der Wirt schluckte, versuchte tapfer dreinzuschauen, und verließ den Raum.

»Ein guter Mann«, sagte der Mönch, und zu mir gewandt: »Wir sollten uns jetzt wohl bekanntmachen. Ich bin Bruder Francis von den Braunkutten. Dieser mein Begleiter ist Nicholas Block, ein gelehrter Doktor ...«

»... der Mirakologie«, setzte der andere Mann hinzu. »Wir studieren Mirakel, Wunder, was dabei geschieht, wie es geschieht, was dabei offenbart wird.«

»Es grenzt an Gotteslästerung«, sagte der Mönch.

»Aber es steht eine fromme Absicht dahinter. Wir versuchen, das Wirken Gottes mit Hilfe unseres von ihm verliehenen Verstandes zu erforschen ...«

»Genug davon jetzt.« Er wandte sich wieder an mich. »Und Ihr, Sir?«

»Ich bin Julian, ein Ritter. Ich suche nach einem Freund, der verschwunden ist. Wer ist die alte Frau?«

»Diese unglückliche Seele ist Alicia. Seit ihrer Geburt leidet sie unter ihren Gebrechen, aber zum Ausgleich hat Gott viele Male zu ihr gesprochen. Sie hat Visionen, und in einer dieser Visionen wurde ihr gesagt, sie solle den Ort aufsuchen, zu dem wir jetzt unterwegs sind, dort werde sie von allen ihren Übeln befreit.«

»Ich möchte eine solch wunderbare Heilung dokumentieren«, sagte der Doktor.

Wie auf ein Stichwort hin rührte sich die Alte in dem Sessel, in dem wir sie abgesetzt hatten. »Uhhh?« Sie richtete sich auf und drehte ruckartig wie ein Vogel den Kopf hin und her. »Ich träumte, daß mir eine Maus ins Ohr kroch und wisperte, daß ich nach Inglegarth sollte, jenseits des tiefen Flusses ...«

»Das ist der Zweck unserer Reise. Es besteht kein Zweifel, daß sich in dieser Gegend seltsame Dinge ereignen. Mein Abt hat mich hergeschickt, damit ich feststelle, ob diese Manifestationen himmlischen Ursprungs sind oder des Satans Werk.«

Oder keines von beiden, hätte ich hinzufügen mögen, doch ich hatte Verstand genug zu schweigen.

»Ja, das ist alles, was wir wissen«, sagte Block. »Es kamen wenig Nachrichten aus der Gegend, aber ich habe mit ein paar fahrenden Händlern gesprochen, die durchgezogen sind. Einer erzählte, die Jungfrau sei erschienen, und nun sprudle eine Quelle hervor, wo sie gestanden hatte. Ein anderer berichtete von einer Frau, die ein Kind gebar, das den Kopf eines Lammes hatte und fast sofort starb, aber vorher noch drei Worte sprach. Ich bin sicher, wenn ich diese Worte erführe und ihre Bedeutung erkennen könnte, erschlössen sich mir alle Geheimnisse der Schöpfung.«

»Auf jeden Fall gewinnt Ihr dabei«, sagte ich.

»Lästert nicht«, schalt der Mönch. »Es stimmt zwar, daß sich ungewöhnliche Dinge ereignet haben ...«

»Fürwahr, sehr ungewöhnliche.« Der Wirt hatte es gesagt. Er war mit ein paar Bechern und einer Flasche Wein zurückgekommen. Wir tranken alle.

»Was habt Ihr gesehen?« fragte ich ihn.

»Vieles. In einer Nacht stürmten Scharen schnatternder Dämonenscheusäler auf die Fenster los und versuchten hereinzugelangen. Sie sahen aus wie haarlose dünne Affen mit boshaften Fratzen und Fledermausflügeln, mit denen sie herumwirbelten. Wir alle brüllten sie an, und einige schwenkten Fackeln und Messer. Ich hielt ein mächtiges Feuer in Gang, damit sie nicht durch den Kamin herunterkommen konnten. Sie machten sich erst davon, als der Morgen graute. An diesem Morgen war es, daß die ersten behaupteten, sie seien gerufen worden, und fortgingen. In der nächsten Nacht schien zunächst alles in Ordnung zu sein, aber als ich mich zurückgezogen hatte, hörte ich Schritte im Gang vor meiner Kammer. Ich setzte mich im Bett auf und horchte. Es war ein leises, irgendwie schleifendes Geräusch, eher so, als werde etwas über den Boden gezogen, und nicht, als gehe jemand. Dann klopfte es an der Tür. Glaubt mir, in diesem Moment blieb mir beinahe das Herz stehen. Eine Stimme sprach: ›Eine Nachricht für Meister John.‹ Ich heiße nämlich John. Ich stand auf und öffnete die Tür, und dabei wußte ich nur zu genau, daß nur ein Wahnsinniger das täte. Auf der Schwelle fand ich ein vermodertes Skelett. Ich schrie auf bei dem grausigen Anblick, und meine Schreie hallten durchs ganze Haus, doch dann war es wieder totenstill. Es waren keine Gäste da, die ich hätte wecken können. Alle waren fort, hatten alle ihre Sachen dagelassen. Ich weiß nicht, weshalb. Ihr Herren, Ihr könnt Euch nicht das Entsetzen vorstellen, das ich empfand. Wenn nun irgendwie all das Böse, alle Alpträume und Schrecken, die es nur geben könnte, in einem Gefäß verschlossen gewesen wären, und irgendeiner hätte, durch eine böse Tat oder einen Gedanken oder sonstwie, den Verschluß geöffnet und alles Übel auf die Welt losgelassen? Entweder war solches geschehen, oder, davon war ich überzeugt, dies war der Tag des Gerichts, und ich war irgendwie übersehen worden. Nachdem ich mich etwas gefaßt hatte, ging ich hinunter. Als nächstes wurde mir wieder bewußt, daß ich hier an diesem Tisch an ebendiesem Feuer saß. Ich glaube, ich bin eingeschlafen. Ich weiß nicht, ob ich es geträumt habe, aber auf einmal war jemand im Raum, der mir zuflüsterte, ich solle mit ihm gehen. Ich würde für alles den Grund erfahren, sagte er, und würde aller irdischen Beschwerden enthoben sein. Ich schaute auf und erblickte einen Mann, der sich über mich beugte. Er hatte keine Augen im Gesicht, nur schwarze Löcher, viel größer als Augenhöhlen. Man hätte die Faust hineinstecken können. Ich fuhr hoch und rannte schreiend weg, zurück in meine Schlafkammer. Ich glaube nicht, daß ich je so weit kam. Als ich am nächsten Morgen zu mir kam, lag ich auf der Stiege. Mein Nachtgewand war zerrissen, als wäre ich gestolpert und hängengeblieben. Das Haus war menschenleer, und die Vordertür stand offen.«

An diesem Abend wurde noch viel über Wunder geredet. Bruder Francis berichtete, wie er einst unterwegs einer Erscheinung begegnet war, einer Frau, die ihren Kopf unter dem Arm trug. Er bekreuzigte sich und sprach den Namen Christi, und als darauf die Gestalt nicht verschwand, wußte er, daß es sich um eine Heiligenerscheinung handelte, und ließ sich von ihr zum Grab einer vergessenen Märtyrerin führen, wo später an bestimmten Tagen Kranke von ihren Gebrechen geheilt wurden, und andere, die auf ihre Heilung warteten, seltsame Visionen hatten. Nicholas Block legte uns seine Überzeugung dar, daß alle wahrnehmbaren Dinge aus drei Essenzen bestünden: der der Erde, des Geistes und der des Feuers.

»Euer Freund, der andere Ritter«, meinte er, »war Euch offensichtlich in der Essenz des Geistes verwandt, und Eure Feueressenz, die über die Leidenschaften herrscht, ist der Grund dafür, daß Ihr Euch nach ihm sehnt und ihn wiederfinden wollt. Aber bedenkt einmal – wenn Ihr oder er irgendwie aufgeschmolzen werden könntet zu den reinen Essenzen wie ein Metall und danach nach demselben Muster wiederhergestellt würdet, dann wäret ihr beide *dieselben*. Eure Seele, Euer Ich, ist nicht so einzigartig und unveränderlich, wie Ihr vielleicht glaubt.«

An dieser Stelle richtete der Mönch, der nun endlich einer Ketzerei auf der Spur zu sein glaubte, einen furchteinflößenden Blick auf den Doktor.

»Selbstverständlich«, setzte Block rasch hinzu, »ist so etwas in Wirklichkeit unmöglich, lediglich eine theoretische Überlegung und natürlich ganz in Gottes Hand.«

Worauf Bruder Francis sich wiederum so jovial zeigte wie zuvor.

Ich erzählte ihnen von meinen eigenen Erlebnissen, manchmal die Wahrheit, manchmal pur Erfundenes, manchmal wiederholte ich auch, was ich von anderen gehört hatte. Eine Menge Gewaltmärsche und Belagerungen kamen vor, gewaltige Schlachten gegen die Heiden und natürlich nicht zu wenige Wunder.

Alicia murmelte eine Weile vor sich hin und begann dann zu schnarchen.

Es regnete immer noch. Langsam brannte das Feuer im Kamin herunter. Der Rauch machte die Augenlider schwer. Nicholas überlegte nur halb im Scherz, daß wohl ein geflügelter Dämon im Rauchfang steckengeblieben sei und ihn verstopfe. Wir schliefen alle rings um die Feuerstelle, aneinandergedrängt im Bedürfnis nach Wärme und Schutz. Ich murmelte noch einmal ein Gebet an den unbekannten Gott, bevor ich einschlief.

Ich hatte wieder einen Traum, und der war so ausgeprägt und deutlich, daß ich ihn nicht von der Wirklichkeit unterscheiden konnte, es auch in Zukunft niemals vermochte, und ich konnte auch nicht erkennen, wo er aufhörte und wo mein waches Leben wieder einsetzte *oder ob er überhaupt jemals geendet hatte.*

Ich träumte, daß ich mitten in der Nacht aufwachte, weil ich Wasser lassen mußte, doch plötzlich zerriß der normale Ablauf der Zeit wie ein zu stark gespanntes Seil. Ringsum schliefen die anderen, und ich stand in der Mitte des Raumes und wußte nicht, weshalb. Dann lag ich auf den Knien und betete zu dem unbekannten Gott um ein letztes Zeichen, eine erlösende Offenbarung. Die Hexe vom Gipfel des Eulenschnabels war bei mir. Als ich von meinem Gebet aufblickte, lachte sie, jedenfalls verzog sich die Miene wie beim Lachen, auch wenn kein Laut zu hören war. Ihre Augen waren weg, waren zu endlos tiefen schwarzen Löchern geworden, wie ich sie schon zu sehen bekommen hatte. Auch ihr Mund hatte sich derart verwandelt – ein waberndes Oval, das sich ausdehnte, bis es ihre Wangen verschlungen hatte, so daß Kinn und Nase und Stirn irgendwie im Nichts schwebten. Dann war ihr gesamtes Gesicht ein lichtloses, formloses, unendliches Schwarz. Einen Augenblick stand sie reglos da, so lächerlich kopflos, als wäre das ganz normal. Sobald sie sich jedoch wieder bewegte, wurde auch ihr Körper so wie ihr Gesicht, ein bloßer Umriß, ein in die Luft gestanztes Loch mit der Form einer Frau, das bis in die Unendlichkeit reichte.

Bevor ich auch nur aufschreien oder weglaufen konnte, flackerte die Gestalt einmal auf und war verschwunden. Die Luft erfüllte den Raum, den sie eingenommen hatte, mit einem hörbaren Ploppen.

Wieder stand ich mitten in dem Gastraum, während die anderen zu meinen Füßen schliefen. Die Glutreste im Kamin glommen matt.

Lange Zeit starrte ich auf meine Gefährten hinunter und fragte mich, ob ich wohl je wieder die Gesellschaft von Menschen aus Fleisch und Blut erleben würde. Sie alle, was immer ihre Fehler sein mochten, waren mir in diesem Augenblick unendlich teuer, standen mir näher als jede Familie. Mir war, als befänden wir uns auf zwei auseinandertreibenden Flößen, sie auf dem einen, ich auf dem anderen. Ich konnte sie noch lange Zeit deutlich sehen, aber wir würden nie wieder zusammenkommen. Das wußte ich, ich weiß nicht woher.

Ich dachte an Emile. Ich rief seinen Namen.

Ich wandte mich ab von der alten Frau, dem Mönch, dem Doktor und dem Wirt, und ich sah, daß die Tür nach draußen nicht mehr verriegelt war und offenstand. Die Nacht war sehr dunkel, und der Regen hatte aufgehört.

Knapp vor der Türöffnung stand ein Mann in einem schwarzen Kapuzenmantel. Ich konnte sein Gesicht sehen: verrunzelte, eingesunkene Wangen, wirres weißes Haar und ein ebensolcher Bart, leere schwarze Höhlen, wo seine Augen hätten sein sollen. Für einen Moment überlegte ich, ob dieses Nichts wohl eine Art krankhafter Verfall sein konnte, die bei diesem noch nicht so weit fortgeschritten war.

Er hatte beide Hände ein wenig nach den Seiten ausgestreckt. Wölfe leckten ihm die Finger – Wölfe, die größer und schwärzer waren als irgendein Getier, das ich je zu Gesicht bekommen hatte.

Er sprach kein Wort, machte keinerlei Geste, und doch zog er mich unwiderstehlich zu sich.

Als ich über die Schwelle hinaustrat, fühlte ich mich so intensiv lebendig wie nie zuvor. Ich fühlte die Kühle der Luft und sah, wie das Mondlicht durch die Wolken hervorzubrechen begann, mit einer Eindringlichkeit, als wären alle meine Sinne um das Tausendfache verstärkt worden. Ich roch die feuchte Erde und den dumpfen Fellgeruch der Wölfe mit unglaublicher

Deutlichkeit. Das Rascheln der Blätter auf den Bäumen klang, als wären es die letzten dürren Mumien im November.

Ich trat auf den Mann zu. Als ich ihn ansah, erschien er mir als die einzige verbleibende Realität. Der Rest der Welt ringsum wurde trotz meiner geschärften Sinne zu einem Traum, einer Rauchschwade, die verging vor seinem Angesicht. Und wie bei den Propheten des Alten Testaments wurde mir eingegeben, was ich sagen sollte. Die Worte kamen wie von selbst, ohne jeden Willensakt von meiner Seite.

»Ich glaube, du bist ein Engel oder ein Dämon«, sprach ich, »und ich weiß nicht, wen ich mehr fürchten würde. Auch keines von beiden könntest du sein, und dann würde ich dich am meisten fürchten. Doch ich glaube, du bist ein Zeichen, das mir der unbekannte Gott sendet. Dessen bin ich sicher. Es ist mein Schicksal und sein Gebot, daß ich dir folge.«

»Viele habe ich zu mir gerufen, doch du bist einer derjenigen, die sich an mich gewandt haben, nicht einmal, sondern mehrere Male. Komm also mit mir.« Seine Stimme war ein leises, trockenes Flüstern, wie das Rascheln dürrer Blätter. Er hob die Hände, und zwei von den Wölfen erhoben sich mit ihnen, wuchsen und änderten ihre Gestalt. Sie wurden wiederum unvorstellbar schwarz, so wie seine Augen, so wie der ganze Körper der Hexe, eher wolfsförmige Löcher im Stoff der Schöpfung als lebende Wesen. Sie wirkten zweidimensional, und dennoch besaßen sie unendliche Tiefe. Die Löcher dehnten sich aus, wurden zu den Umrissen gewaltiger Hengste. Dann gewannen sie nach und nach ihre Stofflichkeit zurück. Sie waren wieder Tiere, und sie trugen Sättel und Zaumzeug von fremdartiger Machart.

Der Fremde – der kein Fremder war, sondern derjenige, der mich an dem Bach aufgesucht hatte, wenn auch sein Gesicht nun zum größeren Teil wiederhergestellt war – stieg auf das eine Pferd und ich auf das andere, und wir ritten über die regennassen Felder, durch tiefhängende Nebelschwaden und eine schlammige Landstraße entlang. Wir kamen zu den Trümmern der fortgespülten Brücke, aber unsere Rosse zögerten nicht. Sie galoppierten über das Wasser, als wäre es Fels, und Funken sprühten von ihren Hufen. Dennoch verursachten sie nicht das geringste Geräusch.

Drüben lag ein Land, in dem Licht und Schatten vertauscht waren. Der Himmel war strahlendweiß, aber alle Bäume und Felsen und später dann auch verlassene Städte und seltsam konstruierte Burgen auf den Hügelkuppen waren dunkel. Kleine Flecken Helligkeit duckten sich unter Blätter oder hinter Steine, genauso wie es normalerweise bei den Schatten war. Der Fremde vor mir aber blieb dunkel, und unsere Pferde behielten die Farbe der tiefsten Nacht. Ich trug einen blauen Mantel über meinem Kettenhemd und grüne Beinkleider, und auch diese Farben blieben blau und grün.

Weiter ging es einen langen, steilen Hang hinauf, hinein in die aufgehende Sonne. Diese Sonne war schwarz, so schwarz wie die Augen des Fremden, wie das verschwindende Gesicht der Hexe, und sie verbreitete ihre Schwärze über den Himmel und verdrängte das Licht, bis der Himmel von einem Horizont zum anderen dunkel war. Die hellen Flecken unter den Blättern und hinter den Steinen aber wurden verschlungen, als die Dunkelheit alles umspülte wie das Wasser auf einem sinkenden Schiff.

Eine Weile ritten wir blind dahin, in einer absoluten Lichtlosigkeit. Doch unter uns schien fester Boden zu sein, und das Roß zwischen meinen Schenkeln wirkte körperlich genug. Ich spürte das Wogen seiner Muskeln, als es dahinstürmte.

Als wir unvermittelt in ein Land unter einem normalen sternübersäten Nachthimmel hinauskamen, war das eine solch bestürzende Überraschung, daß ich die Augen mit der Hand abschirmen mußte, während ich die Zügel ungeschickt mit dem Haken festhielt.

Wir machten halt, stiegen ab, und die Pferde schrumpften wieder zur Größe von Wölfen zusammen, dann zu Hunden, zu Mäusen und verschwanden schließlich ganz. Ich stand mit meinem Führer inmitten eines Kreises umgestürzter Steinblöcke. Manche waren so von Erde und Pflanzenwerk überzogen, daß man nur noch ungenaue Umrisse erkennen konnte. Doch während ich hinschaute, wurden sie deutlicher, richteten sich auf, während andere wie Dampfschwaden aus der Erde stiegen. Sehr bald waren alle senkrechten Steinsäulen wiedererstanden, und große Blöcke verbanden aufs neue ihre oberen Enden, geradeso, wie es auf dem Tanzplatz der Riesen zu sehen ist, auf der Ebene von Salisbury in England. Doch damit endete der Wiederherstellungsprozeß keineswegs. Mauern erhoben sich, Türme und Bogengänge, bis wir von einem weitläufigen Gebäudekomplex umgeben waren, in dem es jedoch kein Licht gab, überall nur Schatten.

»Dies ist der Tempel der Finsternis«, erklärte er. »Wir, die wir die Finsternis anrufen oder von ihr gerufen werden, halten hier unsere Andachten. Komm.«

Ich folgte dem Klang seiner Schritte durch einen Gang, bis wir auf einen offenen Hof hinauskamen, der mit glatten Steinplatten gepflastert war. In seiner Mitte lag ein ovales Brunnenbecken, in das Stufen hinunterführten. Das Becken enthielt kein Wasser, aber es war auch nicht leer. Ich sah keinen Boden und erkannte, daß es voll jener unbeschreiblichen Schwärze war, der ich in den Gesichtern der verschiedenen Erscheinungen begegnet war, einschließlich der einen, die mich hierhergeführt hatte. Kein einziger Stern des Nachthimmels spiegelte sich in der Oberfläche dieses schwarzen Nichts.

»Ich ...«

»Du willst wissen, weshalb du hier bist und wer ich bin. Um die erste Frage zu beantworten: Du bist hier, weil du die unbekannte Finsternis anriefst, und sie hat dich erhört. Die Antwort auf die zweite Frage lautet: Ich bin Tiresias.«

»Der blinde Seher?«

»Zu Anfang war ich blind, doch im Kummer über meine Blindheit schaute ich tief in die Finsternis, die meine immerwährende Begleitung war, und ich begann sie zu verstehen, hörte sie zu mir sprechen. Und endlich lieferte ich mich ihr aus, der absoluten Schwärze der Mitternacht. Nun vermag ich hindurchzusehen, ähnlich einem Menschen, der sich für eine Weile im dunklen Wald verirrt, aber schließlich auf der anderen Seite wieder hinausfindet. Ich habe nun das Gesicht der Finsternis gesehen. In gewisser Weise sehe ich.«

»So verehrst du die Finsternis? Wie einen Gott?«

»Ich unterwerfe mich ihr, ich diene ihr, und dafür läßt sie mich immer wieder über die Jahre wiederauferstehen, und ich trete aus der Finsternis hervor in der Gestalt, die ich jetzt habe, und für einige Zeit lebe ich wieder, bis ich ihrem Ziel gedient habe.«

»Und worin besteht letztlich ihr Ziel?«

»Julian, bist du beschränkt und überheblich wie alle anderen Menschen. Oder begreifst wenigstens du irgendwie, daß diese unsere Welt und alle ihre Götter nichts als Holzsplitter, als Sägespäne sind, die dahintreiben auf dem unbewegten Ozean der Finsternis? Diese winzigen Fragmente hängen sich aneinander und glauben, ihre Welt sei fest und sicher, aber so ist es nicht. Ein einziges Kräuseln des Nichtseienden, und alles wird fortgespült. Doch sieh: Wir sind nicht mehr allein.«

Während er noch sprach, kamen Scharen von Menschen aus den Tiefen des Tempels, aus Gängen und

Torbögen, aus den Schatten unter den Giebeln. Manche kannte ich: den Mönch, die Alte, den Wirt, den Doktor, den Wachposten, den ich einige Tage zuvor getroffen hatte – der Kerl, der sich hinter meinem Rücken bekreuzigt hatte. Ich erkannte den Mann an seiner Uniform, den Mönch an seiner Kutte, das alte blinde Weib an ihrem Dahinhumpeln. Der Doktor trug immer noch seine Ringe. Keiner aber besaß noch ein Gesicht, so wie viele andere in der Menge. Nur wenige hatten lediglich die großen leeren Augenhöhlen wie Tiresias und vielleicht noch eine schauerlich große Mundöffnung von unendlicher Schwärze.

Vor meinen Augen bewegte sich diese seltsame Prozession auf die Stufen zu, die hinunter in das Brunnenbecken führten, und eine nach der anderen stiegen die stummen Gestalten hinab. Sobald sie die Oberfläche berührten, wurde jede ein immens schwarzes menschenförmiges Loch im Universum, breitete sich aus, gab jede Form auf, als verschmelze es mit dem Nichts im Becken, das so unbewegt blieb wie eh und je.

»Was geschieht mit ihnen?«

»Was schließlich mit allen geschehen wird, wie auch mit dir sehr bald. Sie werden eins mit der absoluten Finsternis, dem absolut Unbekannten, das du in deinen Gebeten angerufen hast. Ihr geht vollkommen darin auf.«

Zum ersten Mal in Verlauf dieser Ereignisse sagte ich etwas, das mit Gewißheit meinem eigenen Denken und Fühlen entsprang, das mir nicht irgendwie von der Finsternis eingegeben wurde.

»Wie entsetzlich …«

»Ist es das wirklich? Sehnt sich nicht jeder Regentropfen danach, wieder ein Teil des großen Ozeans zu werden, völlig in ihm aufzugehen? So findest du Frieden. Als du gebetet hast, als du um eine Rettung flehtest vor – wie hast du es einmal ausgedrückt – ›dem Hammer Gottes und dem Amboß des Teufels‹, also um etwas, das weder Erlösung ist noch Verdammnis, da sprachst du unmittelbar die allumfassende Finsternis an, und so kamst du her, nach eigenem Willen. Dereinst wird die Finsternis diesen Gott und diesen Teufel verschlingen, und alles wird Leere sein, Formlosigkeit, Unbewegtheit wie hier in diesem Becken.«

»*Nein.* Ich will nicht. Ich kann nicht.« Wieder wußte ich, daß jetzt ich selbst sprach, frei und unbeeinflußt, denn ich wußte, daß ich solch völliges Vergessen und Vergehen mehr fürchtete als irgend etwas sonst. Ist solches für den menschlichen Geist überhaupt vorstellbar? Für immer in der Hölle zu sein, ist eine Sache, doch dabei bleibt der Mensch er selbst, wie auch ein elender, einsamer Wanderer er selbst ist und sich wenigstens daran festklammern kann, wenn ihm sonst nichts geblieben ist.

»Julian, du brauchst keine Angst zu haben«, sagte jemand, und als ich *diese Stimme* vernahm, wandte ich mich erschrocken um.

Sir Emile, mein teuerster Freund, stand am Beginn der Stufen. Seine Augen gab es nicht mehr, und die Gesamtheit des kosmischen Raums hatte sich in seinem Kopf ausgebreitet. Ich hätte gern zwei Finger in die Augenhöhlen gerammt, ihn an der Innenseite des Schädels gepackt und ihn von diesem Ort des Wahnsinns weggezerrt. Hätte ich es getan, so hätten seine Schädelknochen sicher nicht geklappert.

»*Nein!* Bitte! Bleib stehen! Tu es nicht!«

»Weshalb regst du dich so auf? Du solltest gern mit mir kommen, Julian, hier gibt es keine Schmerzen.«

»*Was weißt du von Schmerzen? Das Leben hat es immer gut gemeint mit dir!*«

»Ich hörte die Finsternis rufen, und ich antwortete, und ich kam hierher. So einfach war es. Ich habe nie zu widerstehen versucht.«

Und er lächelte, dieses gemütliche Lächeln, das ich so lange gekannt hatte – die Enden seines Schnurrbarts bogen sich dabei nach oben –, und dieser Anblick verursachte mir ärgere Pein, als es die glühenden Eisen irgendeines Folterknechts vermocht hätten. Dieses *Ding* lächelte wie mein Freund. Dieses *Ding* redete mit seiner Stimme! Dieses *Ding* war mein Freund gewesen!

Dieses Ding schritt mit großer Ruhe hinunter in das Becken, wurde zum Schattenriß und zerfloß wie Öl, das man aufs Wasser gießt, mit und in der Finsternis und war nicht mehr.

Wie kann ich beschreiben, was danach mit mir geschah? In meinem Geist riß etwas, riß ab wie der Fluß der Zeit, wie das zu straff gespannte Seil, und ich wurde verrückt vor Kummer, und die Schlauheit des Verrückten kam mir zu Hilfe. Mit der List des Wahnsinnigen schaute ich zu und protestierte nicht mehr, als die anderen der Reihe nach in das Becken hinunterstiegen, bis ich schließlich mit Tiresias von neuem allein war.

»Nachdem sie es alle getan haben, ohne daß ihnen Übles geschehen ist«, sprach ich äußerlich gefaßt, »werde ich mit dir gehen. Ich glaube nun, daß du recht hast. Dies ist das beste für mich.«

»Da du also gänzlich aus eigenem Willen kommst, brauche ich dich nicht zu berühren und dir das Zeichen der Finsternis aufzuerlegen, bevor du gehst.« Er lächelte, und sein Mund war ohne Zähne. Der Abgrund zwischen seinen geöffneten Lippen weitete sich und vereinigte sich mit jenem der Augenhöhlen und verschlang sein übriges Gesicht, bis nur noch ein leeres Oval zurückblieb. Er trug nun das Zeichen der Finsternis, und sein Wille war der Wille der Finsternis.

Langsam ging er zu den Stufen und hielt inne.

Er erwartete, daß ich als erster hinabstieg.

Langsam ging ich zu den Stufen und hielt inne. Wiederum half mir die Listigkeit des Verrückten.

»Ich – ich – habe noch immer … Angst. Ich wünschte, du würdest mir zeigen, wie das vor sich geht, daß nichts falsch ist daran. Würdest du mir diesen letzten Beweis schenken? Oh, glaub nicht, daß ich zu fliehen versuchen würde. Ich weiß recht gut, daß ich den Tempel der Finsternis nicht verlassen kann!«

Mit einem Nicken stieg er hinunter in das Becken, und genau in dem Augenblick, als er zu einem schwarzen Umriß wurde, fuhr mein Schwert wie aus eigenem Antrieb aus der Scheide und stieß mitten durch ihn hindurch.

Und stieß auf nicht den kleinsten Widerstand, als er mit der Oberfläche des Beckens verschmolz.

Ich war allein im Tempel, und ich wußte, daß ich nicht das geringste ausgerichtet hatte. Daher bewegte mich der Wahnsinn, der mich erfaßt hatte, zu dem Aufschrei: »Hilfe! Hilfe! Ich habe noch immer Angst. Tiresias, komm zurück und nimm mich bei der Hand und führe mich in die Finsternis! Ich bringe es allein nicht fertig!«

Irgendwie hörte er mich, der Diener der Finsternis war und zur menschlichen Gestalt zurückkehren konnte, wenn sie es für nötig hielt. Ein Kräuseln entstand am Fuß der Stufen, als versuche ein Teil des Beckeninhalts heraufzukriechen, Gestalt anzunehmen, ein Mensch zu werden.

Jetzt schlug mein Schwert von neuem zu, traf einen Nacken von realer Stofflichkeit und schnitt hindurch.

Es gab einen erschrockenen Aufschrei, der den gesamten Tempel erzittern ließ, und ein Kopf kollerte über das Pflaster – die Augenhöhlen enthielten blinde, weiße, verdrehte Augäpfel –, und ich taumelte zurück, betäubt und wie gelähmt von dem Laut. Da schrie ich selbst mit aller Kraft auf, und es war eine Ablehnung des unbekannten Gottes, ein Abwenden von der Finsternis, der Schwur, daß ich immer Julian bleiben würde, verdammt und abtrünnig oder nicht, und daß ich niemals mein Ich an irgend jemanden oder etwas, an einen Geist oder Schatten ausliefern würde. Die

Wände ringsumher zerbröckelten. Die Türme bebten und fielen in sich zusammen. Die herabstürzenden Trümmer trafen mich wie Federn, wie Ascheflocken, wie der Atem des Windes.

Ich verlor das Bewußtsein und kam zu mir und blickte hoch: Schimmernd im Sternenlicht sah ich nur noch Schatten und Umrisse der Mauern. Wieder wurde ich bewußtlos, und dann schlief ich wohl für lange Zeit.

Als ich das nächste Mal die Augen aufschlug, war es Morgen, und ich befand mich allein auf einer staubbedeckten Ebene. Von dem Tempel war keine Spur mehr zu sehen, nicht einmal die Mauersteine. Ebensowenig von Emile und allen anderen.

Und mein Herz war von Kummer erfüllt.

Somit ist auch dieses Abenteuer zu Ende, soweit ich die Begebnisse überhaupt begreifen oder einen Sinn darin entdecken kann. Bin ich überhaupt aufgewacht? Und wann? Als ich das Gasthaus verließ – oder etwa noch gar nicht? Immer noch fürchte ich finstere, schattige Orte, und ich frage mich manchmal, ob ich tun sollte wie der Kaiser Hadrian und überall in der Welt Tempel errichten ohne Götterbild darin, in der Hoffnung, daß ich eines Tages in einem von ihnen meinem Freund wiederbegegnen würde.

Doch ich denke mit Entsetzen daran, was ich erfahren könnte, wenn ich ihn fände.

10

Ins dunkle Land…

I

Drei Nächte nacheinander träumte ich von der Dame in Weiß, dem Hügel und dem vermummten Reiter, und in der dritten Nacht, in der dunkelsten Stunde kurz vor Beginn des Morgengrauens, erwachte ich und begriff, daß dies mein Schicksal war: alle seltsamen Dinge und Geheimnisse, die die Welt barg, zu schauen. Und ich, der ich vor Christus und all seinen Werken geflohen war, der ich Unheiliges verübt hatte, ich, Julian, genannt der Abtrünnige, der zweite und geringere Träger dieses Namens, betete in jenen dunklen Stunden zu allen *anderen* Göttern, die mich anhören mochten, daß die Schleier des Lebens mich freigeben sollten, daß mir eine neue Welt offenbart würde. Dann schlief ich wieder ein und träumte erneut, und weil ich es träumte, geschah es, und weil es geschah, träumte ich es. Vergangenheit und Zukunft, Ursache und Wirkung verflochten sich zu einer verwirrenden Einheit, wie die Schlange, die ihren eigenen Schwanz verschlingt.

In der vierten Nacht saß ich, geführt von meiner Vision, auf der grasbedeckten Flanke eines Hügels und erwartete den herankommenden Reiter. Der Himmel war ungewöhnlich hell, der volle Mond strahlte durch dünne Wolkenschleier, von denen sich die Äste der Bäume wie ein feines Schnitzwerk aus schwarzer Jade abhoben, jedes Blatt und jeder Zweig ein scharfumrissener Schatten. Eine Eule strich über das Tal hinunter und glitt entlang des jenseitigen Hügels wieder aufwärts, auf der Jagd nach unbekannten Geheimnissen.

Ich sah den Reiter schon aus weiter Ferne, genau wie in meinen Träumen: zunächst nur die Ahnung einer Bewegung weit weg, dann ein Punkt, ein Schatten, eine Gestalt und das Poltern von Hufen, kurz bevor der Mann mich erreichte.

»Wollt Ihr mit mir kommen?« sprach er. »Herr Ritter, die Berichte von Euren Taten sind Euch vorausgeeilt. Eure besonderen Fähigkeiten wären vonnöten an einem Ort, über den Euer Gott keine Macht hat. Ich biete Euch ein Abenteuer.«

Ich fand keine Worte. Im Traum hatte ich auch nichts gesagt.

»Wollt Ihr mit mir kommen?« wiederholte er.

So schwang ich mich auf mein Pferd, und wir ritten zusammen los, in vollem Galopp quer über das Tal und den jenseitigen Hang hinauf, und wir überholten die Eule in ihrem Flug. Es schien, als stiege der Mond höher, um uns entgegenzukommen, und mir kam der seltsame Gedanke, er sei ein riesiges Auge, dessen Iris sich weitete bis zu den Grenzen des Himmels, um uns hindurchzulassen in eine vollkommen andere Existenz.

Im Licht dieses enormen Mondes schimmerten mein Kettenhemd, mein Helm und die Schwertscheide, ja sogar die matte Bronzekappe, an der der Haken befestigt war, der meine linke Hand ersetzte, wie reinstes Gold.

Auf dem Hügelkamm machten wir halt und blickten hinunter in das nächste Tal, das jedoch voller Nebel war, voll brodelnder und schimmernder Nebelschwaden, einem Zauberrauch gleich, der jeden Augenblick ein Geschwister des Himmelsmondes gebären mochte. Mein Begleiter hob eine Hand. Er rief ein Wort. Ich horchte, vernahm vorerst nur die Schreie der Nachtvögel, ein Hundebellen in weiter Ferne und meinen eigenen Herzschlag. Es war vollkommen windstill. Dann entstieg dem Nebel ein tiefes Seufzen, das zu einem dumpfen Brüllen anwuchs, der Brandung am Gestade eines endlosen Ozeans vergleichbar. Die Wolken in der Tiefe wichen auseinander, und verschwommen und fern tauchte eine dunkle Spitze daraus auf, ein feuchtglänzender Kegel, ein Zylinder, ein ganzer hoher Turm. In der Nähe stieg ein zweiter empor, noch einer und noch einer. Dachfirste und Giebel durchbrachen die Nebeloberfläche, dann eine lange zinnengekrönte Wehrmauer. Ein gewaltiger Torbogen tat sich in den Schwaden auf wie das Maul eines Riesen.

Ich verlor jedes Zeitgefühl, aber nach einer Weile lag unter dem Nachthimmel eine ganze Stadt vor uns, feuchtschimmernd wie der Rumpf eines versunkenen Schiffs, das heraufgeholt ward vom Boden des Meeres.

»Seht, dies ist Kelasdrene«, sagte mein Begleiter.

»Ist es jenes, das ein Dichter besang als *Kelasdrene die Phantomstadt, flücht'ger als die Nebel gar?*«

»Fester, als die Felsen sind, die die Welt zum Grunde hat«, ergänzte er die Verse. »Ja, es ist dasselbe. Ich bin König dieses Ortes, und für mich selbst habe ich auch keinen anderen Namen als Kelasdrene. Die Seele dieser Stadt ist ihr Herrscher und die des Herrschers die Stadt. Es ist buchstäblich so, vergeßt es nicht. Es ist wichtig.«

Als wir den Hügel hinabritten, fiel die Kapuze des Königs zurück. Er trug einen silbernen Kronreif; sein schmales, hageres Gesicht war tief zerfurcht, sein Bart von grauen Streifen durchsetzt.

Der Nebel hüllte uns nun ein, und er schimmerte auch nicht mehr unter dem Mondlicht, als wir uns dem Stadttor näherten. Eiskalte Schwaden stiegen von einem Fluß hoch, als wir über die Zugbrücke polterten. Hier und da hingen besonders dichte Nebelfetzen, schmiegten sich an triefendes Mauerwerk wie die Geister eben Ertrunkener, die noch nicht wissen, wohin sie sollen.

Keine Torwache begrüßte uns. Keine Posten standen auf den Mauern. Die schweren Torflügel an ihren rostigen Angeln standen offen. Die Stadt verlor viel von ihrem äußerlichen Glanz, als wir weiter vordrangen. Brütende Düsternis lag über allem und vermittelte den Eindruck von Verfall und Vergehen. Abgestorben wirkten selbst die kühnen Türme. Nur sehr selten vermochte man ein Licht in einem Fenster zu entdecken, und es war immer weit weg.

Irgendwo unter uns, in unbestimmbarer Tiefe, läutete eine mächtige Glocke. Ich fühlte, wie mich ein ganz unerklärlicher Schauer überlief, als sei das mehr als ein einfacher, natürlicher Klang, und ich stand jetzt völlig in seinem Bann, für immer gefangen, weil ich nahe genug herangekommen war, ihn zu hören.

Anfangs kam mir die Stadt völlig verlassen vor, selbst wenn hier und da ein Lichtschein zu sehen war, doch dann bemerkte ich ein Gesicht in einem Spalt zwischen zwei Fensterläden, eine davonhuschende Gestalt in einer Seitengasse, und ich hörte jemanden oberhalb von uns über die Wehrgänge schlurfen.

Und immer noch ertönte aus dem Herzen der Stadt die Glocke.

»Einen Ort wie diesen habe ich noch nie gesehen«, sagte ich endlich und hielt inne, besorgt, ich hätte eine taktlose Bemerkung gemacht. Der König aber war keineswegs gekränkt und erklärte:

»Kelasdrene – ich, ich bin Kelasdrene, und es ist ich, und ich weiß es – ist ein Schiff ohne Anker, ziellos dahintreibend in Zeit und Raum. Soviel müßt Ihr Euch schon selbst zusammengereimt haben. Aber wißt Ihr auch, daß ich anwesend war, als der Name Julian nur noch eine Erinnerung, eine Legende, schließlich ein Traum war? Ich bin Euch in der Zeit voraus gewesen. Dabei und dadurch wurde ich mehr wie Ihr, und Ihr wurdet mehr wie ich. Wir gehören beide zur Bruderschaft der Phantome der Geschichte.«

Immer noch ohne in irgendeiner Weise angerufen worden zu sein, ritten wir eine enge und überaus dunkle Straße entlang, an deren Ende der König abstieg. Ich konnte ihn kaum erkennen vor dem glänzenden nassen Pflaster, als er sein Roß an einem Pfosten festmachte. Ich tat desgleichen und folgte ihm. Der Nebel war dichter denn je, doch sein kompaktes Grau milderte die tiefschwarze Dunkelheit. Verschwommen hob sich davon die Gestalt des Mannes ab, der mich führte.

Weder nach der Seite noch nach oben konnte ich das geringste erkennen, doch nach einer Weile glaubte ich zu spüren, daß die Wände noch näher an uns herangerückt waren und daß wir uns in einem Tunnel befanden. Der Boden, auf dem wir gingen, bestand nicht mehr aus groben Pflastersteinen, sondern war glatt wie polierter Marmor. Immer weiter gingen wir. Ich glaube, daß wir uns tatsächlich nicht mehr im Freien befanden, doch der Nebel war noch immer da. Es schien, als wären wir beide die einzigen Lebewesen in einer nebelhaften Schöpfung. Davon abgesehen war der Fußboden die einzige andere Realität. An die dumpfe Feuchtigkeit der Luft gewöhnte man sich, vergaß sie.

Wir nahmen unser Gespräch wieder auf, als hätte es keine Pause gegeben.

»Dann müßt Ihr wissen, welches Ende mir schließlich beschieden ist«, sagte ich, aufs äußerste angespannt, denn ich wußte, daß in diesem Leben nichts aus Zufall geschieht, sondern alles eine bestimmte Ursache und ein bestimmtes Ziel hat. So mußte mir nun gewiß etwas Wichtiges enthüllt werden. Ich empfand Furcht und Hoffnung zugleich. Wohl war ich seit langem von Gott verdammt worden, aber über diesen Ort hatte Er keine Macht, oder? Waren wir nicht außerhalb Seines Universums?

»Nein, seltsamerweise weiß ich das nicht. Das Ende der Geschichte ist mir nicht offenbart. Manche Erzählungen haben anscheinend niemals ein Ende. Wir erwachen daraus wie aus einem Traum, aber sie warten auf uns und gehen weiter, wenn wir wiederum den Traum des Lebens träumen. Heute morgen etwa, wenn dieser Ausdruck an einem Ort wie diesem überhaupt angebracht ist, blickte ich aus meinem Fenster über die Ebene von Ilium, und Troja stand noch. Von dem Ende oder Abschluß dieser Geschichte habe ich auch nichts gesehen. Ein anderes Mal kam ich an das Ufer eines endlosen grauen Ozeans, an einen Ort, wo der nackte Fels unablässig von den Wellen überspült wurde, und die Sonne stand als riesiger blutroter Ball darüber. Wiederum kein Ende. Ich treibe auf diesem steinernen Schiff umher wie irgendein anderer. Ich bin nicht der, der die Geschichten erzählt.« Diese Rede dünkte mir irres, wirres Gerede, und ich fragte mich, ob der König getrübten Verstandes sei. Ich stellte ihm eine direktere Frage: »Weshalb habt Ihr mich hierhergeholt?«

»Vor allem um meine Tochter zu betrauern, die nach mir hätte regieren sollen, und die die Seele der Stadt als ihre eigene angenommen hätte. Doch zuvor müssen wir ruhen und essen.«

Als er dieses sagte, kamen wir zu einem Tisch, an dem für zwei Leute gedeckt war. Ich war mir sicher, daß wir uns jetzt im Innern eines Gebäudes befanden, doch der Nebel hüllte nach wie vor alles und jedes ringsum ein.

Zwei Plätze waren vorbereitet, aber weder Fleisch noch Trank war vorhanden. Ich blickte über den Tisch hinweg fragend meinen Gastgeber an. Er deutete stumm auf meine rechte Seite.

Ich wandte mich um, und ein Becher mit Wein kam durch die Düsternis herangeschwebt. Ich nahm ihn entgegen, spürte, wie ein fester Griff ihn freigab, aber ich sah nicht die Hand, die ihn gehalten hatte. Ich wandte mich nach links, und da schimmerte ein großer Silberteller vor der undurchdringlichen Dunkelheit, auf welchem ein gedünsteter Fisch lag. Auch dieses Gericht war von einem unsichtbaren Speisenträger gebracht worden. Als dem König aufgetischt wurde, glaubte ich zu sehen, wie er für einen Moment von einer dunklen Hand und einem Ärmel verdeckt wurde, als ein Gericht vor ihn hingestellt wurde.

Dies alles kam meinem Appetit nicht eben zugute. Waren die Speisen übernatürlichen Ursprungs? Würde ich nach einem einzigen Bissen oder Schluck tausend Jahre lang schlafen? Oder würde ich versteinert werden?

Der König aß, ohne abzuwarten, ob ich auch zugriff. Zögernd begann auch ich mit der Mahlzeit, ohne daß es irgendwelche schlimmen Folgen zeitigte, aber ich schmeckte nicht viel von den Speisen, was angesichts der Dunkelheit, der Kälte und der Absonderlichkeit dieser Situation wohl nicht verwunderlich war.

Schließlich bemerkte ich, wie hinter dem König ein Licht herankam – eine Laterne. Als es unmittelbar hinter ihm war, drehte er sich in seinem Sitz herum und nahm es entgegen. Er stellte die Laterne nun auf den Tisch zwischen uns. Diesmal war ich sicher, daß eine dunkle menschliche Gestalt dagewesen war, und ich hörte auch das leise Tappen von stoffbeschuhten Füßen, die sich entfernten. Es waren keine Geister, die ihm aufwarteten.

»Ach ja«, meinte er, »Ihr hättet gerne mehr Licht. Also – es werde Licht, wie schon ein anderer einst sprach.«

Sogleich erschienen wie auf Befehl – obwohl seine Stimme sich kaum über ein Flüstern erhoben hatte – immer mehr Lichter ringsum wie Sterne an einem aufklarenden Firmament. Erst zwei oder drei, dann ein Dutzend, dann Hunderte.

Und die ganze Zeit dröhnte der tiefe Klang der Glocke unter uns.

Nach und nach wurde der Saal hell genug, daß ich Umrisse ausmachen konnte, dann auch Einzelheiten.

Es war eine gewaltige Halle. Noch immer konnte ich weit droben keine Decke erkennen. Da und dort bewegten sich zwischen Wandbehängen und durch einen Wald von Säulen gesichtslose schwarzgekleidete Männer umher, schweigend und flink, und entzündeten mit ihren Kerzen immer mehr Laternen.

Die Glocke dröhnte.

Als das Licht sich mehrte, sah ich, daß die Laternen am Eingang zu offenen Grabnischen hingen. Der feuchte Lufthauch aus ihrem Innern ließ die Flammen aufflackern, löschte auch hier und da eine aus, die dann nochmals angezündet wurde.

Jetzt war ich mir *sicher,* daß mir die lange gefürchtete, endgültige Verdammnis unmittelbar bevorstand, daß ich hier im Vorraum der Hölle saß.

Wie sich herausstellte, hatte ich unrecht. So einfach war es nicht.

Die Glocke dröhnte.

Nun wurde der letzte Teil meines Traumes wahr. Wie durch die Luft schwebend, in Wahrheit aber getragen von dunkel gefärbten Händen, nahte die Dame in Weiß, deren Gestalt ich zuvor nur flüchtig wahrgenommen hatte. Bald war sie kaum mehr zehn Ellen von unserem Platz entfernt, und ich merkte, daß sie viel zu steif und starr war, um am Leben oder auch nur ein Leichnam zu sein.

»Meine Tochter ist eingetroffen«, sprach der König laut. »Nun mögen alle Lichter angezündet werden.«

Im nächsten Augenblick schien der Saal in Flammen zu stehen. Tausend Lampen leuchteten zugleich auf. Ein riesiger Kessel mit Öl wurde zu einem lodernden Feuer entfacht. Meine Augen waren geblendet; ich bedeckte das Gesicht mit den Händen, ich glaubte mich tot im Lande der Toten.

Als ich wieder etwas zu sehen vermochte, war der Nebel gänzlich verschwunden, und wir saßen noch immer inmitten der Gräber, umringt von Hunderten

Bürgern von Kelasdrene: Alle waren schwarz gewandet, ja sogar Hände und Gesichter mitsamt den Zähnen hatten sie sich schwarz gefärbt, so daß ihre Augen den einzigen Kontrast bildeten. Vor uns, von den Händen der Menge aufrecht gehalten, sah ich die grob aus Holz geschnitzte Gestalt einer Frau, die in ein weißes Gewand gehüllt war und die Krone einer Königin trug.

Erstaunt blickte ich von einem Gesicht zum anderen, doch niemand schien verwundert oder überrascht zu sein. Ich kam zu dem Schluß, daß sie alle verrückt waren. War dies eine Nachwelt der Wahnsinnigen? Nein: Die meisten vermochten nur schwer ihre Tränen zurückzuhalten, und alle Mienen drückten Schicksalsergebenheit, aber auch tiefe Trauer aus, selbst die Miene des Königs.

»Ihr müßt wissen«, sagte er, »daß es in Kelasdrene keine Beisetzungen und keinen Leichnam zum Beisetzen gibt, weshalb bei unserem Tod die Gräber leer bleiben. Meine Tochter, die die Hoffnung unseres Volkes war und ohne die gewiß alle zugrunde gehen werden, wenn ich nicht mehr bin, wird nur *vertreten* durch diese Statue. Wir haben tatsächlich nicht einmal den Trost, ihre Überreste bekleiden und schmücken zu können. Sie wurde von Escheoun Vatu entführt.«

Der Name bedeutete mir nichts, doch wiederum, als würden meine Gedanken gelesen, folgte alsbald eine Erklärung. Einer, den ich für einen Priester hielt, weil sein Gewand reicher und mit schwarzen Edelsteinen bestickt war, trat vor und erzählte von Kelasdrene und Escheoun Vatu. Ein geringerer Priester folgte ihm und noch einer. Dem folgte wieder einer, bis zehn Erzähler zehn Geschichten erzählt hatten. Sie begannen in einer Zeit kurz nachdem Gott zum ersten Mal die Augen geöffnet hatte, um die Erde zu betrachten, als der erste aller Magier im Licht jenes halbschlafenden Blickes entstanden war. Es war dies noch vor der Zeit Adams und des Gartens gewesen. Die Kirche berichtet nichts davon, und die Juden in ihren geheimen Büchern deuten auch nur weniges an. Das meiste dieser uralten Begebnisse ist für die Menschen außerhalb von Kelasdrene verlorengegangen. Dieser erste Magier, dessen Name Kelasdrene war, nahm einen Tropfen seines Herzblutes in die Hand, wo es zu einer purpurnen Perle eintrocknete. Daraus schnitzte er, nur mit Hilfe seiner Fingernägel, die Stadt in all ihrer Herrlichkeit, mit all den Wundern ihrer Blütezeit. Weil er den Zorn des eifersüchtigen Schöpfers fürchtete, hüllte er sie danach in einen goldenen Nebel und verbarg sie in einer Nische außerhalb des Universums, wo er unangefochten als König über sie herrschen konnte. Von ihm stammen alle Könige von Kelasdrene ab. Aus dem Atemhauch seines Mundes entstanden alle Leute, alles Leben dieses Ortes. Seine Seele und sein Herzschlag waren es – und die seiner Nachkommen –, die die Stadt am Leben erhielten. Doch in seinem Plan gab es einen Fehler, und dieser war die Ursache für das Auftauchen von Escheoun Vatu.

Dieses Wesen war der Herr des Todes, der nach Kelasdrene kam aus der Leere außerhalb des Endes aller Welten, und seit undenklichen Zeiten schon lag sein Schatten über der Stadt. Vielleicht erlangte er Zugang auf das törichte Begehren des Volkes hin, das einen Gott wie keinen anderen zu verehren wünschte. Niemand kann das mehr sagen, denn es geschah vor sehr langer Zeit, bevor es einen Erlöser oder auch nur einen Abraham gab. Bevor noch diese uralten Erinnerungen entstanden, geschah es, daß Escheoun Vatu die Kette zerbrach, die Kelasdrene an seinem Platz in Zeit und Raum verankerte, und es davontreiben ließ in noch größere Ferne und Abgeschiedenheit, damit er allein es ausbeuten könne. Seitdem rief er die Leute mit dem unwiderstehlichen Klang seiner Glocke in sein Reich hinweg: eben jetzt läutete sie für die Tochter des Königs. Sein Fluch war tiefer verwurzelt als irgendeiner, den bloße Zauberei zustande brächte.

Der letzte Priester erwähnte aber eine seltsame Gegebenheit, daß nämlich jene, die Escheoun Vatu zu sich nahm, nicht leiden mußten, sondern in einen endlosen Schlaf ohne Träume fielen. So gab es für die Anhänger Escheoun Vatus keine echte Hölle, aber genausowenig einen Himmel.

Und wieder fragte ich, während Ideen und Möglichkeiten durch mein Bewußtsein wirbelten: »Weshalb bin ich hergebracht worden?«

Und der König antwortete: »Ihr sollt unser Streiter sein. Eure Aufgabe ist es, als Lebender in das Land unter dem unseren vorzudringen, an den Ort, wohin die große Glocke unsere Seelen ruft, und uns unsere Königin zurückzuholen. Ich meine« – und nun senkte er die Stimme und warf mir einen wissenden Blick zu –, »daß Ihr am Ende Eurer Suche auch Euren Lohn finden werdet. Es wird erzählt, daß eine solche Tat nur durch einen *Austausch* zu bewerkstelligen ist. Eine Seele fortgeholt, eine hingegeben.«

Zutiefst in meinem Innern spürte ich, daß dies der Teil des Traums war, den ich zuvor noch nicht geträumt hatte, weil ich immer vorher erwacht war. Dies wäre das Ende der Geschichte, wie es vorherbestimmt worden war.

Ich würde diese Reise unternehmen.

Immer noch erklang die Glocke von Escheoun Vatu.

II

Nachdem viele fremdartige Gebete gesprochen worden waren, wurde die Statue der Königin in eines der Gräber gelegt, obwohl das Grab weiterhin offen blieb. Während der gesamten Zeremonie dröhnte die tiefstimmige Glocke ohne Unterlaß, langsam, als würde sie von den ewigen Gezeiten des Meeres bewegt. Nach und nach entfernten sich die Bewohner von Kelasdrene einzeln oder zu zweit, und sie nahmen ihre Laternen mit sich, so daß endlich der König und ich von neuem allein waren und der Nebel sich auf uns herabsenkte. In dem Becken mit Öl prasselte und spuckte es, als der letzte Bodensatz abbrannte, und die sterbenden Flammen malten riesige zuckende Schatten an die Wände.

Der König nahm meine Hand und führte mich zu dem Grab, in das die Statue gelegt worden war.

»Ihr seid bereit zu gehen.«

Da gedachte ich all meiner mühseligen Wanderungen durch sämtliche Länder dieser Erde, meiner Sorgen, meiner erbärmlichen, sündigen, unausweichlichen Verzweiflungstaten, meiner Empörung über den Ewigen Richter, der mir dieses Schicksal auferlegt hatte und mich zu einem noch schlimmeren verdammte, als ich mich dagegen auflehnte ... und ich sagte: »Ja.«

Hierauf sprach der König vier Worte, und der Glokkenton aus der Tiefe schien um vieles lauter zu werden. Ich rührte mich nicht von der Stelle, aber der beengte Raum im Innern des Grabes schien sich irgendwie zu weiten. Ich erkannte das Gesicht des Königs nicht mehr deutlich, obwohl er mich nun an meiner richtigen Hand und an dem Haken festhielt und mir beschwörend in die Augen starrte.

»Elam.«

Ich spürte, wie sich sein Griff lockerte, und dann war er nicht mehr bei mir. Zunächst war da nichts als Dunkelheit und Nebel wie auch draußen in der Stadt. Dennoch vernahm ich seine Stimme noch klar.

»Aelam.«

Nun fiel ich, wurde umhergewirbelt im unvorstellbaren Gefüge des Universums, und die Glocke dröhnte mir in den Ohren. Lichter wie die Laternen, verwischt, wie die Sterne aus der Tiefe des Meers wirken mochten, strömten an mir vorbei nach unten, führten mich weiter voran.

»Olam.« Seine Stimme war nur noch wie der ferne Ruf eines Herolds von einem Berge herab. Immer noch kam mir manches wie unter Wasser vor, so wirbelte der Schlamm bei jedem meiner Schritte in dichten Wolken bis zu meinen Knien auf und setzte sich nur langsam. Ich lief ohne das Gefühl einer Bewegung oder Anstrengung einen kahlen Hang hinunter. Die Glocke war so laut, daß sie zum Zentrum der Realität, ja zur einzigen Realität wurde und alles andere zur Einbildung, zu einem unmöglichen Traum machte. Der Nachthimmel über mir war klar, und die Sterne glänzten hell, aber sie waren in Sternbildern angeordnet, die ich nie zuvor gesehen hatte, die kein Mensch je zu sehen bekam, solange er auf Erden wandelte.

Der Hang wurde flacher. Ich kam zu einer verfallenen Mauer mit einem Tor und trat hindurch.

»Thhoh!«

Dieses letzte Wort spürte ich mehr, als daß ich es noch hören konnte. Dann Stille. Gewiß klang die Glocke noch, aber hierher, wo ich nun war, drang kein Laut.

Ich war im Königreich des Escheoun Vatu.

Ich, Julian, genannt der Abtrünnige nach einem bedeutenderen Vorgänger, war der Hand meines Gottes entkommen, ich war im Land von Escheoun Vatu. Triumph! Und da ich nicht vom Blute Kelasdrenes war, könnte ich auch Escheoun Vatu entgehen. Doch vorher hatte ich einen Auftrag auszuführen. Zum Dank für diese meine Erlösung mußte ich meinen Teil des Abkommens mit dem König und seinen Untertanen droben erfüllen.

Ich wanderte über ein vollkommen leeres Land, bis es mir vorkam, ich hätte nie etwas anderes getan. So öde war der Boden, daß gelegentlich ein Stein mir so selten und ungewöhnlich vorkam wie ein Berg in den großen Steppen. Ich schien irgendwie überhaupt nicht zu ermüden, und dennoch war es kein zeitloser Ort. Es gab eine Art Tage und Nächte hier. Der Himmel erhellte sich zu einem stumpfen Grau, und die Landschaft wurde in Zwielicht getaucht, dann wurde es wieder dunkel, und die Sterne erschienen. Dieser Wechsel fand in keinen regelmäßigen Zeitabständen statt. Man stelle sich Schmetterlinge vor, schwarze und weiße, die in einer Glasflasche gefangen sind, die hin und her flattern, umeinander herumwirbeln, sich gegen das Glas werfen. Solcherart waren die Tage und Nächte im Lande des Escheoun Vatu.

Eigentlich war mein Aufenthalt in der Unterwelt eine lange Wanderung. Viele Dichter und Maler haben den christlichen Himmel und die christliche Hölle höchst ausführlich geschildert, mit vielen Ebenen und Stadien und Wundern allenthalben. Tatsächlich habe ich einst in einer Vision die letztere gesehen, und daher weiß ich es. Wahrscheinlich mangelte es Escheoun Vatu an solcher Vorstellungskraft. Meile um Meile dehnte sich leeres, wüstes Land, immer und immer weiter. Vielleicht war dieses Land so leer, daß es die Seelen allein durch seine Weite festhalten konnte. Ich vergaß alle Gefahren und meine Suche. Ich machte mir ein Spiel daraus, daß ich die Schritte zwischen den Steinen zählte, die mindestens Melonengröße hatten, aber ich verlor den Faden. Entfernung war an diesem Ort ebensowenig erfaßbar wie die Zeit. Und mir kam der Gedanke: Die Toten bei Escheoun Vatu waren wirklich tot, sie kannten keine Freude, keine Schmerzen, keine Bewegung. Es ist wohl immer offensichtlich gewesen, wessen Hände die Türme von Satans Palast in Pandämonium schufen, wessen Rücken die Steine schleppten. Escheoun Vatu hatte einfach keine Arbeitskräfte.

Schließlich endete die Wüste doch, und dünnes Gras bedeckte eine leblose, leere Ebene. Dann war die Ebene nicht mehr leer: Ich erreichte eine Mauer aus weißem Stein. Die Stille des Landes erfüllte mich und verdrängte alle Unrast. Ich musterte das Bauwerk in aller Ruhe. Es war glatt, weder warm noch kalt, aber fest bei Berührung. Die gesamte Oberfläche, so daß auch nicht eine Handbreit frei blieb, war mit aus dem Stein gemeißelten Blumen bedeckt, und die Mitte jeder Blume bildete ein Gesicht. Es waren nicht die vereinheitlichen Gesichter, die man auf Grabplatten findet, wenn der Meister seinen Gesellen befiehlt, bis Ende des Monats drei Ritter, zwei Edelfräulein und einen Bürger fertig zu haben. Jedes dieser Antlitze war individuell verschieden, ungeheuer fein und sorgfältig ausgearbeitet, so daß nicht zwei einander glichen, wie auch nie zwei Menschen einander völlig gleich sind, nicht einmal Zwillinge. Der eine mochte ein Mal haben, der andere nicht. Der eine aß vielleicht mehr und hatte etwas feistere Wangen bekommen. Ich begriff, daß dies keine Bilder aus Stein waren, sondern die Seelen selbst. Jede einzelne schlief, und ihre Mienen waren leer, ohne Furcht und ohne Kummer, selbst ohne irgendein Wahrnehmen des Friedens.

In dieser Wand fand sich ein einfaches Tor aus eisernem Gitterwerk, das lautlos aufschwang. Es war nicht versperrt gewesen.

Ich trat hindurch und gelangte in einen Garten, in dem Blumen, Sträucher und Bäume üppig wucherten. Ein friedliches Bächlein floß mitten hindurch, aber das Wasser verursachte nicht das geringste Geräusch. Es herrschte völlige Stille, vollkommener Frieden. Beim ersten Anblick dieses Gartens wünschte ich nichts mehr, als mich niederlegen und ruhen zu können, niemals wieder aufzuwachen, um so meinem Leben und meinem Gott zu entkommen. Bevor ich das aber tun konnte, mußte ich noch eine letzte auf mir lastende Pflicht erfüllen: die Errettung der zukünftigen Königin von Kelasdrene. Ich würde sie finden, sie an die

Grenze dieses Landes bringen, von wo sie zu ihrem Vater zurückfinden würde, und dann umkehren.

Eine Weile wanderte ich schon unter den Bäumen umher, als mir ein weiteres Wunder auffiel. Es war fast wie bei meinem Abenteuer auf der Insel der Gesichter – die Gestalten von Männern und Frauen verbargen sich im Laub, in den Zweigen, verwuchsen mit der Rinde; doch hier gab es keinen aufgestauten Zorn, kein Leid. Ich dachte, daß es kein so schlimmes Schicksal sein konnte, Teil eines mächtigen Astes oder Stammes zu werden. Auch blies hier kein Wind Stimmen durch das Geäst wie auf der Insel. Es gab überhaupt keinen Wind.

Als der Wald sich lichtete, kam ich auf eine blumenübersäte Wiese, und hier lagen noch viel mehr Körper. Ich bemerkte sogleich, welche schon am längsten hier waren. Langsam verwandelten sie sich in dichte Blumenpolster, und Blüten wuchsen ihnen aus Augen und Mund und überwucherten schließlich das ganze Gesicht und den Körper, bis von der ursprünglichen Gestalt kaum mehr etwas zu erkennen war. Bei anderen wiederum, die offensichtlich erst vor kurzem eingetroffen waren, meinte man auf den ersten Blick, sie hätten sich nur ein wenig in dem blühenden Grün ausruhen wollen und trügen bloß einen Kranz zum Schmuck.

Eine von diesen war die Dame in Weiß aus meinen Träumen, deren Standbild ich in dem dunklen Saal der Gräber gesehen hatte – die Tochter des Königs. Bewegungslos ruhte sie hier, mit leerem Gesicht, als sei ihre Seele bereits in der Erde versickert. Blumen hatten sich in ihrem Haar verflochten, und schimmernde Blüten lugten aus ihren Gewandfalten, aber ihr Antlitz war noch unberührt.

Es war wohl das größte Wunder, das mir hier begegnete, daß sich der Traum dreier Nächte, offensichtlich von Escheoun Vatu gesandt, sich so vollkommen erfüllte. Doch etwas noch Wunderbares und Erstaunliches gab es hier. Ich befand mich in der Mitte des Gartens, die Dame zu meinen Füßen, und gerade vor mir und völlig lautlos schwang die mächtige Glocke, die ich von droben gehört hatte, zwischen zwei Säulen vor und zurück – das einzige, was sich außer mir selbst in diesem Land noch bewegte. Es gab keinen Glöckner. Sie schien sich wie aus eigenem Antrieb zu bewegen, da in Mannshöhe zwischen den Säulen.

Als ob sie mir zuflüsterte, mich hinzulegen und alles in Vergessen verströmen zu lassen, war in der Nähe der Glocke der Drang, meine Aufgabe sein zu lassen, um vieles mächtiger, nahezu überwältigend. Schon war ich soweit, daß ich mich auf die Knie niederließ, doch dann fiel mein Blick auf die Prinzessin, und ich erinnerte mich der Kümmernis von Kelasdrene. Etwas ganz Verschwommenes war das nur noch, nicht mehr als ein Flüstern der Erinnerung an einen Traum, aber ich hatte es nicht vergessen. Im Lauf der Jahre habe ich wohl meine ritterlichen Tugenden eine um die andere verloren, bis auf die eine: Ich war noch nie imstande gewesen, mein Pflichtgefühl völlig abzustreifen. Ich hatte einen Auftrag. Ein Versprechen mußte eingelöst, eine Aufgabe erfüllt werden.

Ich würde also, redete ich mir zu, diese Dame aufheben und sie zu der verfallenen Mauer am Rande der Wüste tragen. Ich kniete mich zu ihr und versuchte beide Arme unter ihren Körper zu schieben, vorsichtig, um sie mit meinem Haken nicht zu verletzen; er war dafür brauchbar, um allerlei Wurzeln zu durchtrennen und sie von der Erde zu lösen. Schließlich zog ich an, und weitere Wurzeln rissen ab. Dann hob ich sie, ein lebloses Gewicht, vom Boden auf.

Auf einmal hörte ich ein Geräusch. Wenn ein Haufen Knochen in ein Netz oder einen dünnen Stoff geknüpft und plötzlich ausgeschüttet würde, dann mochte das so klingen … ein Klappern von Knochen. Der Schrekken über das unvermittelte Geräusch riß mich aus meinem träumerischen Dämmerzustand. Ich wappnete mich gegen eine Gefahr.

Jenseits der Glocke, von mir aus gesehen, erhob sich eine hagere Gestalt. Ein Mann, doch von so zerbrechlicher Statur, daß er unter seinem wehenden Umhang – der sich unter einem Lufthauch bauschte, der seiner Gestalt entströmen mußte, denn sonst rührte sich kein Lüftchen – kaum stoffliche Substanz aufzuweisen schien.

Abgesehen von dem Umhang trug er einen silbernen Helm mit Visier. Eine skeletthafte Hand hob dieses nun, doch darunter lag nur ein seltsam glitzernder Nebel, kein Gesicht. Dennoch fühlte ich, daß etwas da war; Augen, ein Bewußtsein, ein Verstand. Das konnte niemand anders sein als Escheoun Vatu selbst. Ich fragte mich, wie viele Lebende ihn je zu Gesicht bekommen hatten.

In der anderen Hand hielt er ein langes dünnes Schwert, einer Nadel aus grauweißem Bein gleich.

»Leg die da hin, dann darfst du neben ihr ruhen.«

Die Stimme klang wie das Rascheln von Blättern, doch ich hörte sie nicht. Sie entstand in meinem Kopf, unmittelbar in meinem Geist.

»Ich habe gelobt, sie heimzuholen. Wenn ich das vollbracht habe, werde ich an ihre Stelle treten.«

»Warum sollte ich mit einem zufrieden sein, wenn ich zwei haben kann?«

Das hatte weder der König noch ich voraussehen können.

Und Escheoun Vatu kam langsam auf mich zu, knochenrasselnd, mit flatterndem Umhang und gezücktem Schwert.

Ich legte die Dame nieder und zog mein eigenes Schwert, das von sterblichen Händen aus gewöhnlichem Stahl gefertigt worden war.

Die Klingen berührten sich, und der Aufprall durchzuckte meinen Arm wie ein lähmender Blitz. Die Waffe wurde mir durch eine leichte Drehung der gegnerischen Klinge aus der Hand geschleudert.

Ich wich zurück vor dem Todesgott, zur Glocke hin.

»Weshalb weichst du mir aus? Was hast du zu fürchten? Bald wirst du jenseits aller Furcht sein.«

Immer noch wich ich zurück. Immer noch kam er knochenklappernd auf mich zu.

»Hast du danach nicht immer gesucht?«

In diesen Augenblick schien die Zeit zum Stillstand zu kommen, und ich dachte mehr Dinge, als ein Gelehrter in hundert Büchern niederschreiben könnte. Ich dachte, daß auch Wut und Schmerz wahre Gefühle sind. Sie sind Leben. Ohne sie zu sein, heißt so vergänglich und flüchtig zu sein wie eine Dampfwolke, die sich rasch in nichts auflöst. Konnte ich, der ich so intensiv gelebt hatte, es mit mir so weit kommen lassen? Ich glaube, daß Angst und Mut Hand in Hand arbeiteten, um mir klarzumachen, daß ich nicht wirklich zu sterben wünschte, daß die bloße Vorstellung eine kindische, feige Ausflucht war. Ich wollte sehen, wie es weiterging, gleichgültig, unter welchen Umständen. Ich wußte, daß ich meine Auflehnung gegen alles nicht so einfach aufgeben konnte. Außerdem gab es da noch eine Pflicht. Ich hatte noch einen Auftrag zu erfüllen. Seit sehr langer Zeit, seit dem Beginn meiner Wanderungen wußte ich, daß ich mehr als alles andere fürchtete, sinnlos zu sterben, in irgendeiner vergeblichen, nutzlosen Geste, und große Taten unvollbracht zu lassen. Horatius der Einäugige an der Brücke entspricht meiner Vorstellung vom Märtyrertum, nicht Christen in der Löwengrube. Würde ich jetzt die Spitze des knochenfarbenen Schwertes berühren, dann würde die Dame bleiben, wo sie war, Kelasdrene würde vergehen, und wozu wären alle meine vorhergegangenen Abenteuer zusammengenommen gut gewesen?

Zu nichts. Bedeutungsloses Vergessenwerden, während man noch lebt, ist weitaus schlimmer als ein ehrenvoller Tod, und das würde mein Schicksal sein. Diese Aussicht entsetzte mich... zu wissen, daß mein Leben für nichts gut gewesen sein sollte.

Escheoun Vatu näherte sich langsam. Ich zog mich bis unter die Glocke selbst zurück, duckte mich darunter, um dem ausschwingenden Rand zu entgehen.

Nun war ich in Reichweite des Todesgottes. Er hob sein Schwert zum letzten Streich. Am Rand meines Bewußtseins gewahrte ich die vorzuckende Klinge.

In diesem Sekundenbruchteil, praktisch ohne zu wissen, was ich tat, sprang ich hoch, hinauf in die Glocke. Ich packte den Klöppel und zog mich hoch. Den Haken hängte ich in eines der Kettenglieder ein, die ihn hielten, und klammerte mich verzweifelt fest. Just in dem Moment, als Escheoun Vatus Schwert unter meinen Füßen vorbeisauste, schmetterte mich das Gewicht des Klöppels an die Glockenwand. Rippen knirschten, und die Wucht des Aufpralls preßte mir die Luft aus den Lungen, aber dank des fest verankerten Hakens verlor ich den Halt nicht. Ich war so schmerzbetäubt und schwach, daß meine Beine wie gelähmt herunterhingen und meine Füße unter dem Rand der Glocke hervorschauten. Mein Gegner hätte mich nun mit einem zweiten Hieb erledigen können. Das wäre das Ende gewesen.

Doch er tat es nicht. Ich wurde erst an die eine, dann an die andere Wandung der Glocke geschleudert, und beim zweiten Aufprall krachte mein Ellbogen gegen das Metall. Durch den jähen Schmerz ließ ich mit der Rechten los, und als nur noch der Haken mein Gewicht halten sollte, löste er sich, und ich fiel, ohne Haken, und der Stumpf an meinem linken Arm war blutig aufgerissen.

Escheoun Vatu rührte sich nicht, als ich zu seinen Füßen aufprallte. Die Glocke bewegte sich nicht mehr. Ich hatte sie mit meinem Körper zum Verstummen gebracht. So konnte er nicht mehr die Lebenden in das Land der Toten berufen. Er war machtlos.

III

Ich nahm die Prinzessin auf die Arme und trug sie aus den Garten des Todes hinaus und durch die Wüste. Als wir uns dem Ende unseres Weges näherten, fühlte sich ihr Körper wärmer und weniger schlaff an. Dann rührte sie sich auf einmal. Die Blumen fielen ihr aus dem Haar. Unterhalb der verfallenen Mauer, am Fuß des langen Hangs, setzte ich sie ab. Dort öffnete sie die Augen und richtete sich auf.

Ich war zu ergriffen von diesem Wunder, um an irgend etwas anderes zu denken, und so erging es mir wie dem Helden aus jener alten Sage, der vergaß, die schwarzen Segel der Trauer gegen weiße auszutauschen, und dadurch nach seinem Triumph die Tragödie heraufbeschwor.

»Seht!« sagte sie und wies den Hügel hinauf. »Das ist Vater!«

Er war es tatsächlich. Steifbeinig wankte er auf uns zu. Ich rief ihn an, doch er antwortete nicht. Selbst als er ganz nahe war, beachtete er uns nicht und stolperte vorbei. Aus seinem Antlitz war jeder Ausdruck von Bewußtsein verschwunden, seine Augen waren verdreht, so daß nur noch das Weiße zu sehen war. Sein Kopf schwankte haltlos hin und her. Um seinen Hals lag ein Strick.

Als wir Kelasdrene erreichten, erfuhren wir, wie das gekommen war, unter Klagen und Tränen über die Sinnlosigkeit des Geschehenen. Der König hatte in einem magischen Spiegel, in welchem lebende Seelen als winzige Kerzenflammen erschienen, mein Vorankommen beobachtet. Er hatte erwartet, daß meine erlöschen und die seiner Tochter wieder aufflammen würde. Als die Glocke verstummt war, hatte er sich gewundert, denn die wahre Bedeutung dieser Tatsache war ihm nicht klargeworden, weil er zu bekümmert und zu aufgeregt über mein Unternehmen war, als daß er vernünftig hätte denken können. Als er uns beide jenseits der Mauer und lebendig sah, schrie er, er wäre betrogen worden, daß wir Unmögliches versuchten und der ganze Zorn Escheoun Vatus über die Stadt kommen werde. Deshalb hatte er sich aufgehängt, um die Rechnung zu begleichen und seine Seele für die seiner Tochter auszutauschen.

Dies ist also die Geschichte, wie es kam, daß ich mir nicht erlauben wollte, in Frieden zu sterben. Die Tat des Königs aber erforderte mehr Mut, als ich jemals besessen habe. Er ist der eigentliche Held dieser Geschichte.

Wer weiß eine Antwort auf dieses Rätsel? fragte ich mich. Was hat es zu bedeuten? Bedeutet es überhaupt etwas? Ich glaube, es ist eine höhnische Laune von dem da oben: Nein, nein, du kannst das Spiel jetzt noch nicht beenden. Deine eigene Natur läßt es nicht zu, sie hält dich in der Falle fest. Du wirst immer und immer weitermachen. Dein Leben und deine Kümmernis sind noch nicht vorüber. Du ergötzt uns zu sehr, Julian, mit deiner Auflehnung und deiner Verzweiflung. Keine Ruhe in Frieden für dich.

Weiter und weiter. Wer weiß die Antwort auf dieses Rätsel: War ich wach, oder träumte ich, als ich von jener zeitlosen Stadt wegritt und Angst hatte, ich würde in einer Welt tausend Jahre nach meiner Zeit ankommen? Denn als ich mich bei meinem Ritt umwandte, erblickte ich unter dem sternhellen Mitternachtshimmel, unter dem vollen Mond einen einhändigen Ritter und einen vermummten Reiter, die den Hang hinaufgaloppierten, den ich eben hinabgeritten war.

Eines Nachts konnte ich nicht schlafen, und ich erhob mich und verließ die Herberge, in der ich übernachtete. Die Nacht war klar, die Luft ziemlich frisch. Es war gut, einfach so unter den Sternen dahinzuwandern und diese Luft einzuatmen.

Am Rand der Straße traf ich einen Mann aus dem Osten, der von Menschen für heilig gehalten wurde, die den Namen Christi noch nie vernommen hatten. Er saß mit seinen zwei Begleitern an einem Feuer. Er trug eine rote Kutte, die anderen beiden braune. Ihre Köpfe waren geschoren, und ihre runden gelblichen Gesichter schienen zu leuchten in dem flackernden Licht. Sie luden mich herzlich ein, mich zu ihnen zu gesellen, und wir tranken Tee miteinander. Eine Zeitlang plauderten wir über unwichtige Dinge, und noch längere Zeit sprachen wir gar nicht, sondern saßen nur da und sahen zu, wie sich die Sterne über uns weiterbewegten. Ich erwähnte, daß eines der Sternbilder in der Umgebung des Nordsterns in meinem Land der Große Wagen heiße – der Wagen Karls des Großen. Einer der Begleiter sagte, daß in seinem Land jene Sterne als die Bahre eines Königs angesehen würden, der hinterhältig ermordet wurde, indem ein Feind in Gestalt einer metallenen Biene seine Kehle hinabsauste und ihm mit den Flügeln das Herz zerschnitt. Seine vielen Frauen weinten ohne Ende um ihn und gelobten, ihn über den Himmel zu tragen, bis das Firmament selbst zum Stillstand käme.

Noch später sang dann dieser Mann ein Lied seines Landes in seiner eigenen Sprache. Ich verstand die Worte zwar nicht, aber ich spürte, daß er ebenso weit von seinen vertrauten Heimatgefilden entfernt war wie ich selbst.

Die Sterne drehten sich weiter. Endlich fragte ich den heiligen Mann: »Ist es möglich, niemals zu sterben?«

»Und ewig zu leben?« lachte er. Ein breites Lächeln glitt über sein Gesicht. »Aber ja. Tatsächlich habe ich das schon getan. Nur ein Jahr ist es her, daß ich in einer Höhle einschlief und träumte, ich sei ein Pilger und wanderte über die gesamte Erde, besuchte jeden Winkel, folgte jedem Fluß bis

zu seiner Quelle, bestiege jeden Berg. Ich suchte das Geheimnis des ewigen Lebens an all diesen Orten, aber da ich es nicht fand, fiel ich am Gestade des Meers nieder und starb. Dann kam ein goldener Vogel aus der Morgendämmerung und nahm meinen Geist in seinen Schnabel und kehrte um und trug mich in den Sonnenaufgang, zu dem großen Loch im Weltenozean, durch das die Sonne jeden Morgen aufsteigt. Die Sonne war mittlerweile aufgegangen, so daß der Vogel hinabfliegen konnte, ohne ihre Flammen fürchten zu müssen. Er setzte mich in den Teich des niemals endenden Lebens, welcher sich im Lande unter dem Ozean befindet. Dieser Teich ist nicht größer als eine Schüssel, die man im Schoß zu halten vermag. Es darf ja nicht allzuviel Unsterblichkeit geben, damit das Gleichgewicht der Dinge nicht gestört wird.

Als ich dieses Wasser berührte, verwandelte ich mich sogleich in einen winzigen Fisch, der darin herumschwimmen konnte. Tausendmal tausend Jahre schwamm ich darin und erforschte meine Umgebung. Noch tausendmal tausend Jahre ließ ich mich treiben und betrachtete die Sonne, wie sie jeden Tag in die Welt emporstieg. Und ebenso viele Jahre war ich wahnsinnig vor Langeweile, denn du kannst dir wohl vorstellen, daß das Leben eines unsterblichen Fisches in einem Teich dieser geringen Größe nicht eben abwechslungsreich ist, wenn er nicht einmal Nahrung zu suchen braucht. Dann meditierte ich, bis mein Bewußtsein sich so weit ausgebreitet hatte, so verdünnt hatte wie der Dampf, der unserem Kessel entströmt, daß die gesamte Ewigkeit an mir vorbeizog und ich es nicht gewahrte. Doch dann kam ein blaugesichtiger Gott mit Sternen im Haar durch jenes Land gewandert, und er griff in den Teich und aß mich. Die Schmerzen, als ich zwischen seinen Zähnen zermahlen wurde, brachten mich wieder zu Bewußtsein, aber da ich so unendlich lange in diesem Wasser eingetaucht gewesen war, konnte ich nicht sterben. Eine Weile hielt ich mich im Magen des Gottes auf, und später, als er in der oberen Welt war, verließ ich seinen Darm. Ich wurde zu einem Teil des

Erdbodens, fühlte Sonne und Regen, Gräser wuchsen aus mir und mit der Zeit gewaltige Bäume, bis endlich der Tau von jenen Halmen und Blättern sich im Schatten jener Zweige sammelte, und ich zu dem wurde, den du jetzt vor dir siehst.«

»Aber das ist unmöglich«, sagte ich. »Wie könnte die Ewigkeit vergangen sein, wenn du dich erst vor einem Jahr schlafen gelegt hast? Bist du jetzt eine Gestalt in deinem eigenen Traum? Was ist mit dem, der in der Höhle einschlief?«

Der heilige Mann schwieg eine Weile, und ich fürchtete kurz, ich hätte ihn beleidigt, aber er lächelte immer noch. Als er wieder sprach, hatte sich jedoch sein Ton geändert: Nun war er ein Lehrer, der einen zunächst vielversprechenden Schüler zurechtweist, der ihn letzten Endes doch enttäuscht hat.

»Wenn ich ihn jemals treffe, werden wir vielleicht darüber debattieren«, sagte er. Er erhob sich und deutete auf den heller werdenden Himmel im Osten. »Die Nacht ist vorüber. Ich muß nun gehen und mit dem Sonnenaufgang kommunizieren. Etwas aber will ich dir noch verraten, das große Geheimnis, das mir diese Erfahrung offenlegte.«

»Und welches war das?«

»Hör niemals auf müßige Geschichten. Sie machen dich verrückt und treiben dich durch die Gedärme eines Gottes.«

»Natürlich«, meinte einer seiner Schüler, als er gegangen war, »liegt es in der Natur dieser Verrücktheit, daß man niemals auf solche Warnungen hört.«

11

Eine phantastische formlose Dunkelheit...

»O Gott der Geheimnisse und Zweifel, liegt es an deinem steinernen Herzen, daß du mich auf meine letzte Reise schickst ohne irgendeinen Wegweiser oder ein Leitfeuer, mir den Weg zu zeigen? Es sollte zuvor irgendeine Offenbarung, eine Enthüllung geben. Berühre meine Augen, auf daß sie sich wahrhaft öffnen und ich das innerste Zusammenwirken der Welt gewahren möge, und daß ich begreifen kann, wohin ich gehe und weshalb und wie. Der du den Menschen über die Tiere setztest und in ihm das Verlangen nach Wissen entfachtest, nach Wissen vor Glauben, nach höchstem und gesichertem Wissen, mußt bei allem, was recht und heilig ist, uns dieses Wissen gewähren und deine Wege rechtfertigen, auf daß nicht gesagt werde, der Verstand sei nichts als eine zusätzliche Höllenqual für eine bereits verdammte Seele.«

Zunächst waren sie nichts als ein einzelner dunkler Flecken in der gestaltlosen Öde der Wüste, doch als ich näher heranritt, teilte sich der Fleck in zwei und bekam menschliche Umrisse, ein treuer Diener, der an der Seite eines im Sterben liegenden uralten Lama kniete.

Das Alter und welche Krankheit auch immer ihn so ausgemergelt hatte, verliehen dem heiligen Mann ein fast reptilhaftes Aussehen. Nur seine riesigen Augen schien noch zu leben in dem ansonsten ledrig vertrockneten, verrunzelten toten Gesicht, obwohl sie tief in den Höhlen lagen wie schwer gefaßte Edelsteine. Seine Stimme war wie das Rasseln trockener Samen in einem hohlen Kürbis.

»Ich fühle dein Schicksal, Fremder«, sagte er. »Es war vorherbestimmt, daß ich hier warte, um es dir darzulegen, bevor ich meinen Fuß in das neue Land setze. In Ta-Neng sollst du das Wirken des Universums sehen. Es ist deine Natur ebenso wie dein Auftrag, solche Dinge zu erkunden.«

Er hob einen dürren Ast von Arm. An einem der Finger seiner Hand stak ein großer Jadering.

»Er will, daß du ihn nimmst zum Zeichen, daß du ihn getroffen hast«, sagte der Diener.

Ich war mit den Sitten und Gebräuchen dieses Landes nicht vertraut, aber ich vermutete, daß es nur von Vorteil sein konnte, diesen verehrten Greis getroffen und mit ihm gesprochen zu haben, deshalb stieg ich ab und zog sanft den Ring von dem bereits erstarrenden Finger.

Er starb, noch während ich seine Hand festhielt. Seine Augen waren noch geöffnet, und ihr Blick hielt mich mit einer fast fanatischen Kraft fest. Es war klar, daß er im Augenblick seines Hinscheidens wahnsinnig oder besessen oder beides gewesen war.

Wir konnten den irren Alten nicht begraben. Die Wüste bestand nicht aus Sand, sondern aus hitzegebackenem Lehm, der hart war wie Ziegelsteine, nur hier und da zu scherbenartigen Stücken oder Pulver zerfallen, manchmal auch zu Spalten und Klüften zerrissen. Wir ließen ihn also zurück, und der Diener saß hinter mir auf, denn er besaß kein Reittier. Ich wunderte mich, wie er und sein Herr in eine so verlassene öde Gegend gekommen waren, und fragte ihn danach, aber er schützte unzureichende Kenntnis meiner Sprache vor oder daß ich die seine nicht ausreichend verstünde, und wollte nicht antworten. Wahrscheinlich waren sie von irgendeiner Karawane zurückgelassen worden, aber sicher nicht aus Böswilligkeit oder Mißachtung. Der Alte hatte es selbst so gewünscht.

Nach einer Weile sprach ich den Diener, dessen Name Yuan war, auf die seltsame Prophezeiung an. Er war über mein Unwissen entsetzt.

»Hast du nie von Ta-Neng gehört?«

»Nein.«

»Und vom *Dunklen Glauben?* Wie steht es damit?«

»Auch der ist mir unbekannt.«

»Der *Dunkle Glaube* von Ta-Neng ist im ganzen Lande bekannt. Gewiß.«

»Ich komme aus Europa, Yuan, nicht aus diesem Land, und wo ich geboren wurde, da ist eure Welt eine Sage, an die keiner so recht glaubt.«

Er begann zu erklären.

»Ta-Neng ist ein Ort, den jeder finden kann, den aber keiner aus eigenem Willen aufsucht, außer vielleicht mutige und weise Männer wie mein Herr, die sich insgeheim in der Nacht hinwagen, um Weisheit durch Furcht zu erlangen. Denn der *Dunkle Glaube* ist eine furchtbare Sache, die alle Lehrer und Mönche in Schrecken versetzt. Die Anhänger huldigen dem Tod, dem Schrecken und der Dunkelheit, nicht als personifizierten Wesen, nicht als Göttern, sondern als einem grundlegenden, unwiderlegbaren Prinzip, auf dem alles beruht.«

»Und glaubst du dies, mein Freund?«

»Ich ... Das kann ich nicht sagen.« Und er tat es auch nicht. Er schwieg viele Stunden lang, bis wir den Rand der Wüste erreichten und das Land wieder fruchtbar wurde. Er wies mich zu einem Platz, den er kannte, wo wir an einem Bach haltmachten, um zu trinken und uns die schweißgetränkte Staubschicht der Wüste abzuwaschen, und wo er mir süße Wurzeln aus dem Wasser zu essen gab. Hierauf setzten wir unsere Reise fort, immer aufwärts, bis wir von Bergen umringt waren, deren schneebedeckte Gipfel vor dem tiefblauen Himmel wie Fangzähne schimmerten. Hier war es – als glaubte er sich endlich außer Hörweite von jemandem, dem er seine Worte nicht anvertrauen wollte –, daß er neuerlich von seinem Glauben zu sprechen begann.

»Der Tod flüstert mit tausend Mündern ins Ohr jedes Menschen, in jedem Augenblick seines Lebens. Im Sturm singt der Tod; im Hagel prasselt er; im Regen streichelt er sanft. Tod und Dunkelheit sind stärker als Leben. Ihre Mysterien reichen weit tiefer.«

Und ich erzählte ihm von dem Glauben an Christus, wie der Erlöser starb und wieder auferstand und wie er in den Kirchen angebetet wurde von Menschen, die gegen die Sarazenen und Juden blutige Schlachten ausfochten im Namen des Gottes der Liebe.

Als er dies hörte, lachte Yuan leise. »Wenn der Tod überhaupt etwas sein kann, dann ist er froh darüber. Durch solche Dinge gelangt Europa in Harmonie mit der Dunkelheit.«

Nach einer Weile befanden wir uns inmitten der Wolken. Sie zogen vorüber wie wollige Leviathane auf einem unsichtbaren Ozean, während unter uns gen Osten sich die fruchtbaren Täler und Flüsse und verstreuten Städte Asiens ausbreiteten, zeitweilig von den Wolken verborgen und wieder freigegeben. Droben glitt die Sonne am Rande einer Felswand entlang und ging genau hinter unserem Ziel unter, dem Kloster Ta-Neng, so daß sie alle seine Mauern und Türme in leuchtendes Orangerot tauchte. Glanz blendete mich, und so gewahrte ich das größte Wunder von Ta-Neng erst, als wir uns in seinem Schatten befanden, am Ende des gewundenen Pfades, der zu seinem Tor führte. Das Kloster war nicht aus Mauerwerk errichtet, sondern aus der Felswand herausgemeißelt worden, ein anspruchsvolles, wunderschönes, unmögliches Werk von tausend Jahrhunderten, oder von einem Heer von Dämonen in einer einzigen Nacht, welche dann auch ihre

Ebenbilder überall an den Wänden, in den Fensterlaibungen, über den Toren anbrachten. Unzählige Steingestalten schienen sich zu winden und zu strecken, während ich sie anstarrte, und von der Seite betrachtet schienen sie in Flammen zu stehen, hervorzubersten in das schwindende Sonnenlicht mit glühenden Armen, Beinen und Schwänzen. Als die Schatten sich verschoben, schienen sie auf uns zurückzustarren und sich zu ergötzen über die fremdartigen großäugigen Neuankömmlinge.

Das Tor bestand aus Jade, und vor ihm hielten zwei stämmige Männer Wache, die in ihren seltsamen dunklen Rüstungen wie schwarze Käfer wirkten, aber außer geschnitzten Stäben keine Waffen trugen. Sie riefen uns an, und Yuan erklärte mit schwankender Stimme den Grund für unser Kommen. Sie waren jedoch so verblüfft, daß sich an ihrem Tor ein abgerissener einhändiger Ritter einfand, der aus einem Land jenseits des Sonnenunterganges stammte, daß sie uns trotz unseres dringenden Ersuchens nicht einlassen wollten.

»Zeig ihnen den Ring!« flüsterten Yuan.

Ich tat es, indem ich die Hand ausstreckte, so daß sie ihn sehen konnten. Daraufhin verstummten sie und wirkten noch verblüffter, und nachdem sie sich kurz beiseite beraten hatten, rief einer der Wächter etwas, worauf sich das Tor von innen gerade weit genug öffnete, daß er hineinschlüpfen konnte. Der andere blieb stehen und verwehrte mir mit fest gepacktem Stab den Zugang.

Ich bemerkte, daß Yuan vor Angst zitterte. Sein Gesicht war grau vor Schicksalsergebenheit.

»Du möchtest lieber nicht mit mir kommen?«

»Nein, Herr ... Ich meine, mein Herr hat mir einen Befehl erteilt, dem ich nachgekommen bin, obwohl ich schreckliche Angst habe, und ich ...«

»Ich verstehe. Nimm mein Pferd und kehre in deine Heimat zurück.«

»Dorthin kann ich leicht gehen. Ich danke dir, großer Herr…«

»Dann nimm wenigstens meine Wasserflasche und den Rest von dem Trockenfleisch, damit du davon zehren kannst auf deiner Reise. Hier werde ich es wohl nicht brauchen.«

Das nahm er an, wirre Dankesworte stammelnd, glitt von seinem Platz hinter mir, nahm meine Gaben und eilte davon, den gewundenen Pfad hinunter, auf dem wir gekommen waren. Ein paar Minuten später schaute ich mich nach ihm um und stellte fest, daß er rannte.

Das grüne Tor schwang auf, und der Herr von Ta-Neng trat heraus, um mich willkommen zu heißen, prächtig anzusehen in seinem Juwelenschmuck und einem wallenden gelben Gewand. Er war hochgewachsen für einen seines Volkes, fast von meiner Größe, und das Alter hatte ihm in keiner Weise zugesetzt.

Er ging aufrecht und mit sicheren Schritten, lediglich in den tiefsten Falten seines Gesichts und in seinen Augen waren Spuren seines hohen Alters festzustellen. Sein Kopf war vollkommen kahl, die Haut überzog den Schädel wie glattes braunes Leder. Als er mit ausgestreckter Hand auf mich zukam, stieg ich ab, um ihn zu grüßen, und wurde eingelassen. Irgend jemand führte mein Pferd weg.

Ich zeigte dem Meister, dem Abt, falls man einen Heiden so nennen kann, den Ring, den ich von dem Lama erhalten hatte, und er bemerkte: »Ja, mein Schüler hatte große Kräfte des Vorherwissens. Es ist recht, daß er dich hierhergeschickt hat.«

Und ich mußte daran denken, was Yuan über mutige und weise Männer gesagt hatte, die heimlich und des Nachts nach Ta-Neng kamen.

Von Anfang an schienen wir uns gut zu verstehen, der Abt und ich, und wie gute Freunde unterhielten wir uns über eine Vielzahl von Dingen. Ein großes Fest war vorbereitet worden, und ich wurde eingeladen, daran teilzunehmen. Wahrlich sah und hörte ich vieles, das fremd war, geheimnisvolle Rituale von verborgener Bedeutung, in die vier Himmelsrichtungen intonierte Gebete, ein tiefes, halb gemurmeltes Lied, währenddem alle Lichter im Saal gelöscht wurden, und Trankopfer, die aus den Fenstern gegossen wurden, um ich weiß nicht was oder wen günstig zu stimmen, aber mir fiel nichts auf, das gerechtfertigt hätte, den Ort und die Mönche derart zu fürchten, wie Yuan es getan hatte.

Während der Mahlzeit saß ich an der Seite des Abtes, und er fragte mich ausführlich nach den Orten, die ich gesehen hatte, und nach dem Land, aus dem ich kam. Ich berichtete ihm alles, was er wissen wollte, und nachdem er sich alles angehört hatte, schwieg er eine Weile. Er leerte eine Schale Wein und verzehrte eine Geflügelkeule und meditierte über das Gehörte. Endlich, als die Tische abgeräumt wurden, kam er offenbar zu einer Schlußfolgerung.

»Es ist alles ein Traum, Ritter Julian, aus dem du herausgewandert bist.«

»Was ist ein Traum?«

»Europa. Die Sonne geht dort auf, wenn sie in Asien untergeht, und wenn die Menschen von Europa sich zur Arbeit erheben, dann schlafen die von Asien und träumen. Europa ist ein Traum im Geiste Asiens.«

»Es könnte auch sein, daß Asien ein Traum im Geiste Europas ist.«

Dazu lächelte er nur duldsam.

Viele Tage verbrachte ich in ruhiger Muße, oft allein in meiner Kammer mit den eigenen Gedanken, häufiger jedoch in der Gesellschaft anderer. Die Mönche hießen mich zu jeder Zeit willkommen. Ich nahm an ihren Alltagstätigkeiten teil und an ihren Debatten, und ganz neue Welten eröffneten sich mir.

Eine solche Welt bekam ich zu sehen auf einem

Deckenbalken im Gang vor dem Festsaal – gemalt von einem kleinen alten Mann, der auf einer Leiter stehend arbeitete. Es war ein wunderschönes, sehr gestaltreiches Werk, ein Miniaturgemälde nicht größer als eine Elle im Geviert, aber es enthielt Hunderte Figuren. Als der Künstler mich einlud, zu ihm auf die Leiter zu steigen, zeigte er mir aus der Nähe, was er geschaffen hatte, erzählte von Leben und Taten der einzelnen Gestalten, und die Geschichte der mauerbewehrten Städte inmitten seiner Berge, und dies war seine Welt. Einige Zeit später nahm mich der Abt auf die Spitze des höchsten Turmes von Ta-Neng mit, und der Himmel war klarer, als ich ihn jemals in meinem Leben gesehen hatte, und vor mir breitete sich ebenfalls eine Welt aus, so weit und lebenerfüllt wie die auf dem Balken. Da verstand ich, was er einmal gesagt hatte: daß das Große und das Kleine wie Liebende miteinander tanzen und eins werden.

Er war ein sehr kluger Mann, dieser Abt. Seinen Namen habe ich nie erfahren, ich nannte ihn einfach wie alle anderen ›Meister‹. Sicherlich war er der größte Philosoph, den die Erde je kannte.

Eines Abends sagte er zu mir: »Mir scheint, die Last einer großen Sorge bedrückt dich.«

»Ich habe Angst vor dem Tod«, antwortete ich.

»Ist das denn so außergewöhnlich, daß du deshalb die halbe Welt durchqueren mußtest, um zu entfliehen?«

»Ich habe nicht Angst vor dem Sterben, sondern vor dem Leben danach.« Und plötzlich öffneten sich die Schleusentore meiner Seele, und ich gestand ihm alle meine Sünden und schrecklichen Taten und wie ich mich von Gott abgewandt hatte und vom Teufel ebenso, so daß ich jetzt wie ein hilfloses Kind zwischen zwei aufeinander losstürmenden Heeren dastand, und als ich meinen Vorrat an Unheil erschöpft hatte, stammelte ich erschöpft noch weitere Geschichten hervor, die die Priester von den Höllenqualen der Verdammten erzählten.

»Diese Hölle, geschaffen von eurem Gott der Liebe, ist wahrhaftig ein schreckeneinflößender Ort«, sagte der Meister. »Wäre es dir ein Trost, wenn du wüßtest, daß es nach diesem Leben nichts gibt als Stille?«

»Keinen Trost brauche ich, weiser Meister. Ich bin ein Krieger. Ich bin an Schmerz gewöhnt und fürchte ihn nicht. Das Schreckliche ist das Nichtwissen, daß ich in die endlose Dunkelheit gehen soll ohne irgendeinen konkreten Hinweis auf das zu Erwartende. Ich weiß es nicht, kann es nicht wissen.«

»Aber du weißt es doch. Eure Priester haben es euch doch genauestens beschrieben, bis in die letzte Kleinigkeit.«

»Ich fürchte, ich glaube ihnen nicht ganz.«

Der Meister lächelte.

»Heute nacht können wir uns diesen Mysterien widmen. Zu diesem Zweck hat dich schließlich der Sterbende hergeschickt. Er war, wie ich schon erwähnte, ein Seher, und er wußte, daß du nach diesem besonderen Wissen strebst, von dem du sprachst. Er wußte auch, daß du den Willen und die Kraft besitzt, weit zu gehen.«

»Ja, ich denke schon. Aber ich verstehe nicht …«

»Komm mit, und du wirst vieles verstehen.«

Wieder bedachte er mich mit seinem nachsichtigen Lächeln.

Schweigend folgte ich ihm durch die Gänge von Ta-Neng. In meinem Geist stauten sich die Fragen. Sollte ich nun das allem zugrundeliegende düstere Prinzip kennenlernen und mich zu dem bekehren, was Yuan den *Dunklen Glauben* genannt hatte? Ich verspürte eine eigenartige Anspannung, eine Erregung, als zöge ich in die Schlacht, aber ich hatte keine Furcht. Der Meister führte mich, und ich vertraute ihm mehr als je zuvor jemandem.

Wir gelangten an ein Bronzetor, auf welchem sich zwei Drachenheere gegenseitig zu verschlingen suchten, und gingen weiter, eine schmale steinerne Wendeltreppe hinab, deren Stufen von den Füßen vieler Generationen abgetreten waren. Die Stiege brachte uns zu einem Tunnel, der mit leichter Neigung abwärts führte und immer wieder in Stufen überging, wenn der Weg zu steil wurde. Wir waren unterwegs in das Herz des Berges. Endlich öffnete sich der Tunnel zu einer gewaltigen Höhle, dem Innern einer unterirdischen Kathedrale gleich. Von der Tunnelmündung in der Felswand mußten wir weitere Stufen zum Höhlenboden hinuntersteigen. Die Decke über uns verlor sich in dunkler Ferne. Ein Ring von Fackeln entlang der kreisförmigen Wände erhellte diese Unterwelt, doch allenthalben zuckten und tanzten Schatten über die Wände.

Aber darauf achtete ich weniger. Die riesige kreisrunde Scheibe am Boden hielt meinen Blick fest. Sie war groß wie ein Burghof und aus glattem weißen Stein gefertigt, vielleicht einer Art Marmor. An ihrem Rand standen Figuren aus einem wundervollen glasharten Stoff, den die Völker des Ostens Porzellan nennen – die Abbilder von Königen und Kaisern standen da im Kreise, aber auch von kleinen Burgen oder Städten. Von weit oben hing aus der Dunkelheit ein langes Metallseil herab, an dessen Ende ein metallenes Gewicht befestigt war, rund, aber nicht kugelförmig, sondern eher wie ein umgedrehter Tropfen, die Spitze nach unten. Dieses Ding war ein Pendel, das hin und her schwang an dem Tau, an den einen Rand der Scheibe, dann an den gegenüberliegenden, nachdem es jedesmal den Mittelpunkt überquert hatte. Dennoch war der Weg des Pendels niemals der gleiche, jedesmal rückten die Umkehrpunkte einer Schwingung ein Stück weiter auf dem Kreis, so daß das Pendel schließlich die gesamte Kreisfläche überstreichen würde.

Immer näher rückte mit jedem Schwung das Pendel

an eine der Statuetten, bis es sie vor meinen Augen traf. Es klirrte, als wäre Glas zerbrochen.

Fragend blickte ich meinen Begleiter an, doch er erklärte nur: »Irgendwo ist ein König von seinem Thron gestürzt worden.«

»Aber wie könnt ihr das vorherwissen, so daß ihr die Figuren entsprechend aufstellen könnt?«

Wiederum lächelte er, und er antwortete im Ton eines Lehrers, der einem begriffsstutzigen Schuljungen etwas zum zwanzigsten Mal erklärt.

»Nichts wurde aufgestellt oder angeordnet. Weil das Abbild hier auf unserer Uhr zerschmettert wurde, ist ein König von seinem Thron gestürzt und seine ganze Dynastie ebenso zerschmettert worden.«

»Dann ist diese Uhr einzigartig auf der ganzen Welt. Aber wie kann dies eine Uhr sein? Wie kann sie die Stunden messen?«

»Es gibt tatsächlich keine zweite dieser Art. Auf jeder Welt kann es nur eine einzige dieser Art geben, und sie mißt alle Zeiten und alle Orte dieser Welt.«

»Ist dies eines der Mysterien, von denen du gesprochen hast?«

»Das erste einer großen Zahl. Folge mir nun.«

Er trat hinaus auf die Scheibe der Weltuhr, und ich folgte ihm. Beinahe wäre ich auf eine Burg getreten, worauf er mich heftig schalt.

»Gib acht! Mauern, die du so zerstörst, könnten dir eines Tages Schutz geboten haben. Ihr Herr hätte dein Verbündeter werden können.«

Der Meister verschwand, löste sich in Luft auf wie eine geplatzte Seifenblase.

Mir war, als verlöre ich den Verstand. Ich schaute mich um. Es gab keine Falltüren, keinen Platz, an dem er sich hätte verbergen können. Der Stein unter meinen Füßen war massiv und glatt. Das Gewicht am Ende des Taus hatte den am weitesten entfernten Punkt erreicht und schwang nun zurück. War hier Zauberei im

Spiel? Ganz gewiß. Das Pendel hatte mich fast erreicht, als ich ohne zu denken vorwärtssprang, um ihm zu entgehen, quer über seinen Weg.

Ich spürte, wie der große Metalltropfen kaum eine Fingerbreite hinter meinem Kopf vorübersauste. Ich kam auf dem Boden auf, stolperte, fiel bäuchlings hin. Nach einem Moment setzte ich mich auf und schaute mich um.

Ich war ... anderswo, und der Meister beugte sich über mich.

Wir waren nicht mehr in jener Höhle, nicht einmal irgendwo in den Bergen. Die Luft war heiß, trokken, erstickend, der Himmel von stumpfgrauer Farbe. Ringsum erstreckte sich flaches Land, hier und da mit runden Steinen bestreut, aber ansonsten völlig strukturlos und leer. Es war weniger eine tote Gegend als eine leblose. Hier hatte es niemals Leben gegeben.

Ich kam auf die Beine und schaute den Abt stumm an.

»Sollen wir weitergehen?« fragte er.

Ich folgte ihm. Wir taten zwei oder drei Schritte, dann schnitt das Pendel wiederum hinter mir durch die Luft, und der Himmel war auf einmal leuchtendblau. Wir fühlten die Kühle des Morgens, und das Gewand des Meisters flatterte in der frischen Brise. Es war ein angenehmer Ort, an dem wir da gelandet waren, ein schmales grünes Tal zwischen zwei Hügelketten. Wir beide standen auf einem großen runden Felsblock, der sich wie der Rücken eines Wals aus einem Meer flachblättriger glänzender Pflanzen erhob. Wie Seerosen ohne See kamen sie mir vor.

Ich hatte schon zu viele Wunder in Ta-Neng und an anderen Orten gesehen, um sonderlich erstaunt zu sein. Ich wußte nicht, wo wir waren, was mit mir geschah oder was der Meister vorhatte. Ich nahm das alles einfach als gegeben hin und widmete mich der Erkundung dieses Ortes.

Der Abt sagte nichts und trachtete mich auch nicht

aufzuhalten, als ich von dem Felsblock hinabstieg. Eine kurze Strecke wanderte ich durch das üppige Grün und genoß die friedliche, schöne Welt, in die ich gekommen war, und dann spürte ich den scharfen Schmerz eines giftigen Bisses an meinem Knöchel. Ich schaute hinunter.

»Beim Blute Christi!«

Aber es war mein eigenes Blut, das da hervorsickerte. Die Pflanzen waren sehr lebendig geworden. Unter jedem Blatt war ein krabbenförmiges Ding hervorgekommen, aus dem nämlichen grünen Material, ein Auswuchs der Pflanze selbst, der Maul, Zähne und Klauen dieses offensichtlich ausgehungerten Wesens enthielt. Hunderte von ihnen zappelten um meine Füße und Knöchel und zerrten am Leder und Metall meiner Stiefel. Ich stieß sie weg, aber es war, als träte ich nach Schwimmsand. Andere krochen mir an den Beinen hoch und stachen wie tausend Hornissen. Ich war schon teuflisch benommen von dem Gift. Ich bückte mich, um sie abzustreifen, und gleich darauf saßen weitere auf Armen und Schultern, klammerten sich in meine Haare. Ich zog das Schwert – ich hatte es immer noch bei mir: Die Mönche hatten nie einen Einwand dagegen erhoben –, stieß die Klinge nach unten, aber es gelang mir lediglich, meinen eigenen Schenkel zu ritzen.

»Hilfe!« Ich drehte mich um und sah den Meister immer noch auf dem Felsen stehen. Es war närrisch, nach ihm zu rufen. Was hätte er tun sollen? Erwartete ich von ihm, mit den Armen zu winken und mir mit einem Zauberspruch zu helfen? Ich watete durch die brodelnde Masse grüner Glieder auf ihn zu, stampfte mit allen Kräften auf, zertrat Hunderte von ihnen vergeblich, schwang die Arme und schlug mit der Breitseite des Schwertes gegen meinen Körper. Die Knie begannen mir nachzugehen, die Beine wurden gefühllos. Das Gehen kam mir vor, als balancierte ich auf Stelzen.

Endlich war ich am Felsen, streckte den Arm aus, das Schwert noch in der Hand. Ich verlor das Gleichgewicht, fiel vorwärts und war sicher, daß das mein Ende bedeutete – doch da fingen mich Hände auf und zerrten mich den Felsen hinauf. Wie durch einen Bannspruch, wie eine zurückflutende Welle fielen die Pflanzenwesen von mir ab und zogen sich unter ihre Blätter zurück, um auf ein anderes Opfer zu warten.

Der Meister brauchte mir nicht zu sagen, ich solle nie mehr einen Schritt ohne ihn tun, und er tat es auch nicht. Ich sagte ebenfalls nichts. Es gelang mir, mich aufzurichten, und als ich merkte, daß ich noch immer das Schwert in der angeschwollenen Hand hielt, steckte ich es in die Scheide. Mein Begleiter griff in sein Gewand und holte eine kleine Phiole hervor, deren Inhalt er mich trinken hieß. Es war eine Droge zur Milderung der Schmerzen. Danach schlief ich lange auf dem Felsen, und als ich erwachte, war er immer noch an meiner Seite, und die Sonne stand tief am Himmel.

»Sollen wir nun den nächsten Schritt tun? Bist du dazu imstande?«

Ich nickte, und wieder sauste das Pendel an uns vorbei, und der freie Himmel war verschwunden. Wir befanden uns in einer gewaltigen steingemauerten Halle, im Herzen irgendeines unvorstellbaren Schlosses, das sich endlos in alle Richtungen zu erstrecken schien. Alle Wände bestanden aus kleinen Kammern wie Bienenwaben, und so weit ich sehen konnte, waren sie alle leer und verstaubt, nur an der Decke einer jeden hing eine goldene Glocke. Ich tat den Mund auf, um zu fragen, welch ein Ort das sei, da fegte ein Luftzug an mir vorbei und brachte alle Glocken zum Klingen, und sie erfüllten das Universum mit ihren Stimmen, lauter und lauter und lauter …

Ich spürte ein Zupfen an meinem Ärmel. So trat ich einen Schritt zurück in die Richtung, aus der ich gekommen war, und hörte in der gesegneten Stille ganz schwach den metallenen Tropfen vorbeisausen, dann stand ich unter einem Sternenhimmel.

Es war tiefste Nacht, kein Mond war zu sehen, und rings um uns ragten schroffe Felszacken auf. Das Gestein unter meinen Füßen war sehr kalt. Ein eisiger Hauch wie aus der Tiefe eine Höhle kam von rechts. Wie stumme schwarze Riesen standen die Gipfel über uns. Der Meister deutete nach links.

»In dieser Richtung«, sagte er, »liegt die Welt der Menschen. Sonne und Mond ziehen darüber hinweg. Wenn du in diese Richtung losgehst, wirst du bald einen hellen Streifen am Horizont bemerken, und später wird am Mittag die Sonne gerade ein wenig sichtbar werden, und noch später wirst du in bewohnte Gegenden gelangen. Hier, wo die Sonne niemals hinkommt, leben bloß Ungeheuer.«

Ich wies in die Richtung, aus der der kalte Wind kam. »Und was liegt dort?«

»Nichts. Dort ist das Ende der Welt.«

Ich ging nachsehen. Ich hatte tödliche Angst, doch ich konnte meiner Neugierde und Faszination nicht widerstehen. Auf den Knien kroch ich eine leichte Steigung hinan bis zum Rand. Ich legte mich auf den Bauch und krallte mich mit Händen und Füßen fest, als fürchtete ich, hinabgestoßen zu werden. Ganz langsam schob ich mich die letzte Handbreite vorwärts, bis mein Kinn über den Abgrund ragte. Ich blickte hinunter in die Tiefe, wo die Felswand in der Dunkelheit verschwand. Dort unten war kein Land mehr, nur die Sterne in der Schwärze des Himmels.

Immer noch angsterfüllt, aber auch voller Ehrfurcht vor dem Gesehenen kroch ich zurück, den Hang hinunter, und wagte erst, mich umzudrehen und aufzustehen, als ich fast die Stelle erreicht hatte, an welcher der Meister wartete.

»Fandest du den Anblick lehrreich?«

»Ja.«

»Du hältst dich gut. Aber es gibt noch sehr viel zu sehen.«

Das Pendel schwang weiter vor und zurück, vor und zurück. Porzellanfesten barsten in Stücke, Könige fielen. Der Meister und ich wanderten weiter, von Welt zu Welt zu Welt. Einmal standen wir am Rande eines Brunnens, und er sagte: »Schau!« Und ich blickte hinein. Auf dem Grund war eine Katze, die im leeren Raum zu schweben schien, die spielte mit einem Ball. Der Meister sagte: »Schau noch einmal!« Und ich gehorchte, und diesmal merkte ich, daß der Ball die Erde war und daß die Katze damit spielte, wie sie mit einer verletzten Maus spielen würde.

Ein andermal standen wir auf einem Berggipfel und blickten in den Nachthimmel hinauf, und wir sahen eine Frau über dem Horizont sitzen, die an einem sternengesäumten großen Rad spann. Und hinter ihr saß ein Mann mit gekreuzten Armen, dessen Augen Planeten waren. Er schien blind zu sein. Wieder hinter ihm war ein anderer, der den Kopf eines Ebers trug, und ihn überragend, wie er die anderen überragte, war etwas, das nichts Menschliches mehr an sich hatte.

»Kannst du begreifen«, fragte der Meister, »daß das Universum von Göttern und Geistern erfüllt ist? Sie finden kein Ende. Mit jedem menschlichen Gedanken werden neue geschaffen. Viele lieben die Menschen, und viele hassen sie. Die meisten haben nie von der Menschheit gehört. Manche haben von ihr gehört und lachen darüber. Andere sind wahnsinnig geworden. Es gibt so viele von ihnen, daß keiner sie jemals zählen könnte.«

Wir gingen weiter, bis wir zum Ende kamen. Das Ende war ein kahler Raum ohne Fenster und Türen. In der Mitte stand eine Truhe aus Onyx auf dem Boden.

»Hierin findest du die Antwort auf alle deine Fragen«, wurde mir erklärt. »Noch nie hat jemand zuvor diese Kiste geöffnet. Nur wenige sind überhaupt so weit gekommen wie du. Erst einmal habe ich mit einem anderen in diesem Raum gestanden, und dieser eine, der größer war als ich, wagte nicht, den Deckel zu lüften. Mein Rat wäre, daß du seinem Beispiel folgst.«

»Aber ich muß die Truhe öffnen, wenn sie das Wissen enthält, das ich suche.«

Ohne Zögern, obwohl ich wußte, daß ich mich am Rand eines viel furchtbareren Abgrundes befand, als es jener am Ende der Welt war, hob ich den Schwarzen Deckel.

Und schrie auf.

Und starrte hinunter in eine andere Dunkelheit, eine ohne Sterne, und da tauchte weit, weit unten ein heller Fleck auf und stieg herauf, bis ich erkannte, daß es eine Totenmaske war, ein skeletthaftes Antlitz, ein gesichtsloses Gesicht, ein Leichenkopf mit hohlen Augen, die mich zu verschlingen suchten, als das Ding heraufschoß auf einer Säule aus Nacht und Nichts.

Das Gesicht war mein eigenes.

Wie Rauch entströmte die Dunkelheit jener Truhe, erfüllte den Raum und verdichtete sich dann zu der Gestalt eines Mannes, der größer als jeder Mensch war und jenes schreckliche tote Gesicht trug. Mein Gesicht, vom Tod gewandelt.

Der Meister schrie auf, von Furcht erfüllt.

»Wisse nun, was der *Dunkle Glaube* ist! Du huldigst einem Gott, den du niemals siehst, wie wir es bislang taten. Doch jetzt sehe ich ihn von Angesicht zu Angesicht!«

Das Wesen näherte sich mit leichten, hohl klingenden Schritten. Es griff mit einer Hand nach meinem Führer, und er schrak voller Entsetzen zurück vor dem verkörperten Entsetzen.

Und dann tat ich etwas unvorstellbar Närrisches, Heldenhaftes, Verrücktes. Ich stürzte mich zwischen die beiden und zückte mein Schwert, um den einen niemals aufhaltbaren Gegner aufzuhalten. Ich starrte in jene Augen. In die Augen, die die ganze Schöpfung verschlingen konnten.

Wie aus dem Nichts erschien plötzlich ein anderes Schwert, ein schwarzes Schwert, das meine Klinge parierte. Es kam zur Berührung, zu einer Art Verschmelzen, und die Dunkelheit floß durch die Klinge in meine Hand, aufwärts in meinen Arm, und ich verspürte eine Betäubung wie von schrecklicher Kälte. Stumm und vor Entsetzen zu keinerlei Gegenwehr imstande, mußte ich gelähmt und hilflos zusehen, wie das Ding aus der Truhe mit meinem Körper eins wurde, in mein Fleisch einsickerte wie Wasser in den Wüstensand. Ich fühlte, wie mein Ich, mein Körper, mein Wille verlorengingen, sich auflösten, so daß ich nur eine von vielen tausend Luftblasen in der Schaumkrone einer schwarzen Woge war.

Mein Name ist Legion, denn wir sind viele.

Ich versuchte zu sprechen. Ein heulender Sturm brach aus meiner Kehle hervor. Noch hatte ich gerade soviel Macht über meine Glieder, daß ich mich zum Meister umdrehen konnte.

»*Nein!* Ich sehe es! Ich sehe es in deinen Augen! Es ist immer noch da!«

Er floh vor mir, durch die Luft, weg aus jenem Raum. Das Pendel schwang vorbei. Ich folgte ihm, fand ihn wieder, und er floh weiter, von Welt zu Welt, vorbei am Brunnen der Visionen, vorbei an den Berggipfeln mit den Göttern darüber, und ich verfolgte ihn. Dieser bewußte Akt der Verfolgung half mir, wieder ein wenig ich selbst zu werden. Zorn trieb mich an, aber auch Schmerz, der Schmerz darüber, daß ein so liebgewonnener Freund nun voller Entsetzen meinen Anblick floh. An diesen dünnen Faden der Menschlichkeit klammerte ich mich verzweifelt fest.

Ich gelangte in die Landschaft voller Felsklippen am Rande der Welt. Ich konnte den Meister nirgends entdecken. Doch er war da, hatte gewartet, um mich zu überrumpeln, und zerrte nun an meiner rechten Hand. Ich schlug mit dem Haken an meiner Linken nach ihm, aber irgendein Rest menschlicher Regungen hielt mich im letzten Moment zurück.

Er hatte es auf den Jadering abgesehen, den ich trug, und dabei merkte ich zum ersten Mal, daß er genau den gleichen an der rechten Hand trug.

Es gelang ihm, meinen abzustreifen, und sofort rannte er damit los, auf den Abgrund zu. Ich setzte ihm nach, diesmal ohne das geringste Zögern, dennoch kam ich zu spät. Ich erreichte die Felskante in dem Augenblick, als er sich kopfüber hinunterstürzte, meinen Ring fest umklammert.

Weit unten erlosch ein Stern für einen Atemzug, als er vorbeistürzte.

Trauer und Kummer erfüllten mich, doch gleichzeitig war ich froh, nicht über den Tod des Meisters, sondern über den Kummer, den ich empfand, denn ein solches Gefühl mochte mir helfen, die Dunkelheit in mir zu überwinden und zu mir selbst zurückzufinden. Ich kehrte dem Abgrund den Rücken und schritt den Abhang hinunter bis zu der Stelle, wo wir diese Ebene der Schöpfung betreten hatten. Nichts geschah. Ohne den Ring konnte ich den Weg des Pendels nicht kreuzen. Er hatte ihn mir genommen, um meine Rückkehr nach Ta-Neng zu verhindern, um seine Welt vor etwas so Gefährlichem zu bewahren, das ihn, den größten aller Weisen, in wahnwitzige Furcht zu versetzen vermochte. Nein, wahnwitzig nicht. Sein Tod war vernünftig und sinnvoll gewählt worden.

So wandte ich mich denn in Richtung des Sonnenlichts und der bewohnten Länder, und ich fragte mich die ganze Zeit, wo ich wohl hingeraten würde, in welche Welt, in welchen Teil der Erde. Vielleicht würde ich mich gar nicht in Asien oder in meiner eigenen Zeit wiederfinden, vielleicht statt dessen dort, wo ich hingehörte, in einem Reich, das von Trollen und Kobolden beherrscht wurde. Und die ganze Zeit brodelte in meinem Innern diese dunkle Macht, bereit, mich vollends zu verschlingen. Ich durfte meinen Gedanken nicht freien Lauf lassen. Ich mußte mich an starke Empfindungen klammern, an meine Furcht und Schuld, an die üblen Taten meiner Vergangenheit. Ich rief mir die Gesichter in Erinnerung, das meines erschlagenen Knappen, meiner verratenen Liebe, der ertrunkenen Lady Catherine, all die Schrecken im Tal von Mistorak und jenen, der aus seinem Brunnen kam.

Ich dachte an alle Qualen der Hölle, wie die Priester sie schilderten, und ich wußte, daß ein rachsüchtiger Gott sie alle für mich geschaffen hatte.

Auf diese Weise hielt ich an meinem Ich fest. Als der letzte Sturm in meinem Innern erstarb und die seltsamen Visionen verblaßten, die er hervorgerufen hatte, blieb letzten Endes nur ein Gefühl der Leere und des Kummers zurück. Mein Körper war wieder der eines Menschen, geschwächt von Hunger, Durst und Kälte. Vor mir erhob sich die Sonne zögernd über kahlen Berghängen, aber jenseits dieser Berge wuchs Gras auf dem Boden, und es gab auch Bäume. Ich war von ihrem äußersten Rand wieder in die Welt zurückgekehrt. Es gab auch Menschen hier, aber sie flohen bei meinem Anblick, denn noch immer trug ich den Stempel überirdischen Schreckens, von Unnennbarem, von Heiligem.

Tausend Tage und Nächte wanderte ich dahin, bis ich schließlich in das Land Ägypten kam, in ein Tal, in welchem steinerne Könige sich an den Flanken zweier Berge ausruhten, und ich hörte sie miteinander sprechen mit meinen durch jüngste Erfahrungen geöffneten Ohren. Ihre Worte waren wie das tiefe Grollen eines fernen Erdbebens, und ihre Seufzer klangen wie der Nachtwind.

»Wieder ist ein Jahrhundert vergangen.«

»Und ein neues wurde geboren.«

»Ein Königreich wurde unterworfen. Eine Seuche wird einen Erdteil heimsuchen. Allein in dieser Nacht wird sie hunderttausend niedermähen.«

»Es ist ohne Belang. Es gibt viele Königreiche, viele Menschen.«

»Bei deiner Zehe ist ein Geziefer.«

»Ein Geziefer in Menschengestalt, ein lächerliches Insekt, das törichte Fragen stellt, Antworten und Ursachen für alles in der Welt sucht.

»Es gibt keine Antworten oder Ursachen.«

Als ich begriff, daß sie von mir sprachen, da stürzte ich davon, in hoffnungslosem Entsetzen, weil ich sie nur zu gut verstanden hatte.

Hinter mir lachten die Kolosse mit den Stimmen des Erdbebens.

12

Mitternacht, Mondlicht und das Mysterium der See

I

Ich verlor meinen Glauben an fremden Gestaden, im Schatten des Gewissensbaumes. Im Schatten des Gewissensbaumes, an fremden Gestaden, wo der Sand naß war vom Blut von Kindern.

II

Es muß etwas an der Zahl drei sein … Drei Begegnungen standen am Beginn eines neuen Abenteuers.

Zum einen: Abgerissen, verwahrlost und halbverhungert, das Hirn von tausend Gespenstern und Schatten belagert, kam ich in ein Land, in dem es immer regnete, fortwährend regnete, so lange, bis alle Farben weggewaschen waren bis auf ein schlammiges Braun und das Grau des Himmels. Nichts wuchs. Die Erde schlief unter toten Blättern, und alle Bäume waren nackt und kahl. Das Jahr war schon weit fortgeschritten, beinahe war es Weihnacht, und doch sang niemand irgendwo ein Lied vom Jesuskind, niemand ließ sich sehen, niemand rührte sich. Es war sehr still, fast vollkommen stumm, denn die allgegenwärtige Stimme des Segens war zu universell, zu verflochten mit dem Gewebe des Daseins, um als eigenständiges Geräusch angesehen zu werden. Nach einer Weile wurde das Ohr taub dafür.

Dorthin kam ich also, ich, Julian, genannt der Abtrünnige, zweiter dieses Namens, einst ein Ritter Gottes und seines heiligen Kreuzzugs, gemieden von den Menschen, selbst alle meidend, und betrat von neuem Europa und die Länder meiner eigenen Rasse. Mitten auf einer Wiese stieß ich auf einen erschlagenen Ritter, der unter seinem Schild lag und bereits am Verwesen war. Trotz des Regens hockten zwei große schwarze Vögel auf seinem Gesicht und pickten nach seinen Augen. Ich verscheuchte sie und nahm sein Schwert an mich, seinen Schild, sein Kettenhemd und seinen Helm, denn all dies hatte ich selbst verloren. Ich wußte nicht mehr, wo. In der Wüste oder auf See, im Wachtraum oder im Schlaf.

In der Nähe fand ich sein Pferd, stieg auf und ritt davon. Dabei untersuchte ich seinen Schild. Er trug das Zeichen des Endlosen Knotens, ein mächtiges Emblem. Ein Schwerthieb hatte aber das Metall gekerbt, ein wenig Farbe abgesplittert und so den Knoten unterbrochen.

Nebel waberte ringsum über die Erde; die Luft war feucht und bitterkalt, erfüllt von üblen Düften und toten Seelen.

Zum zweiten: In einem uralten Wald, wo vor langer Zeit die Heiden Götzengesichter in die Baumstämme geschnitten hatten, nahe der verfallenen Hütte eines Köhlers, vernahm ich einen Hilfeschrei. Ich trieb mein Roß durchs Unterholz vorwärts und gelangte auf eine Lichtung, wo ich eine Frau fand, die sich schmerzerfüllt auf der Erde wand.

»Ein Schlangenbiß!« Sie zeigte auf die zweifache Bißwunde am Knöchel. »Rasch! Bindet eine Schnur um mein Bein, damit sich das Gift nicht im ganzen Körper verteilt!« Alles weitere waren wieder unartikulierte Schreie, und sie warf vor Schmerzen krampfhaft den Kopf hin und her.

Ich stieg ab. Gleich neben ihr stand ein mächtiger Baum, um den eine rote Kordel gebunden war. Ohne zu überlegen, riß ich sie herunter – sie löste sich ganz leicht – und kniete nieder, um die Verletzung abzubinden, da raschelte es auf einmal im Laub, und eine dünne, trockene Stimme sprach: »Habe ich es gut gemacht, Herrin?«

»Du hast es sehr gut gemacht«, sagte die Dame.

Ich blickte hinunter, um gerade noch die Schlange davonschleichen zu sehen. Ich wandte mich der Frau zu, die jedoch den Saum hinter mir anstarrte und lachte. Sie schien völlig wiederhergestellt zu sein.

Ich sprang auf, fuhr herum und gewahrte, wie sechs alte Weiber aus dem Astwerk zu Boden glitten, langsam, eher wie eine Schnecke auf ihrem Schleim gleitend als kletternd wie menschliche Wesen, fast als würden aus den Zweigen aufgedunsene, überreife Früchte wachsen. Weitere sechs wühlten sich zwischen den Wurzeln des Baumes herauf wie Würmer, mit erdverschmierten Gesichtern und Dreck ausspuckend.

»Er kann uns nicht aufhalten«, zischelten sie. »Er hat kein Kreuz bei sich. Sein Zauberzeichen wird ihm ohne das Kreuz nichts nutzen.«

»Wer seid ihr?«

»Gruß dir, Gegen-Merlin, der zu uns kam, als die Zeit reif war. Gruß dir, Befreier. Gruß dir, Narr.«

»Wer seid ihr?«

»Wer wir sind? Wer sind wir?« Ihre Stimmen verschwammen zu einem Singsang. »Wir sind alles Böse der Welt, alle Lüste, alle Ängste, alle Geheimnisse, die sich verbergen in der unerleuchteten Dunkelheit. Ein Mächtiger band uns und bannte uns mit kraftvollem Zauber, und nun hast du sein Werk ungeschehen gemacht. Was einmal gelöst wurde, kann nie mehr gebunden werden.«

»Wer seid ihr?«

»Wer sind wir? Wer wir sind? Wir sind wer. Wir sind

wer. Wir sind, wer wir sind.« Sie reichten sich die Hände, die zwölf, und tanzten einen Reigen rund um den Baum, kreischend und lachend, und ich wußte, dies waren Hexen, doch von einer älteren, machtvolleren Art als irgendein gewöhnliches altes Weib aus einem Dorf, das dem Teufel die Seele für die Fähigkeit verkauft, Schmerzen zu schicken und Brunnen zu vergiften.

Das Lachen des schönen Fräuleins verstummte, und ich blickte mich um. Wo die Frau gelegen hatte, hockte eine fette Kröte, die nun zwischen meinen Beinen hindurch in den Kreis der anderen hüpfte. Eins der alten Weiber nahm sie auf und barg sie unter dem Wams an ihrer Brust. Zornig, aber auch voll Furcht zog ich das Schwert und griff mit einem Kriegsschrei an. Sie stoben auseinander wie aufgescheuchte Taubem, liefen mit erstaunlicher Behendigkeit zwischen die Bäume in alle Richtungen davon. Einen Augenblick schienen da Hunderte von Hexen durcheinanderzuhuschen, eine Heerschar – mein Roß bäumte sich auf und scheute bei diesem Anblick; gleich darauf war ich allein im Regen, nur der letzte schwache Widerhall meines Schreis kam aus der Tiefe des Waldes zurück. Ich war erschöpft und fror, daß mir die Zähne klapperten.

Ich fragte mich: Wie kann ich wissen, ob dies geschehen ist, wo es geschehen ist oder ob es eine Vision eines kommenden Ereignisses gewesen ist? Habe ich dies offenen Auges erlebt oder im Schlafe? Wie werde ich jemals erfahren, ob ich wache oder träume?

War das eine Antwort: Am Fuß des Baumes sah man immer noch Löcher im Erdreich, die sich rasch mit Wasser füllten und an den Rändern abbröckelten. Auf dem Boden daneben lag ein Stück abgerissene rote Schnur.

Zum dritten: Bis zu den Oberschenkeln watete ich durch einen eisigen Bach, denn die Brücke war weggespült worden, kroch dann das schlammige Ufer hinauf, verlor immer wieder auf gelockerten Steinen den Halt. Ich platschte über seit langem brachliegende Felder, auf denen nichts mehr zu sehen war außer ein paar toten Halmen. Der Regen bildete überall kleine Pfützen, und die Erde wurde in braunen Rinnsalen davongespült. Jenseits der Felder kam wieder ein Dach, noch eine zusammengebrochene Brücke und eine Mühle, deren großes Rad moosüberwuchert und verrottend stillstand. Dahinter dann Hütten ohne Dächer, auch ein verlassenes Herrenhaus, das mir eine trockene Unterkunft bieten mochte.

Die große Halle war leer, der Firstbalken heruntergebrochen. Bretter und Balkenwerk kreuz und quer über die Tische gefallen. Die Feuerstelle war kalt, und allenthalben troffen kleine Wasserfälle herunter. Ich erforschte die anderen Räume, und alle waren sie nicht weniger verfallen und durchnäßt – bis auf einen, und in diesem stieß ich auf die letzten vier Bewohner des Anwesens.

Drei waren kahlköpfige weißbärtige Männer, die keuchend herumschlurften, Diener ihres jüngeren Herrn. Wenigstens hatte er jünger gewirkt, bevor sein Leiden ihn so ausgezehrt hatte. Die Augen waren eingefallen, das Gesicht wirkte wie eine wahrhaftige Totenmaske. Stellenweise war ihm das Haar ausgefallen, die Überreste bildeten ergraute Strähnen. Die Haut der Hände schimmerte erschreckend weiß, als wären sie aus durchscheinendem Marmor gemeißelt.

Er saß auf einem hochlehnigen hölzernen Stuhl, eine schmutzige Decke über den Schoß gebreitet, und seine drei Diener standen neben ihm. Er hatte sich über ein modriges Buch gebeugt, dessen feuchte Seiten er vorsichtig mit einer schmalen Messerklinge trennte, um sie nicht zu zerreißen.

Als ich mich vorgestellt hatte und die Umstände meines Kommens erklärt hatte – zumindest insoweit, als ich sie ihn wissen lassen wollte –, da sagte er: »Es war Eure Bestimmung, herzukommen – als mein Erlöser.« Und er erzählte mir seine Geschichte:

»Mein Name ist Gottfried. Einst wurde ich Gottfried der Kühne genannt. Ich war ein kühner, stolzer Ritter, Sieger im Turnier wie in der Schlacht. Mein Schild zeigte eine blaue Lilie, und ich trug den Schleier meiner Dame am Helm. Ja, ich war einer wunderbaren Dame versprochen, mehr noch, einer Verkörperung des weiblichen Ideals, einer Vision – doch ich gelobte, zuvor zu Ehren meiner Herrin und unser aller Herrin, womit ich die Mutter Gottes meine, in den Osten zu ziehen und im Kreuzzug zu kämpfen. Dort würde ich das Land von allem heidnischen Übel säubern und die heiligen Stätten befreien, auch das Grab, wo Christus zwei Nächte und einen Tag lang schlief, und den Hügel von Golgotha, wo er starb. Ich kämpfte lange und tüchtig mit unserem Heer. Gott war mit uns, doch als wir uns endlich der heiligen Stadt näherten, schickte der Feind einen Herold, der uns einen Zweikampf anbot. Wenn einer von uns einen der Ihren im Einzelkampf auf einem nahen Berge besiegte, würde die Stadt ihre Tore öffnen und sich kampflos ergeben. Es war wohl mein Stolz – und die ganze Sache ein Fingerzeig des Himmels, wie eitel dieser Stolz war –, der mich bewog, die Herausforderung anzunehmen. Am vereinbarten Morgen stieg ich auf jenen Berg. Ich plagte mich den ganzen Tag unter der glühenden Sonne und der Last meiner Waffen und meiner Rüstung, mühte mich stückchenweise die fast völlig glatte Felswand hinauf. Es war beinahe Abend, als ich den Gipfel erreichte, ein breites Felsplateau, und dort auf meinen Gegner stieß. Er hatte anscheinend schon den ganzen Tag dort auf mich gewartet. Ich weiß jedenfalls nicht, wie er hinaufgekommen war. Für einen normalen Sterblichen war der Weg, den ich genommen hatte, der einzig mögliche, wenn man nicht in einer Wolke in die Höhe schweben konnte.

Er war ein Riese. Seine Rüstung war von glänzendem Schwarz, das im Licht der untergehenden Sonne feurig schimmerte. Ich kreuzte die Waffen mit ihm, und der Kampf war in schmerzlicher Kürze entschieden. Sein Arm war schneller als mein Auge. Ich kam mir vor wie ein ungeübter Bauernbursche mit einem Stock gegen diesen Gegner. Ich hatte noch kaum zwei Atemzüge getan, als er mir schon einen Hieb gegen den Schenkel versetzt hatte, doch er schlug kein zweites Mal zu. Er ließ mich dort liegen und verschwand in der heraufziehenden Nacht. Es war, als schritte er einfach über die Kante des Abbruchs.

Wie Ihr wißt, wurde die Stadt schließlich doch eingenommen. Tausende starben im Kampf, weitere Tausende durch die Hitze und das schlechte Wasser, aber davon merkte ich nicht viel. Am Morgen kamen meine Kameraden mich suchen, und sie fanden mich, an einer Wunde darniederliegend, die niemals heilte. Die gelehrtesten Männer der Medizin rief ich zu mir, doch sie vermochten nichts auszurichten. Keine Blutegel konnten das Übel herausziehen. Nun lag alles in den Händen des Herrn. Priester lasen Messen für mich, und das ganze Heer betete für mein Heil, aber nichts nutzte. Endlich ließ ich mich nach Hause bringen, wo ich meine Ländereien verdorben und erstickt fand unter dem Fluch eines immerwährenden Regens, so wie Ihr selbst sie jetzt gesehen habt. Seither warte ich hier, bis daß der schleichende Tod oder irgendein Wunder mich erlöst.«

»Leider«, sagte ich, »kann ich keine Wunder wirken.«

»Wartet«, sagte er. »Hört noch den Rest: Nach langer Zeit hörte ich von einem heiligen Einsiedler, der sich in einer Höhle eingemauert hatte und in der Dunkelheit zu großer Weisheit gelangt war. Ich suchte ihn auf und sprach mit ihm durch eine winzige Luke, wo ein Stein herausgefallen war. Ich konnte im Innern der Höhle nichts erkennen, aber ich vernahm eine Stimme, die mit dem Ernst tiefster Überzeugung zu mir sprach: ›Du kannst nicht geheilt werden, bevor nicht alles Gottlose von deinen Ländereien entfernt wurde.‹ Deshalb hege ich nun die Hoffnung, edler Herr, daß Ihr meine Erlösung bewerkstelligen könnt. Ich bin schon lange nicht mehr imstande, mein Obdach zu verlassen, aber Ihr seid auch jetzt noch stark und könnt hinausgehen und jegliches Übel ausrotten, das Ihr findet.«

Ich brachte es nicht über mich, ihm gleich eine Antwort zu geben, und er drängte mich nicht. Die Diener brachten eine ärmliche Mahlzeit, die ich dankbar verzehrte. Wir beide unterhielten uns danach noch eine Weile über andere Dinge, über Dichtkunst, seltsame Träume und unvorstellbare Geschichten, die in Büchern geschrieben stehen.

III

Für die Nacht wies man mir ein Lager in einem Raum voller Spinnweben. Als ich einschlief, trieb ich auf dem Meer der Erinnerung rückwärts in der Zeit, und deutlich erlebte ich wieder jene Geschichte, die ich als Antwort auf Gottfrieds Bericht nicht hatte erzählen können.

Ich erlebte wieder den Morgen, da der heilige Tancred, Bischof von Anjou, Averoigne und Poictesme, im ersten schwachen Licht des Tages vor der Heerschar stand, hinter ihm die mauerngeschützte Stadt. Es herrschte völlige Stille, abgesehen von dem Krächzen der erwartungsvollen Krähen und dem Knattern der Banner in der heftigen Brise. Er ergriff das Wort.

»Soldaten Christi, in jener Stadt warten zehntausend Heiden, Götzendiener, Teufelsanbeter und Gottlose, und jeder davon ist mit jedem Atemzug, den er tut, eine Beleidigung des Gottes, der ihn schuf, und ein Triumph für den Widersacher, der ihn verdarb. Dies ist eure Aufgabe, ihr kühnen Männer voller Kampfesmut und Tugend, eure Aufgabe, die euch Gott in der Höhe gestellt hat, nämlich das Land von diesem Übel zu befreien, mit Feuer und Schwert selbst das Pflaster der Stadt von allen Spuren der Unreinen zu säubern. Ich habe für den Sieg an diesem heutigen Tage gebetet, und kurz bevor ich vor euch trat, hatte ich eine Vision. Ich sah am Himmel über den Hügeln und der heidnischen Stadt das mächtige Zeichen des Kreuzes, ebenso hell strahlend wie für Konstantin, als dieser sich dem Erlöser verschrieb, und auch wir werden in diesem Zeichen siegen. Jesus sieht uns zu. Seine heilige Mutter erwartet jene, die heute umkommen werden, um sie in ihren eigenen Armen ins Paradies zu tragen. *Vorwärts! Für Christus und das Kreuz!*«

»Christus und das Kreuz!« Aus jeder Kehle erschallte der Ruf, und die Heerschar stürmte wie eine übermächtige Flutwelle donnernd voran. Die erste Woge brach an den Steinmauern der Stadt, und die Schlacht begann. »Christus und das Kreuz!« brüllten Männer, die schreiend zusammenbrachen unter Strömen geschmolzenen Erzes, das von oben auf sie herabgeschüttet wurde. »Christus und das Kreuz!« ertönte es wieder, als Schleudern, Katapulte und Ballisten die Luft mit todbringenden Geschossen erfüllten. Der Kampf ging unablässig weiter bis zum Mittag, dann gab es eine kurze Pause, kaum ausreichend, daß sich beide Seiten den Schweiß von der Stirn wischen konnten, dann setzte das Wüten wieder ein. Im Purpurdunkel des Abends rumpelten die mächtigen Belagerungstürme heran, und es war völlig dunkel geworden, als ich mich mit den anderen über die Mauer schwang, zu sehr von Kampfeslust und Wut getrieben, um gar auf den nächsten Morgen zu warten.

Die Stadt war unser. Die Mauern und Wehrgänge wurden von jeglichen Feinden gesäubert, dann die nächstliegenden Gassen, und bevor wir die Tore öffnen konnten, wurden sie schon von außen mit den eberköpfigen Rammböcken zerschmettert. Von droben mußte es gewirkt haben wie die Sintflut, die Noahs Welt überschwemmte, und am Erdboden wie ein Nest von Hornissen, die mit stählernen Stacheln wütend ausschwärmten.

Als der Widerstand zu kleinräumigen Nestern zusammengeschmolzen war, ging das Abschlachten dennoch weiter und wuchs an wie eine Lawine, wuchs mit jedem Stein, der aus einer Mauer polterte, und war nicht mehr aufzuhalten. Da trampelten Ritter hoch zu Roß Weiber, alte Männer und Kinder nieder. Manche lachten, als wären sie auf einer vergnüglichen Jagd, als sie die fliehenden Heiden mit ihren Lanzen aufspießten. Alles, was Blut in den Adern hatte, wurde niedergemetzelt – Männer, Pferde, Hühner, Hunde. Sie waren unersättlich in ihrer Gier nach Tod. In einer schmalen Gasse wateten die Soldaten knöcheltief durch Blut und Eingeweide. Einmal saß da eine Gruppe schicksalsergeben mitten auf einem Platz und erwartete das Ende. Es waren Priester und Gelehrte dabei, die hoffnungslos vor sich hinstarrten, manche blätterten auch wie betäubt in ihren Büchern. Frauen saßen dabei, junge und alte, barfüßige Jungen auf dem Schoß. Nur wenige blickten auf, als die Vorhut der Eroberer vor ihnen haltmachte. Ohne Zaudern und triumphierend, daß Gott uns diese Gelegenheit schenkte, unsere gefallenen Kameraden zu rächen, sprangen ich und die anderen ab und stürzten uns auf sie, hieben Köpfe ab und zerschmetterten Schädel, daß das Hirn spritzte, so gründlich wie Schnitter im Kornfeld. Auch Bischof Tancred war dabei. Da ihm das heilige Gesetz Blutvergießen untersagte, benutzte er eine gepolsterte Keule, die ihm aber auch gute Dienste leistete.

Später, als jedermann seine eigenen Wege ging auf der Suche nach Beute, da gelangte ich zu einer heiligen

Stätte im Herzen der Stadt, einem weitläufigen Bauwerk aus Kuppeln und zierlichen Türmen. Erst zauderte ich, dort hineinzugehen, als sollte ich gleich hinter dem Tor etwa auf den Sarg des Mahomet stoßen, irgendwo zwischen Boden und Decke schwebend, aber dann sagte ich mir: Gott ist mit mir, und er hat heute obsiegt, und trat ein. In dem weiten fackelbeleuchteten Saal lagen drei Mädchen, nackt und kopflos. Draußen gingen das Gebrüll und Geschrei, der Lärm von berstenden Türen, das Prasseln der Flammen weiter, aber hier war es ruhig. Ich erkundete andere Räume. Das friedliche Dämmerlicht umfing mich. Alles andere erschien mir wie ein ferner Traum.

Schließlich kam ich in einen Raum, der voller Bücher war. Jemand mußte ihn schon vor mir durchsucht haben, denn die meisten Bände lagen in Haufen auf dem Boden, als hätten gierige Hände hinter ihnen Schätze vermutet. Blutige Fingerabdrücke hatten manche Blätter verdorben. In der Mitte des Saals stand ein glutgefülltes Becken, das glücklicherweise nicht umgestoßen worden war und nun ein wenig Licht verbreitete. An seinem Fuß lag ein Toter. Sein turbanbedeckter Kopf war gespalten, ein abstoßendes Chaos. Der eine Arm, den er wohl in vergeblicher Abwehr gehoben hatte, lag abgetrennt neben ihm. Mit der anderen Hand aber hielt er immer noch einen dicken Folianten umklammert. Ich löste das Buch aus seinen schon steif werdenden Fingern und blätterte es durch. Ich konnte die Schrift nicht lesen, aber Zeichen und Diagramme schienen auf eine Abhandlung über Magie hinzudeuten. Ich wußte, daß es ein teuflisches Ding war, dennoch zog mich sein verbotenes Geheimnis an. Ich beschloß, es zu behalten, um es mir vielleicht von einem Gelehrten unter den Gefangenen vorlesen zu lassen, falls welche übrigblieben.

Und dann zuckte ich zusammen und ließ es fallen, und mein Herz verkrampfte sich in reinstem Entsetzen, als etwas mit der Kraft eines Fangeisens meinen Knöchel umklammerte. Ich sprang weg und schaute hinunter, und da war es noch – die Hand des abgehauenen Arms, die mich mit übermenschlicher Stärke gepackt hielt. Ich trat und stampfte und schlug mit dem Schwert danach, wobei ich mir fast den Fuß abhackte, aber die Hand ließ nicht los. Ein Beobachter hätte denken mögen, ich tanzte einen bizarren Moriskentanz. Ich konnte mich erst von dem Ding befreien, als ich es so zu Brei zermalmt hatte, daß es mehr flüssig als fest war. Keuchend stand ich da und starrte voll Ekel zu Boden, und unwillkürlich rief ich: »Bei den Wunden Christi!«

»O ja, die Wunden Christi und die Hand Christi und das Antlitz Christi sollen dich auf ewig verfolgen.« Ein neues schreckliches Mirakel bedrohte mich. Der Leichnam richtete sich auf, und die Lippen des zerstörten Gesichts – es war unvorstellbar – bildeten Worte und sprachen. »Diesen Fluch erlege ich dir auf, Ungläubiger, Mann von Europa: die Last deines eigenen Gewissens. Mögen dir die Augen zum ersten Mal wirklich aufgehen, so wirst du von diesem Tage an nie mehr Ruhe finden, dein Stolz und deine Reue werden sich ohne Ende in deinem Innern bekriegen. Gehaßt und hassend, ein Ausgestoßener vor deinem Gott und deinem Volk, so sollst du auf ewig über das Antlitz der Erde wandern und immer das Antlitz des Todes vor dir sehen, und das eiserne Antlitz eures Christus sollst du fliehen, und der Tod wird dein Begleiter sein immerdar und alles vernichten, alles verderben, was dir heilig ist, bis es dir nicht mehr heilig sein wird …«

»Hör auf! Schweig!« Blind vor Tränen, blind vor Zorn hieb ich dem Gespenst den Kopf ab und haute und schlug auf den Körper ein, bis er nur noch aus blutigen Stücken bestand. Ich tauchte meine Hände in den roten Morast seiner Brust – wenn, o wenn ich bloß das Herz ergreifen konnte, dann müßte mein Wille doch über

den seinen obsiegen. So nahm ich den innersten Kern der monströsen Erscheinung, spießte ihn auf mein Schwert und schwang es in die Höhe, aber die Tat schenkte mir keine Befriedigung. Angewidert schleuderte ich das Ding an die gegenüberliegende Mauer, wo es wie eine überreife Frucht zerbarst.

Nun schwieg die Stimme, und keuchend, einer Ohnmacht nahe, kniete ich dort, auf mein Schwert gestützt, Zerrbild eines betenden Kriegers, und rang keuchend um Atem. Die ganze aufgestaute Erschöpfung dieses langen Tags schien mich in diesem einen Augenblick einzuholen. Ich brachte es kaum fertig, ein Stück wegzukriechen, um mich zu setzen, den Rücken gegen einen Bücherschrank gelehnt. Ich starrte dumpf und wie gelähmt an die Decke, bis ich nach einer Weile wieder ein wenig zu Vernunft kam, dann raffte ich mich auf, den Zauberfolianten zu holen.

Dabei hörte ich Schritte herankommen. Ich sprang auf, das Schwert gezückt, falls der Ankömmling ein Feind sein sollte.

Doch ich kannte den Mann. Es war Robert von Tharras, ein kühner Ritter, der mir in der Schlacht einmal das Leben gerettet hatte, als die Gegner mich eingekreist und aus dem Sattel gerissen hatten. Beim vertrauten Klang seiner Stimme senkte ich meine Waffe.

»Ho, Julian! Hier werdet Ihr kein Gold finden. Ich habe schon nachgesehen.«

»Das … sieht man …«

»In diesem ganzen verfluchten Bauwerk gibt es nichts, das nur einen halben Kreuzer wert wäre. Keine kostbaren Gefäße wie in unseren Kirchen. Aber seht her – eine Beute habe ich.«

Er hielt mir seine Lanze vors Gesicht, damit ich in dem Dämmerlicht sehen konnte, was er hatte. Es war ein Säugling, aufgespießt, blutüberströmt, mit heraushängenden Eingeweiden.

»Ein Teufelsanbeter weniger, der uns als Herangewachsener lästig werden kann, was? Und eine weitere gottgefällige Tat für den heiligmäßigen Sohn meiner Mutter.« Er lachte und verdrehte im Scherz die Augen zum Himmel. Als ich schwieg, zuckte er die Achseln und ging, seine Trophäe wie ein Banner schwenkend.

Ich hätte keine Worte finden können. Der Fluch des Magiers begann sich bereits hier zu erfüllen, in der dumpfen Stille, an der Spitze einer Lanze. Es war, als täten sich zum ersten Mal die weiten Tore der Kathedrale meines Geistes auf und ließen das helle Tageslicht auf mein noch ungeborenes Gewissen hereinfluten. Ich fragte mich: *Was tue ich hier? Gefallen solche Taten wirklich dem lebendigen, liebenden Gott und seiner sanften Mutter, zu der die höfischen Helden beten? Und wenn dem so wäre, sollte er dann nicht eher Moloch genannt werden?*

Ich fand keine Antworten in dem Raum voller loser Buchseiten und Blutgestank, überhaupt keine Antworten, während Sir Roberts Schritte verklangen und ich wieder allein war, allein, wie ich von nun an in alle Ewigkeit sein würde.

Die Erinnerungen verblaßten, aber das letzte Bild verging nicht. »Nimm das weg!« schrie ich, den Speer noch vor Augen. Ich erwachte in der feuchten, modrigen Kammer, immer noch schreiend, und als ich einigermaßen zu mir gekommen war, wußte ich, was ich tun mußte. Ich bedurfte einer rituellen Buße, eines Exorzismus, einer Genugtuung für alle ruhelosen Seelen. Ich mußte binden, was ich gelöst hatte, heilen, was ich verletzt hatte, wiederaufbauen, was ich zerstört hatte.

Ich ging sogleich zu Sir Gottfrieds Kammer. Er war wach und beschäftigte sich mit seinen Büchern. Anscheinend schlief er nie. Die Schmerzen, erklärte er, seien dafür zu schlimm.

Ich beugte das Knie vor ihm, bot ihm mein Schwert dar, daß er es berühren und segnen möge, und schwor, daß ich seinen Auftrag erfüllen würde. Dies schenkte ihm großen Trost und mir ein wenig, obwohl ich wußte, daß ich nicht so einfach erlöst werden konnte wie er. Mein Gegner war weitaus mächtiger und viel näher.

IV

Vor meinem Aufbruch konnte ich den siechen Ritter nicht mehr aufsuchen, um seinen Abschiedssegen zu erbitten. Seine Diener sagten, er schlafe, schlafe endlich richtig, zum ersten Mal, seit ihn das Schicksal so schwer getroffen habe. Sie wagten nicht, ihn zu wekken. Die bloße Hoffnung war heilsam gewesen, und sie wollten die Besserung nicht gefährden.

Die drei brachten mir nicht das eigene Schwert und den Harnisch, sondern eine sehr viel prächtigere Ausrüstung.

»Von allen seinen Schätzen hat unser Herr nur diese Dinge retten können. Er ersucht Euch, sie anzunehmen.«

»Ich werde sie zurückbringen, wenn mein Werk getan ist.«

»Das ist nicht nötig! Wenn Ihr Erfolg habt, gehört Euch alles als Euer Lohn, und wenn nicht, nun, Sir Gottfried hätte dann ohnehin keine Verwendung für diese Kriegsutensilien, außer um damit bestattet zu werden.«

Sie halfen mir, alles anzulegen, die Eisenschuhe zuerst, dann Beinschienen und Kniekacheln, Beintaschen und ein Kettenhemd aus glänzend polierten Ringen, bis sie mich mit lange geübtem Geschick von Kopf bis Fuß in Metall gehüllt hatten. Die Finger kannten ihre Aufgaben, auch wenn die Blicke abwesend und wie betäubt wirkten. Ich musterte die drei und fand es seltsam, daß ich sie nie in ihrer Persönlichkeit kennengelernt hatte, sondern nur als die drei, die gleichartigen drei, als wären sie verzauberte Pflanzenmenschen, die aus der Wurzel einer einzigen Alraune gemacht wären.

Über dem Harnisch legten sie mir noch einen Mantel um, einen weiten, mit verschlungenen Mustern bedeckten Umhang, wie ihn die Heiden im Osten tragen. Da zogen Löwen und Elefanten dahin. Dort waren ein Schloß und ein Drache im Meer, und alle diese Bilder umrahmten das große Emblem auf meiner Brust, das Zeichen der blauen Lilie. Man reichte mir einen Schild, dessen Rand mit Rubinen besetzt war und der das nämliche Zeichen aufwies, und ein juwelenbesetztes Schwert, so schön und kostbar, daß ich nie geglaubt hätte, ich dürfe ein solches auch nur berühren. Schließlich setzte ich einen goldenen Helm auf, packte eine lange weiße Lanze und bestieg mein Roß, das jetzt einen silberverbrämten Sattel trug. So ausgestattet brach ich auf, während mir die alten Männer nachwinkten und Segenswünsche riefen. Bald aber verschlangen Nebel und Entfernung das Haus und seine Bewohner.

Es regnete immer noch. In den Wolken droben flackerten vereinzelte Blitze, und in der Ferne grollte verhaltener Donner. Eine Weile war mir warm genug unter dem Harnisch, aber mit der Zeit krochen Feuchtigkeit und Kälte doch bis unter die Kleidung, und da, geradeso, als wollte es seinen Sieg feiern, brach das Unwetter erst richtig los. Der stetige Nieselregen wurde zur Sturzflut, und der Sturm wehte mir Wasserschwaden durch die Visierschlitze in die Augen. Ein wahrer Bach rann mir unter dem Kragen den Rücken hinunter. Über mir schwankten nackte Zweige, und riesige Äste krachten und ächzten. Ich hielt Ausschau, ob ich irgendwo Schutz fände vor dem ärgsten Wüten des Sturms, aber ich fand nichts Brauchbares. Wohin das Auge blickte, war nichts als kahler Forst, leblos, naß und feindselig, der sich wie eine gequälte Kreatur unter den prasselnden Regenwogen wand. Während meiner Umschau überlegte ich, was ich eigentlich bei meinem Auftrag vollbringen sollte. Was war das ›Gott-Lose‹, das ich finden mußte, weil es Ursache allen Unheils für Sir Gottfried war? Wenn es hier so etwas gab, dann müßte es mich finden. Ich würde es vielleicht gar nicht erkennen, selbst wenn ich zufällig darauf stieße. Und wenn ich nichts fände, was dann? Ich konnte jedenfalls nicht zum Herrenhaus zurückkehren und erklären, daß ich versagt hätte. Die alle Hoffnung vernichtende Gewißheit einer solchen Nachricht würde dem Ritter den Tod bringen. Nein, ich würde weiterreiten, fort von diesem Land, bis ich einen gastlicheren Teil der Welt erreichte. Er würde dann vielleicht annehmen, ich sei umgekommen durch das, was immer ich bekämpfen sollte, und hätte mein Leben für seines geopfert. Diese Illusion mochte Nährboden für einen ganz realen Hoffnungskeim werden, aus dem seine Heilung erwachsen könnte. Ich würde also unter allen Umständen meine Reise fortsetzen.

Wie es sich zeigte, entwickelten sich die Umstände folgendermaßen: Bis zum Einbruch der Nacht ritt ich so dahin, zusammengeduckt gegen den strömenden Regen. Einmal wechselte ich die Richtung, aber der Wind drehte sich, um mir wie bisher ins Gesicht zu peitschen, als gehorche er einer übelwollenden Vernunft. In meinem prachtvollen Helm klapperten mir die Zähne. Mir war so kalt und elend wie einem alten Mann, den man mitten im Winter in einer ungeheizten Hütte zurückgelassen hat.

Doch plötzlich wieherte mein Pferd und bäumte sich auf, und ich sah mich zwei riesigen grünflammenden Augen gegenüber, die vor mir im Nebel zu schweben schienen. Der Nebel kam auf mich zu, aus dem Schatten der Bäume heraus Gestalt annehmend – die Umrisse eines hundeartigen Wesens, groß wie ein Stier, mit massigen geballten Schultermuskeln und einem Schwanz von der Länge eines Männerbeins. Seine

Pranken waren gut eine Handspanne breit, und seine schrecklichen Lefzen waren mit Zähnen wie Elfenbeindolche gespickt. Das Ungeheuer tappte lautlos und stumm über den schlammigen, laubbedeckten Boden heran.

Ich riß hart an den Zügeln, um mein Roß zum Stehen zu bringen, legte die Lanze ein, trieb dem Tier die Sporen in die Flanken und stürmte vorwärts. Die höllische Fratze war genau vor mir, das Maul zum lautlosen Gebrüll aufgerissen, da traf meine Lanzenspitze auf festen Widerstand. Der Schaft zersplitterte – und dabei war dies eine Waffe für die Schlacht, kein Turnierspielzeug –, und im nächsten Moment, zu rasch für irgendeine Reaktion, hatte ich überhaupt etwas begriffen, flog ich mitsamt meinem Roß durch die Luft und Hals über Kopf in den Morast.

Glücklicherweise wurde ich dabei aus dem Sattel geschleudert, so daß ich nicht vom Gewicht meines Pferdes erdrückt wurde. Der Aufprall war aber hart genug, damit ich wie gelähmt unter einem Strauch liegenblieb, wohl bei Bewußtsein, aber zu keiner Bewegung fähig. Das war das Ende. Jeden Augenblick würde ich nun eine dieser mächtigen Pranken auf meiner Brust spüren, gefolgt von einer kurzen Zeitspanne voller Schmerz und Entsetzen, wenn der heiße Raubtieratem mich umfing, die Zähne sich in mein Fleisch bohrten und ich in Stücke gerissen wurde. Doch nichts davon geschah. Nach einer Weile vermochte ich mich aufzusetzen und schaute mich um. Das Untier war verschwunden. War es ein Traum gewesen? Nein. Mein Pferd lag noch da, zuckend im Todeskampf, Rippen und Eingeweide zerfetzt von einem einzigen Hieb der grauen Tatze. In der Nähe entdeckte ich meine zersplitterte Lanze. Das waren handfeste Beweise für den Vorfall. Ich war überwältigt und dann bewußt verschont worden. Doch weshalb?

Mit dem juwelenbesetzten Schwert erlöste ich das

sterbende Pferd von seinen Schmerzen und setzte meinen Weg durch das Unterholz fort. Immer wieder verfingen sich meine Sporen in Ranken oder dürrem Geäst; ich stolperte wohl ein dutzendmal, bis ich sie schließlich abnahm und wegwarf. Stundenlang, schien mir, stapfte ich so über den aufgeweichten Boden, das Schwert gezogen und den Schild bereit, um irgendeinen Feind abzuwehren. Der Abend nahte. Es wurde dunkel. Kein Laut war zu vernehmen, außer dem leisen Flüstern des Regens und dem Platschen und Schmatzen meiner Schritte im Morast, doch dies sollte nicht lange so bleiben.

Der nackte Wald ging in ein ebenes Feld über, in dessen Mitte sich ein sanfter Hügel erhob. Zwölf Gestalten standen auf seiner Kuppe, und als ich näher trat, um nachzuschauen, wer das wohl sei, stieß ich auf eine Gruppe von phantastischen Wesen, die vom Hals abwärts die Körper alter Weiber hatten, doch die Köpfe waren die von haarlosen grauen Hunden. Ich hob Schwert und Schild, bereit zum Kampf, da senkten sich die Köpfe – es waren Ledermasken mit gläsernen Augen und holzgeschnitzten Zähnen –, um Gesichter, Fratzen zu enthüllen, die ich kannte.

Es waren die zwölf Hexen von dem Baum, und sie lachten. Nun war mir vieles klar. Das mußten die gottlosen Wesen sein, und ich hatte sie losgelassen. Jetzt würde ich dafür sorgen, daß sie für immer Ruhe gaben. Mit erhobenem Schwert stürmte ich den Hang hinauf.

»Ho! Ho! Seht, Schwestern! Er bedroht uns!«

Sie waren zu flink für mich, schneller als jedes irdische Geschöpf. Wie zuvor stoben sie auseinander, aber diesmal flohen sie nicht. Sie waren überall um mich, hinter mir, ihre verdorrten Klauen zerrten an mir, und doch traf meine Schwertklinge nichts als Luft.

Dann – und von diesem Zeitpunkt an waren meine Sinne verwirrt, und ich kann mir der Einzelheiten meiner Geschichte nicht mehr sicher sein – saß mir plötzlich eine auf dem Rücken. Dürre Finger zerrten meinen Helm herunter und krallten sich in meine Ohren, und eine Hexe oder zwei, oder drei ritten mich, wie Tom O'Bedlam in der alten Mär seinen Esel zu Tode reitet, als er dem Mond nachjagt. Eiskalte, dolchartige Finger bohrten sich in meinen Schädel; knochige Fersen hämmerten gegen meine Flanken, und schon ging es los, den Hügel auf der anderen Seite hinunter, wieder durch Wälder, über Felder, bis zu meinen Schultern einen trüben Fluß durchwatend, während die übrigen Scheusäler auf Alptraumschwingen neben uns herflogen wie Raubvögel. Wie weit wir so dahinjagten, werde ich wohl niemals erfahren. Ich rannte, bis die Beine unter mir zu zerbrechen drohten, bis ich jenseits aller Schmerzen war, über die Schwelle des Deliriums; die nur verschwommen wahrgenommene Umgebung schien vor meinen müden Augen zu schwanken und zu kreisen. Die ganze Nacht hindurch waren wir unterwegs, legten vielleicht hundert Meilen zurück, vielleicht tausend oder irgendeine genauso unmögliche Strecke. Manchmal schienen wir in den Boden zu versinken und uns wie Würmer durchzuwühlen, bis wir wieder in die Dunkelheit hervorkamen und durch die Lüfte segelten wie Fledermäuse, nichts sehend und doch alle unsichtbaren Dinge vor uns gewahrend. Ich glaube, eine Zeitlang wurden wir von Wölfen und Hirschen und noch viel phantastischeren Wesen begleitet, von Drachen, Greifen, ja selbst vom *Glimmich,* der der Sage nach mit Drachen spielt wie eine Katze mit einer verwundeten Maus, bevor er sie verschlingt. Ich bin mir aber ziemlich sicher, daß es gegen Morgen war, als wir ans Meer kamen und über den Sandstrand tanzten. Die eine, die mich ritt, ließ endlich los, und ich brach völlig erschöpft zusammen. Dann raffte ich mich auf und tastete nach Dolch oder Schwert. Beides war verschwunden. Ein Dutzend Handpaare zog mich auf die

Füße und in einen Kreis, und wieder war ich nicht mehr Herr meines Körpers. Wir wirbelten im Kreise herum und herum, und auf einmal waren wir nicht mehr auf dem Strand, sondern auf dem Ozean und tanzten leichtfüßig über die Wellen, bis das feste Land nur noch ein weit entfernter dünner Strich war. Ich war von Erschöpfung und Angst zu abgestumpft, zu wenig klar bei Sinnen, um dieses neue Wunder auch nur in Frage zu stellen.

Und zuletzt? Zuletzt? Zuletzt erreichten wir einen Ort mitten im Ozean, an dem ein weißer Koloß über den Wellen stand, in den heller werdenden Himmel aufragend, eine Gestalt, die von Dämonen aus einem Berg von Salz gemeißelt worden sein mußte. Es war keine abstoßende oder erschreckende Gestalt, sondern fast schön, auf jeden Fall majestätisch, ehrfurchteinflößend ... der wunderbar gebaute, muskulöse Körper eines Mannes mit wallendem Bart, wilder Haarmähne und einer Krone aus herrlichen Muscheln auf dem Kopf. Den einen Arm hielt er ausgestreckt, einen Dreizack in der Hand. Und als ich diesen Riesen betrachtete, verstand ich, was das war – nicht die Statue eines Menschen, sondern eines Gottes.

Wir bildeten wieder unseren Ring um die Figur und verstummten. Auch das Meer ringsum wurde ruhig, glatt wie eine Ebene aus Glas. Nur der Regen prasselte darauf nieder.

Eine der Hexen ergriff das Wort.

»Jetzt können wir dir alles enthüllen. Jetzt magst du wissen, daß wir in Wahrheit nicht so sind, wie wir erscheinen, alt und abstoßend. So wurden wir erst durch eine Kraft, die mächtiger ist als wir, die uns unsere ursprüngliche Gestalt nahm und uns bannte und niederwarf und die Hände band. *Und doch kann diese Kraft dir nichts anhaben!* Das Mal der Taufe ist von deiner Seele gelöscht worden, und wir können dich sehen, fühlen und dich berühren wie einen unserer Welt. Höre nun!

Die Bürden sollen ausgetauscht werden, dann kann eine neue Kette aus lebendigen Gliedern geformt werden, dann ein neues Leben. Wir nehmen etwas für dich Wertloses von dir, die Last deines Gewissens und dein Vergehen gegen deinen Gott. Für uns hat dies kein Gewicht, und statt dessen legen wir deinen Schultern das auf, was du unser Heidentum nennen würdest, wir aber die Ganzheit des Geistes von unserem Gott, der Christus nie gekannt hat. Für einen Ausgestoßenen wie dich ist dies ebenso keine zusätzliche Last. Durch den Austausch der Sünden werden beide ausgelöscht.«

Und alle riefen: »So sei es!«

Und ich antwortete, über mich selbst erstaunt: »So sei es!«

Selbst in diesem Augenblick schon fühlte ich, wie neue Kraft mich zu erfüllen begann, wie die Erschöpfung von Seele und Körper dahinschwand. Ich fühlte mich plötzlich jünger, als wären dunkle, schmerzvolle Jahre einfach ausgelöscht worden. Wenn zwei sich auf ihrem Wege begegnen, jeder mit einer schweren Last beladen, und jeder übernimmt die des anderen, dann scheint beiden die Mühe danach geringer. Irgend etwas dieser Art geschah mit mir.

Wir alle, alle dreizehn, preßten unsere aneinandergelegten Hände gegen die Schenkel des Salzriesen – dabei flammte in mir ein Freudegefühl auf, das ich nicht verstand – und riefen wie mit einer einzigen Stimme: *»Lebe! Lebe!«*

Und der Riese erwachte zum Leben. Das Perlweiß verfärbte sich über Braun und Grün und Grau, und schließlich entstand aus allem die Farbe lebendigen Fleisches. Das harte Salz wurde geschmeidig und weich. Die mächtigen Glieder regten sich. Der Phallus reckte sich hoch. Wir alle ließen los und liefen ein paar Schritte zurück. Immer noch standen wir im Kreis, und in der Mitte versank das Wesen im Meer, langsam, gewaltig, wie eine nicht enden wollende Lawine. Als zuletzt das Haupt unterging, schäumte das Wasser auf, als ein dichter Schwall perlender Luftblasen emporstieg, wie wenn ein Wal ausgeatmet hätte. Eine riesige Schwanzflosse, über und über bedeckt mit silbernen Schuppen, durchbrach die Oberfläche und verschwand wieder.

Einen Augenblick später waren wir allein.

»Er ist endlich wieder frei«, sagte eine der Hexen. »Nun beginnt ein neues Zeitalter.«

Während sie noch sprach, gewahrte ich, daß alle sich verändert hatten. Sie waren keine alten Vetteln mehr, sondern wunderschöne Jungfrauen, jede mit einem klaren, leuchtenden Antlitz gleich einem Mond, jede mit einer Tiara aus Sternen im Haar, jede mit einem Mantel aus purpurnem Firmament um die Schultern.

Nun würde Sir Gottfrieds Wunde sicherlich verheilen, denn ich hatte letzten Endes, wenn auch nicht wissentlich, meinen Auftrag erfüllt. Nun gab es unter den Anwesenden wohl kaum mehr einen, der als *gottlos* bezeichnet werden konnte, von mir selbst abgesehen.

V

Der Regen hörte auf. Im Osten war über dem Meer hinter den Wolken der erste Schimmer der aufsteigenden Sonne zu erkennen. Dann brachen auch die Wolken über uns auf und gaben den Blick frei auf die letzten noch nicht verblaßten Sternbilder dieser Nacht.

Von Sonnenaufgang her kam ein weißes Schiff mit Segeln aus schimmernder Seide rasch über das Wasser herangeglitten. Die zwölf standen ruhig wartend da. Als das Schiff näher kam, erkannte ich weitere Einzelheiten: Am Bug sah ich die Büste einer Frau mit verbundenen Augen, die einen Arm ausstreckte, wie um nach dem Weg zu tasten. Am Heck entdeckte ich zwei

Gesichter mit großen Augen und ein mit Blumen umwundenes Schwert.

Sie ließen mich da auf dem Wasser stehen und stiegen an Bord. In meiner Verwirrung und in meinem Staunen begriff ich nur langsam, daß dies die Gelegenheit, meine einzige Gelegenheit war, von allem erlöst zu werden, was ich fürchtete. Es war alles wie ins Gegenteil verkehrt. Wenn ich mit jenem ginge, was ich gefürchtet hatte, müßte ich keine Furcht mehr haben. Wenn ich mit den Göttern ginge, entkäme ich dem einen Gott.

»Wartet!« schrie ich. »Nehmt mich mit euch! Habe ich euch nicht gut gedient? Nehmt mich mit!«

Die letzte, die eben auf das Schiff stieg, wandte sich um und sprach traurig: »Aber du bist ein Mensch, ein sterblicher Mensch, dessen Jahre gezählt sind. Es ist dir nicht bestimmt, die Milch des Paradieses zu trinken.«

Da blähte der Wind das Segel, und das Schiff glitt davon mit derselben Grazie und Schnelligkeit, mit der es gekommen war.

Der Himmel erhellte sich vom Nachtschwarz über Purpur zu Blau. Die Sonne prangte im ungetrübten Glanz ihrer vollen Scheibe über dem Horizont. Es würde ein strahlender Morgen werden.

Auf einmal, wie ich da so allein auf dem Wasser stand, fühlte ich, wie ich einsank. Die drohende Gefahr riß mich aus der staunenden Verzückung. Ich drehte mich um und rannte auf die Küste zu, wobei ich fortwährend tiefer ins Wasser sank, bis zu den Knien, zum Bauch, zu den Schultern, bis mich der Widerstand des Wassers anhielt. Ein zufällig aufblitzender Rest von Vernunft rettete mich. Ich riß mir sämtliche noch übrigen Teile meines Harnischs herunter, bevor der Zauber, der mich über Wasser gehalten hatte, gänzlich versagte. Ich ging unter, kam aber wieder hoch und schwamm verzweifelt in Richtung Land. Jede Bewegung wurde zur Qual, als meine Erschöpfung zurückkehrte. Meine Arme waren schwer, als trüge ich Eisengewichte daran. Irgendwie aber schaffte ich es zu überleben, und die Brandung wälzte mich auf den Strand, wo ich lange Zeit liegenblieb und schlief.

Als ich erwachte, wanderte ich umher und stieß auf einen Fischer, der eben dabei war, sein Netz auszuwerfen. Ich wünschte ihm einen guten Tag, doch er spie aus und meinte: »Pah! Heute ist ein schlimmer Tag. Das Meer ist bitterer vor Salz als jemals, und die Fische entkommen mir. Es scheint, daß diese Welt sich von uns Christenmenschen abgewendet hat.«

13

L'envoi...

Was blieb mir also übrig? Ich setzte meine Wanderungen fort, und ich reiste als fahrender Ritter in die entferntesten Länder des Erdkreises. Und so geschah es, daß ich auf der Landstraße, die die Sternenstadt verläßt, welche nahe dem Rande der Welt liegt, drei Ritter traf.

Sie kamen aus der Stadt, und ich wollte dorthin. Die Sonne war untergegangen; über einigen windzerzausten Wolken zeigten sich die ersten Sterne, und im Licht der Sterne und des Mondes sah ich sie, prächtig in ihren schimmerndem Rüstungen, mit prunkvoll ausgeführten Wappenzeichen auf ihren Schilden, und lange funkelnde Lanzen in Händen.

Ich zügelte mein Roß, und so hielt ich vor ihnen, staubig und abgerissen.

»Seid gegrüßt«, sagte der eine, ein stämmiger Mann mit herunterhängendem Schnauzbart. »Seit vielen Monaten haben wir keinen Christenmenschen mehr gesehen.«

»Ich ebensowenig.« Welche Ironie. Ich lachte innerlich, aber ohne wahre Belustigung.

»Wir sind weit von unserer Heimat entfernt.«

»Aus welchem Grunde seid Ihr so weit gereist?« fragte ich sie, bevor sie mir dieselbe Frage stellen konnten. Ich wollte nicht, daß sich die schmerzliche Geschichte von Julian dem Wanderer noch weiter verbreitete.

Der erste Ritter sagte nichts mehr, und ein anderer antwortete, jünger und von sehr heller Hautfarbe.

»Wir suchen den Heiligen Gral, aus dem aller Seelenfrieden entspringt.«

Mein Erstaunen war nicht zu übersehen.

»Ihr seid überrascht?« fragte der dritte.

»Der Heilige Gral? Ich habe die Geschichten gehört, aber ich kann mir nicht vorstellen, daß jemand tatsächlich ...«

»Herr Ritter, der Herrgott in der Höhe hat uns auf diese Suche geschickt, und es ist uns bestimmt, auch nicht zwei Nächte am selben Ort zu schlafen, bis wir den Gral gefunden haben.«

»Wie lange seid Ihr schon auf der Suche?«

»Lange Zeit. Wir wissen es nicht mehr.«

»Möchtet Ihr mir Eure Namen nennen? Gewiß seid Ihr Männer von großem Ruf.«

»Ich bin Sir Bedivere. Zu meiner Rechten seht Ihr Sir Gawain, zur Linken Sir Galahad. Wir dienen dem größten aller Könige, Artus von Camelot, von dem Ihr gewiß gehört habt.«

»Ja, ich habe von ihm gehört.« Ich rang um Worte, fast sprachlos vor Erstaunen. »Die Geschichten über ihn sind alt. Ich hörte sie von meinem Vater, er wieder von seinem und der von seinem ... viele Jahre, Hunderte Jahre ... Es ist alles aufgeschrieben in den alten Artussagen ...«

Ihre Mienen wurden besorgt. Vielleicht hielten sie mich für einen Irren, aber eigentlich glaube ich das nicht. Beträchtliche Zeit sagten sie gar nichts, dann brach der jüngste, Galahad, das Schweigen.

»Wenn das wahr ist, und mir scheint nicht, daß Ihr lügt – wenn dies wahr ist, dann sagt uns, wir flehen Euch an, welches Jahr nach der Geburt des Herrn nun geschrieben wird.«

»Also – ich weiß es nicht. Ich habe vor langer Zeit aufgehört, die Jahre zu zählen.«

»Bitte! Irgendeinen Hinweis werdet Ihr uns doch geben können! Das Jahrhundert wenigstens! Welches Jahrhundert?«

»Ich weiß es nicht. Es tut mir leid, aber ich schwöre: Ich weiß es nicht.«

Alle drei zugleich schrien verzweifelt auf, und sie gaben ihren Pferden die Sporen und jagten an mir vorüber die Straße hinunter, bis sie in einer Wolke von Staub und Schatten verschwunden waren.

Ich sah ihnen nach und spürte dabei die ganze Last der Ewigkeit auf meinen Schultern; dann blickte ich vorwärts zur Sternenstadt und dem Ende der Welt, und da verstand ich allmählich. Nicht für sie, aber für mich hatte ich eine Art Antwort gefunden. Ich glaube, wir alle haben unsere Verbindung zur Zeit verloren. Die Geschichte zieht an uns vorüber, und wie Korken werden wir vom Sturm der Jahre umhergetrieben, ohne jemals eine Küste erreichen zu können. Vielleicht auch lebe ich wie der berühmte Merlin in umgekehrter Richtung, werde immer jünger und sterbe schließlich im Leib meiner Mutter, wenn ich ihr am Ende begegne, aber ich glaube, selbst diese Erlösung ist mir und den anderen genommen. Die Menschen erinnern sich undeutlich an uns, sehen kurz in der Tiefe der Träume in unsere Gesichter und verstehen nichts, während wir im Wind der Jahrhunderte wie Rauchschwaden davontreiben und irgendwann einmal nicht mehr sind.

Wir sind alle zu Legenden geworden, glaube ich.

Ersterscheinungsdaten der einzelnen Kapitel

›The Hag‹ (›Die Hexe‹) erschien in abgewandelter Form in *Swords Against Darkness* # 3. Copyright © 1978 by Andrew Offutt.

›The Lady of the Fountain‹ (›Die Dame vom Quell‹) erschien in abgewandelter Form in: *Void* # 5. Copyright © 1977 by Paul Collins.

›The Veiled Pool of Mistorak‹ (›Der geheime Brunnen von Mistorak‹) erschien in abgewandelter Form in: *Void* # 3. Copyright © 1976 by Paul Collins.

›The One Who Spoke with the Owls‹ (›Der mit den Eulen sprach‹) erschien in abgewandelter Form in: *Void* # 4. Copyright © 1976 by Paul Collins.

›The Castle of Kites und Crows‹ (›Das Schloß der Krähen und Raben‹) erschien in abgewandelter Form in: *Swords Against Darkness* # 5. Copyright © 1979 by Andrew Offutt.

›The Riddle of the Horn‹ (›Das Rätsel vom Horn‹) erschien in abgewandelter Form in: *Heroic Fantasy*. Copyright © 1979 by Gerald W. Page und Hank Reinhardt.

›Divers Hands‹ (›Hände …‹) erschien in abgewandelter Form in: *The Year's Best Horror Stories* # 7. Copyright © 1979 by Gerald W. Page.

›The Unknown God Cried Dut‹ (›Als der unbekannte Gott rief‹), ›Island of Faces‹ (›Insel der Gesichter‹) und ›Midnight, Moonlight und the Secret of the Sea‹ (›Mitternacht, Mondlicht und das Mysterium der See‹) erschienen in abgewandelter Form unter dem Titel ›The Faces of Midnight‹ in: *Distant Worlds*. Copyright © 1981 by Paul Collins.

›Into the Dark Land‹ (›Ins dunkle Land …‹) erschien in abgewandelter Form in: *Alien Worlds*. Copyright © 1979 by Paul Collins.

›A Fabulous, Formless Darkness‹ (›Eine phantastische formlose Dunkelheit‹) erschien in abgewandelter Form in: *Other Worlds*. Copyright © 1970 by Paul Collins.

›L'envoi‹ (›L'envoi‹) erschien in abgewandelter Form in: *Nightflights* (*Myrddin* # 5). Copyright © 1981 by Lawson W. Hill.